anagramma

708

Della stessa autrice:

Tutta colpa di quel bacio
Ho voglia di innamorarmi
Mi sposo a New York
Una notte d'amore a New York
Tutta colpa di New York

Prima edizione: gennaio 2019

ISBN 978-88-227-2568-4

www.newtoncompton.com

Realizzazione a cura di Pachi Guarini per StudioTi s.r.l., Roma
Stampato nel gennaio 2019 da Puntoweb s.r.l., Ariccia (Roma)
su carta prodotta con cellulose senza cloro gas provenienti
da foreste controllate, nel rispetto delle normative ambientali vigenti

Cassandra Rocca

L'amore secondo me

Newton Compton editori

A chi crede nel destino

1

Snowy Pine, New England
Stati Uniti d'America

«Oh, ma andiamo… è uno scherzo?».

Taylor rimase ferma immobile di fronte all'insegna della città che dondolava nel vento, indecisa se sentirsi incredula, rassegnata o delusa.

«Che succede?».

La voce della sua amica Felicity, al telefono, la riscosse dalla contemplazione di tanta miseria.

«Credo che Malefica se la stia ridendo davvero di gusto, immersa nella sua piscina riscaldata ad Aspen, sapendo di avermi spedita in un posto del genere!», disse, amara. Mentre parlava al cellulare costeggiava una fila di edifici anneriti e, avvicinandosi per sbirciare attraverso un vetro sporco, vide che dentro era tutto buio e immobile. «Ora capisco perché non ha fatto troppe storie quando l'ho quasi supplicata di affidarmi questo lavoro. Chiunque altro avrebbe rifiutato».

«In che senso?»

«Hai presente il "piccolo angolo di paradiso del New Hampshire" di cui parlava la guida che ho sfogliato, quando mi sono documentata su Snowy Pine? Be', diciamo che dal vivo non è proprio così paradisiaco. Somiglia di più a Sleepy Hollow!». Qualcosa all'interno dell'edificio si mosse e cadde, rimbombando nel silenzio irreale che la circondava. Per precauzione, Taylor fece due passi indietro, disgustata nel sentire la melma viscida sotto la suola dei suoi stivali nuovi. «Qui cade tutto a pezzi, Felix. E c'è tanto di quel fango che potrei affondare».

«Sul serio? Ma non ti ha mostrato le foto del terreno?»

«Sì, ma probabilmente erano foto di repertorio, risalenti ad altri tempi. Tutta la documentazione ufficiale si trova qui, in questo... *buco per vermi*!». Taylor imprecò. «Avrei dovuto immaginare che si trattava di una fregatura: le cose che sembrano troppo belle per essere vere, lo sono sempre».

Cercò un angolo di terreno asciutto, incerta sul da farsi. Sentiva crescere in lei la voglia di fare dietrofront e tornare a casa di gran carriera. Ma darla vinta a quell'arpia del suo capo, gettando la spugna ancor prima di cominciare, bruciava come sale su una ferita aperta.

Quando era stata convocata nell'ufficio di Francis Hoffman, la proprietaria della D.B. Designers, uno degli studi di architettura più famosi di New York, si era presentata con grandi aspettative. Erano passati sei anni da quando era stata inserita nel team di progettisti, ed era stufa marcia di svolgere solo semplici mansioni di ufficio. Purtroppo, però, anche in quell'occasione era stata chiamata solo perché la segretaria di Francis era ammalata e serviva qualcuno che prendesse appunti. L'ennesima umiliazione.

Ecco perché, quando aveva sentito parlare di quell'incarico e notato quanto poco entusiasmo suscitasse nei suoi colleghi, si era fatta avanti: occuparsi del sopralluogo di un terreno nel New England, effettuare tutti i test del caso e presentarli agli acquirenti, poteva essere un modo per mostrare a tutti che anche lei faceva parte della squadra e che era in grado di fare qualcosa di meglio che catalogare pratiche, fare il caffè o progettare loculi!

«Te la senti davvero, Taylor? Posso cercare di convincere Marcus e Phil, se preferisci. Due uomini robusti avranno meno difficoltà, in un posto fuori mano come quello. E poi è quasi Natale, non vorrei privarti del tempo da passare con la tua famiglia...», aveva tentato di obiettare Francis.

Che ipocrita! Il suo capo sapeva bene che lei non aveva una famiglia e ne aveva approfittato spesso per darle del lavoro extra da sbrigare, dal momento che era "l'unica dipendente a non avere vincoli di alcun tipo a frenare la sua ascesa al successo".

Già. Bella carriera, la sua. Aveva sviluppato un vero e proprio talento nello scegliere la cancelleria migliore per gli uffici dei suoi diretti superiori, tanto incredibile da farle pensare di gettare al vento gli anni di studio e la reputazione lavorativa della sua famiglia per dedicarvisi a tempo pieno!

In ogni caso, Taylor si era detta sicura di potersi occupare di quel progetto ed era riuscita a convincere anche Francis. Quando si era messa in viaggio, quella mattina, si era sentita realmente felice di allontanarsi dalla città e di passare qualche giorno nel New England. New York in quel periodo era davvero esagerata con le sue luci, i festoni, le vetrine traboccanti di merce e le canzoni di Natale in ogni angolo. Non che l'atmosfera non le piacesse, anzi. Solo le ricordava quanto fosse triste trascorrere quella ricorrenza completamente sola, in una grande casa vuota.

Una nuova avventura lavorativa era proprio quel che

ci voleva per dare una svolta alla sua vita professionale e distrarsi dalla solitudine e dalla tristezza.

Certo, non si aspettava di arrivare in un posto così inospitale!

Si era illusa di alloggiare in una località turistica di montagna, piena di casette graziose, paesaggi naturali e gente simpatica e alla mano. Ciò che aveva di fronte, invece, era un paesino fantasma che, più che di un regolamento edilizio, aveva bisogno di una ruspa e un bidone capiente per raccogliere i detriti.

Due ore di aereo, tre di automobile, un analgesico e due ansiolitici… per qualcosa che si prospettava solo una enorme perdita di tempo.

«E adesso che farai?», chiese Felicity, al telefono, riportandola al triste presente.

«Proprio non lo so», gemette Taylor, guardandosi ancora intorno. Non che ci fosse molto da vedere. Una nebbiolina fitta ammantava tutto ciò che la circondava, rendendo il paesaggio indistinto; tra quel poco che riusciva a scorgere c'erano una piazza esagonale con al centro una fontana priva di acqua – ma piena di fango –, un vecchio chiosco abbandonato, costruzioni dalle facciate annerite e sciami di foglie morte che svolazzavano qua e là, trascinate dal vento gelido di dicembre, andandosi a posare su pozzanghere putrescenti. La luce era spettrale: a ovest, il cielo sgombro di nubi aveva uno strano colore a metà tra l'azzurro, il verde e l'arancione; a est, era così grigio da risultare deprimente. Avrebbe piovuto presto, ne era certa: la ciliegina su una torta fatta di letame, di cui poteva fiutare il tanfo, se si concentrava.

Era via da nemmeno sei ore e già rimpiangeva le strade trafficate di New York, l'odore dello scarico delle auto, il rumore assordante dei clacson, dei telefoni, il vociare della gente. Con la pioggia o il sole, in città era impossibile sentirsi abbandonati. E impossibile perdersi: si poteva chiedere un'indicazione in qualunque momento, chiamare un taxi, fare una breve sosta in un bar per un buon caffè e poi rimettersi in marcia tra i palazzi di acciaio e vetro svettanti verso il cielo.

«Non puoi chiedere informazioni a qualcuno?», chiese ancora Felicity, facendo eco ai suoi pensieri.

«Oh, lo farei volentieri, ma le uniche forme di vita che ho incontrato da quando ho lasciato la provinciale sono stati un umanoide così imbacuccato nel suo giaccone da rendere difficile localizzare il punto verso cui rivolgere la domanda, un cane che somigliava a un lupo, da cui mi sono allontanata in fretta, e un grosso furgone nero che avanzava nella direzione opposta alla mia». Il vento ululò, mulinando attorno agli edifici, e Taylor rabbrividì. «Inizio a chiedermi se ci sia qualcuno di vivo, da queste parti. Non ho il coraggio di spingere una porta ed entrare, potrei trovare corpi in decomposizione o cadaveri appena sventrati. Magari quel furgone che ho incontrato poco fa era guidato proprio da un killer armato di accetta, piombato a Snowy Pine per uccidere tutti...».

«Ora non diventare melodrammatica», pregò l'amica. «Scusa, ma non dovevi partire insieme a Tristin? Lui dov'è?».

Taylor stava per replicare, quando una nuova folata di vento fece sbattere una delle imposte contro un muro di pietra. Il rumore la fece sobbalzare come avrebbe fatto uno sparo, strappandole un gemito di paura.

«Che succede? Devo allertare la polizia?»

«No, è solo il vento. Fa sbattere tutto e, nel silenzio, rimbomba in modo sinistro».

«Mi sembri bella rilassata, come sempre», ridacchiò Felicity.

«Già», sospirò Taylor. Lei e gli imprevisti non andavano d'accordo. La dose di ansiolitico che aveva ingurgitato per affrontare il viaggio in auto non era stata sufficiente a tranquillizzarla del tutto. E il pensiero di dover passare la notte in un posto simile non aiutava di certo.

A proposito di dormire: esisteva un albergo a Snowy Pine? Non le era parso di vedere nessuna insegna al riguardo, fino a quel momento. Era stata così ansiosa di partire da aver chiesto al suo collega di prenotare e solo in quel momento si rese conto di quanto fosse stata sciocca a non farlo lei stessa.

Tristin se ne era dimenticato, accidenti a lui.

«Credo di dover andare in cerca di qualcuno, prima che mi si congeli anche la lingua», disse, tornando verso la macchina.

«Fa freddo? Come ti invidio. Qui a Miami ci saranno ventisette gradi, oggi. Sudo da stamattina».

«Vuoi fare a cambio? Io vengo a Miami a occuparmi della ristrutturazione del centro commerciale e tu vieni a Fangolandia a fare i rilievi topografici!». Taylor sbuffò. «Chissà se esiste il sole, da queste parti...».

«Dài, sii un po' più ottimista! In fondo starai via solo un week end. Tu e Tristin farete in fretta, vedrai, e potrai tornare qui per dare uno schiaffo morale a Malef...».

La voce di Felicity si interruppe bruscamente.

«Felix? Ci sei ancora?». Taylor staccò il telefonino dall'orecchio per guardare il display.

Spento. Doveva essersi scaricata la batteria.

«Anche lo smartphone si è rifiutato di ascoltare le stronzate che stavi dicendo», borbottò, gettandolo nella borsa. E dire che voleva usarlo per cercare un elenco degli alberghi della zona, magari consultando una guida corredata di recensioni. Senza una connessione internet, invece, poteva solo sperare di trovare una camera abbastanza pulita da evitarle di dormire sul sedile posteriore dell'auto.

Rassegnata, risalì sulla Ford, chiudendosi all'interno e godendosi il tepore che vi aveva lasciato. L'orologio sul cruscotto segnava le quattro del pomeriggio: troppo tardi per pensare di tornare a Portland e risalire sul primo aereo diretto a New York, soprattutto dal momento che sembrava profilarsi un uragano all'orizzonte.

Ma insomma, dov'erano tutti? Possibile che dormissero già? Del resto, non doveva esserci poi molto da fare, da quelle parti. Dormire, mangiare, fare quattro passi per la piazza, tornare a casa, mangiare e dormire, in un loop infinito.

Il solo pensiero di vivere in un posto del genere le fece correre un brivido di terrore lungo la schiena.

D'istinto mise in moto, pronta a fare inversione a U e recarsi nella prima cittadina in cui passare una notte dignitosa. Ma il sole stava tramontando e la luce diurna sarebbe svanita presto. L'idea di guidare, per di più sola e al buio, su quelle stradine desolate le metteva ancora più ansia del passare la notte a Snowy Pine.

Sì, sola. Perché quello che non aveva detto a Felicity era che il suo collega, Tristin Geller, le aveva dato buca all'ultimo minuto: nel senso che aveva ricevuto una sua chiamata solo quando era scesa dall'aereo, nel Maine.

Dal momento che ormai si trovava a circa tre ore di macchina dalla sua destinazione, Taylor aveva deciso di proseguire lo stesso e cominciare il lavoro, almeno per la parte che poteva fare anche da sola, in attesa che il geologo la raggiungesse per le indagini geotecniche. Sapeva di potersela cavare: era cresciuta nei cantieri e aveva seguito suo padre al lavoro una miriade di volte, imparando ogni cosa fin dalla tenera età. Al massimo avrebbe impiegato qualche giorno più del necessario, ma che fretta c'era? Aveva due settimane di tempo per presentare relazione e masterplan al suo capo, che a sua volta lo avrebbe sottoposto alla Pebbleswhite Inc., un'azienda che intendeva investire su quel territorio ricco di materie prime preziose.

"A vedersi non si direbbe", pensò Taylor con una smorfia di disgusto. A meno che non volessero creare dei mobili fatti di stallatico: il *bio* andava così di moda!

Comunque, ormai era in ballo e doveva ballare. Ma, prima ancora, doveva trovare qualcuno che sapesse indicarle un posto in cui passare la notte. Se anche non avesse avuto un pessimo rapporto con le auto, non avrebbe comunque potuto dormire dentro la Ford presa a noleggio… Non senza morire congelata durante il sonno.

Lasciando il motore acceso per mantenere l'abitacolo caldo, scese di nuovo dalla macchina e si avviò verso le costruzioni cadenti affacciate sulla piazza. E solo dopo aver bussato a un paio di porte si rassegnò alla realtà dei fatti: lì non c'era proprio nessuno.

«Ma chi me lo ha fatto fare…». Irritata e in preda a un'angoscia crescente, tornò all'auto. «Sto perdendo solo un sacco di tempo!».

"E sarò fortunata se perderò solo quello", pensò un attimo dopo, nell'udire un ululato sinistro proveniente dal fitto bosco di conifere che si estendeva a perdita d'occhio alle spalle degli edifici.

Si chiuse in macchina e cercò di prendere qualche profondo respiro per calmarsi ed evitare che la paura si impadronisse di lei. Accese gli abbaglianti e si guardò attorno per l'ennesima volta, sperando di scorgere qualcosa di diverso da alberi, foglie, melma e... ancora alberi.

Non ebbe fortuna. Nell'aria risuonava soltanto il gracchiare sinistro degli uccelli e il lieve sciabordio dell'acqua, anche se non aveva idea della sua provenienza.

Era tutto così assurdo! Aveva sperato, partendo per lavoro, di distrarsi dall'atmosfera natalizia carica di felicità, ma stava seriamente iniziando a rivalutare la solita vigilia di Natale passata al cinema, con una porzione maxi di popcorn.

«Devo aver fatto qualcosa di male nella mia vita precedente», concluse. E l'ultimo singulto che emise l'auto prima di spegnersi sembrò darle ragione.

Incredula, Taylor rimase interdetta per qualche istante, poi provò a riavviare il motore, invano.

Sul cruscotto vide la spia rossa della benzina.

«Non ci posso credere», mormorò. Invece era più che plausibile. Aveva fatto benzina prima di partire, calcolando che il carburante le sarebbe bastato fino a destinazione, dove poi avrebbe potuto fare rifornimento, ma doveva aver fatto male i suoi conti.

«E adesso che faccio?», piagnucolò.

Con le mani strette al volante, le braccia tese e lo sguardo fisso sul fascio di luce degli abbaglianti, che illuminavano il nulla, provò a ricordare a che distanza aveva visto l'ultimo gruppo di case. Forse un'ora di cammino, a occhio e croce. Ammesso, e non concesso, di riuscire a orientarsi per quelle stradine sterrate senza l'ausilio del navigatore satellitare.

"Be', non ho molte alternative", pensò. Se il suo telefonino non fosse morto, avrebbe potuto chiamare il 911 e chiedere aiuto, ma vista la situazione poteva contare solo sulle proprie forze.

Aprì la portiera e mise giù un piede, pronta ad andare in avanscoperta. Poi si fermò: se si fosse persa, sarebbe stata facile preda di lupi o malintenzionati, oltre che in balia del freddo pungente.

No, meglio restare in macchina. Prima o poi qualcuno sarebbe passato di lì.

Richiuse tutto, accese la radio e provò a cercare una stazione che trasmettesse qualcosa di allegro; ma, esattamente come tutto il resto, anche quel proposito andò in fumo. La radio non voleva saperne di prendere un solo canale decente, forse disturbata dal temporale in arrivo. Così la spense, infastidita.

Ma il silenzio dell'abitacolo… Dio, era assordante! Le permetteva di sentire i propri pensieri, cosa che voleva a tutti i costi evitare. Perché se avesse iniziato a rimuginare, si sarebbe ricordata di quanto fosse poco entusiasmante il suo lavoro, caotica la sua mente e vuota la sua vita.

E dire che aveva sempre cercato di comportarsi da brava persona, onesta, corretta, responsabile. Aveva cercato di raggiungere tutti gli obiettivi che si era prefissata, non aveva mai chiesto una mano a nessuno, scavalcato il prossimo, usato una scorciatoia. O, comunque, mai di sua spontanea volontà. Eppure, sembrava che il fato non fosse molto bendisposto nei suoi confronti.

E lo capì, una volta di più, quando un colpo sulla portiera la fece sobbalzare.

C'era qualcuno.

«Oh signore, fa che non sia un orso… o un killer», pregò, restando immobile per alcuni istanti, come a volersi convincere di aver solo immaginato quel rumore.

Ma al secondo colpo non le restò che voltarsi.

Immobile, dietro il finestrino appannato, c'era una figura scura e incappucciata, senza volto. Non riusciva a distinguere altro, ma di una cosa poteva essere certa: teneva in mano una grossa vanga e il riflesso di un lampo vi baluginò sopra in quel preciso istante, rendendola ancor più minacciosa.

Senza pensarci, scavalcò il sedile del passeggero, aprì la portiera e fuggì, urlando e chiedendo aiuto con tutto il fiato che aveva in corpo.

Corse, le ali ai piedi, senza sapere dove stesse andando. Le bastava il suono dei passi alle proprie spalle per impedirle di fermarsi, anche se aveva paura che non sarebbe riuscita a mettersi in salvo.

Era dunque arrivata la sua ora? Sarebbe morta così, in un luogo dimenticato da dio e senza testimoni? A cosa erano serviti gli esami di routine, la prevenzione, l'alimentazione sana, lo stile di vita corretto e privo di rischi, se poi bastava un attimo di sfiga per porre fine alla sua esistenza?

"Se non sarà la vanga di quel mostro a uccidermi, lo farà l'esplosione dei polmoni", pensò sentendo bruciare il petto per la respirazione accelerata.

«Ehi, tu! Fermati!».

La voce alle sue spalle era quella di un uomo, ma la cosa non la rasserenò affatto. Senza rallentare, Taylor guardò dietro di sé, inorridendo nel notare quanta poca distanza ci fosse tra lei e il suo inseguitore, palesemente più allenato.

Ma forse non altrettanto testardo, pregò, scartando di lato e inoltrandosi nel bosco, dove sperava di trovare un nascondiglio sicuro.

Peccato che le sue scarpe non fossero adatte a quel terreno viscido e umido.

Sentì i piedi dotati di volontà propria e si ritrovò sdraiata a pancia all'aria, senza fiato per la botta. Per un momento le si annebbiò la vista, poi i suoi occhi riuscirono a distinguere gli alberi stagliati contro il cielo grigio-viola, prima che la figura incappucciata occupasse il suo intero campo visivo.

«Ti sei fatta male?».

Aveva una voce gentile, profonda e piacevole, per essere un killer. Tuttavia, Taylor non era così sprovveduta da pensare che i malintenzionati fossero tutti bruschi, rozzi e brutti. Al contrario: la bellezza poteva essere un'arma letale, a volte.

E in quanto a bellezza, quel tale batteva tutti a occhi chiusi. O almeno fu quel che pensò non appena l'uomo si tolse il cappuccio dalla testa, mostrando finalmente il viso.

Riccioli castano-dorati circondavano un volto virile, e sembravano così morbidi da farle venire voglia di allungare una mano e accarezzarli; una barbetta incolta rendeva i lineamenti meno spigolosi e gli occhi erano tanto chiari da sembrare trasparenti, ben distinguibili anche nella penombra.

«Non voglio farti del male, non avere paura», lo sentì dire con voce premurosa, e nel farlo le mostrò le mani. Nessuna traccia della vanga.

Non che avesse importanza: un uomo tanto alto e con quella stazza avrebbe potuto ucciderla senza difficoltà anche a mani nude. La vanga gli sarebbe servita solo a scavare una fossa in cui gettarla.

«Mi chiamo Ryan Greenwood e vivo qui. Tu chi sei?».

Senza staccare gli occhi da lui, Taylor si alzò, arretrando e spazzolandosi i vestiti. Imprecò nel sentire il tessuto dei suoi pantaloni bagnato sul sedere. Quelli erano i suoi jeans migliori, indossati per assicurarsi un aspetto elegante senza rinunciare alla comodità, e adesso erano macchiati di terra e puzzavano di sicuro. Ma sapeva che i pantaloni sporchi non erano l'unica cosa fuori posto allo stato dei fatti: i capelli, di norma ordinati e lucenti, erano increspati per via dell'umidità – almeno quelli che spuntavano da sotto il berretto –; il suo cappottino di lana era spiegazzato per via del viaggio e infangato a causa della caduta, e il viso era di certo arrossato per il freddo, la corsa e lo spavento.

Poteva decisamente dire addio alla sua intenzione di apparire sicura di sé e con la situazione sotto controllo.

«Come ti chiami?», chiese ancora l'uomo guardandola con attenzione. Diffidente, Taylor si tenne a distanza di sicurezza e lui parve notarlo. Alzò le mani, l'espressione divertita. «Rilassati, giuro di non avere cattive intenzioni!».

«Se anche le avessi, certo non verresti a dirmelo».

«No di certo. Ma non starei nemmeno qui a scambiare convenevoli. Siamo soli, io sono grande e grosso e tu uno scricciolo. Se volessi aggredirti, nessuno potrebbe impedirmelo. Perché perdere tempo?».

Osservazione logica, in effetti…

«Ti sei persa?», riprese lui.

Taylor si lasciò sfuggire un sospiro. «A questo punto, spero proprio di sì».

«Se mi dici dove sei diretta o chi stai cercando, forse posso aiutarti».

«Sono diretta a Snowy Pine».

L'uomo annuì. «Ci sei arrivata».

Taylor imprecò.

«Figuriamoci se potevo essere fortunata, almeno una volta nella vita», bofonchiò, tornando verso la macchina.

2

Sei giorni alla vigilia di Natale

"Da dove salti fuori, splendore?", pensò Ryan, seguendo a distanza ravvicinata la sconosciuta dai capelli scuri.

Sembrava una bambola di porcellana, con quel viso delicato e perfetto, gli occhi grandi dello stesso colore del whisky ben invecchiato e i capelli color cioccolato lunghi fino alla vita. Era vestita da ragazza di città, con abiti firmati e per nulla adatti al clima rigido che regnava da quelle parti, soprattutto a dicembre inoltrato. Però le donavano, non poteva negarlo: i jeans fasciavano due gambe sexy e toniche, il cappottino nero metteva in risalto il punto vita stretto, e gli stivali dal tacco quadrato slanciavano la sua figura. Non era molto alta, forse un metro e sessantacinque a voler esagerare, ma aveva un portamento fiero ed era incantevole, anche con l'aria sdrucita per la caduta e le guance accese per l'affanno.

Non aveva avuto intenzione di terrorizzarla. Si trovava sulla sponda del fiume, a poche centinaia di metri da lì, per metterne in sicurezza gli argini in previsione del temporale, quando aveva scorto i fari di un'auto in arrivo. Dal momento che il sentiero per arrivare al centro abitato era chiuso a causa di una frana, e che tutti nel raggio di chilometri ne erano a conoscenza, si era chiesto chi fosse tanto sciocco da tentare di superare il valico che portava al confine con il Canada. Per questo, una volta terminato il suo lavoro, aveva raccolto i suoi attrezzi e si era avviato verso la vecchia piazza. Aveva sentito il suono inequivocabile di un motore che faceva i capricci e così, vista l'utilitaria rossa in panne, si era avvicinato per prestare soccorso all'automobilista.

L'urlo spaventato gli aveva chiarito subito che il nuovo arrivato era una donna, perciò aveva cercato di seguirla con calma, per non preoccuparla ulteriormente. Dopo essersi presentato e averle parlato con il tono pacato di chi è avvezzo a sedare crisi di panico, lei era parsa più mortificata che spaventata.

Almeno fino a quando non le aveva confermato di essere nel posto giusto. A quel punto era parsa solo disgustata.

«Sei a Snowy Pine per le vacanze?», le chiese, affiancandola.

«No».

«Cosa ti porta qui, allora?»

«Il mio lavoro».

Ryan inarcò le sopracciglia. «Che tipo di lavoro?».

«Sono un architetto e devo effettuare dei rilievi su un terreno in vendita. A proposito, sto cercando il direttore dell'ufficio tecnico comunale. Dove posso trovarlo?»

«Direttore di che?»

«Ufficio tecnico», scandì lei, parlandogli come avrebbe potuto fare con un ritardato. «Un certo Jacob Mills, se non ricordo male. È lui il mio referente qui in città. Deve consegnarmi le planimetrie e tutta la documentazione relativa al lotto in questione».

«Oh, intendi il sindaco».

«Un sindaco che lavora per l'ufficio comunale?»

«Qui da noi il sindaco ha diversi incarichi, sia nel governo cittadino che nelle organizzazioni pubbliche, ed è anche proprietario di alcuni degli immobili commerciali della zona».

«Bene, buon per lui. Resta comunque la persona a cui mi hanno detto di rivolgermi. Ho intenzione di recarmi da lui domattina, come prima cosa. Avrò difficoltà a trovarlo?»

«Direi di sì».

Lei socchiuse gli occhi, irritata. «Perché?»

«Perché è a Boston».

«Che cosa?!».

Ryan si strinse nelle spalle. «Ci va tutti gli anni per Natale. I suoi figli abitano lì».

«Ma avevamo un appuntamento qui!».

«Mi dispiace. È partito prima del solito, quest'anno». "Di proposito", aggiunse tra sé e sé Ryan, compiaciuto. A lei, però, non lo diede a vedere.

La sentì inveire contro gli incompetenti, per poi trarre un profondo respiro. «Spero almeno abbia lasciato disposizioni, e soprattutto la documentazione, a qualcuno di fiducia. Senza quelle planimetrie non posso fare quasi nulla».

Ryan riuscì a fingersi sufficientemente costernato. «Avrà sicuramente lasciato il fascicolo in archivio. Il problema sarà trovarlo».

«Sento che sta per arrivare l'ennesima gioia...», ironizzò lei, strappandogli un sorriso.

«C'è stato uno smottamento, due giorni fa, e l'ufficio comunale si è riempito di fango. Al momento è inagibile, ma ci stanno lavorando».

«Quindi mi stai dicendo che io sono venuta qui, in questo schifo di posto, per niente?». La voce della nuova arrivata si alzò di un'ottava, chiaramente sull'orlo di una crisi isterica. Quello che colpì di più Ryan, tuttavia, fu l'enfasi che lei mise sulla parola "schifo".

Non gli piaceva chi parlava male di casa sua.

«Be', puoi sempre tornartene da dove sei venuta», disse quindi, seccato, incamminandosi senza più aspettarla.

Lei gli corse dietro. «Oh, credimi, lo farei subito, se la mia auto collaborasse».

«Cos'ha che non va?»

«Ho finito la benzina».

Ryan si lasciò sfuggire un sorriso beffardo. «Non mi dire!».

«La cosa ti diverte?», sibilò lei, indispettita.

«No, ma nemmeno mi stupisce. È tipico della gente di città venire qui senza fare il pieno, pensando di trovare una stazione di servizio ogni cento metri».

«E chi ti dice che sono una ragazza di città?»

«I tuoi vestiti griffati, la tua fretta, l'aria di superiorità. Mi ci gioco quello che vuoi».

Lei sollevò il mento, piccata, ignorando le sue parole. «Quindi non c'è nessuna stazione di servizio qui intorno?»

«Non proprio, ma posso mandare Carter con una tanica, se preferisci».

La ragazza sembrò calmarsi un poco. «Chi è Carter?»

«Il nostro meccanico. Ha delle scorte di carburante in garage. L'alternativa è andare a prenderne un po' alla pompa di benzina del paese vicino, ma con il temporale in arrivo avranno già chiuso».

Lei inarcò le sopracciglia, stupita. «Qui la gente smette di lavorare quando piove?»

«Questa non è una grande metropoli, ma una cittadina di montagna, i cui abitanti sanno bene quanto è rischioso mettersi in viaggio quando sono previste piogge intense e burrasca. Tra un paio d'ore non ci sarà più nessuno in giro, almeno finché l'allerta meteo non sarà passata».

La ragazza girò su se stessa, indicando ciò che la circondava. «Io non vedo nessuno nemmeno *adesso*».

Ryan sospirò, chinandosi a raccogliere la vanga che aveva lasciato cadere poco prima. «Questa è la vecchia piazza cittadina, che fino all'anno scorso fungeva da ingresso per i turisti. Ma, a causa di un grosso incendio, il terreno è stato messo in vendita ed è rimasto così come lo vedi. Il centro abitato è più su».

«Oh. Se puoi indicarmi la strada, allora, ci andrò subito. Da quel che ho capito, non è prudente rimettersi in viaggio con il maltempo in arrivo. Non mi resta che passare la notte qui».

«Sto giusto tornando indietro anch'io. Ti faccio strada».

Una volta raggiunta l'auto, la ragazza raccolse le sue cose, poi chiuse la portiera. «Sarà al sicuro, qui?»

«Perché non dovrebbe? Non la toccherà nessuno».

«Meglio così: devo restituirla intatta o pagherò una penale. La tua macchina è qui intorno? Non l'ho vista, passando...».

«Dovrai camminare, bellezza. Il sentiero è franato, si passa solo a piedi».

Lei parve ancor più contrariata, ma si avviò insieme a lui su per il sentiero, bofonchiando tra sé e sé.

«Spero che la civiltà non sia troppo lontana e che sia provvista di un albergo decente, una connessione internet o almeno un telefono, perché credo morirò congelata molto presto e prima vorrei sistemare tutti i miei affari in sospeso», disse, rabbrividendo, dopo neanche cento metri.

«Ah, non so se sarai accontentata. Noi qui viviamo in capanne, senza elettricità e comunichiamo solo via radio. Ma qualcuno troverà un posto e una coperta per te, almeno per stanotte. E sono sicuro che lo farà gratis. Sai, forse qui in montagna siamo un po' arretrati e non possediamo molto, ma siamo più ospitali della gente di città», ribatté Ryan con pungente sarcasmo, allungando il passo.

"Sarai anche bella, ma sei una piccola snob", pensò, inspiegabilmente deluso.

Civiltà? Albergo decente?

Per chi li aveva presi, per degli zoticoni?

Non sentendo nessun rumore dietro di sé, Ryan lanciò un'occhiata alle proprie spalle: la faccia della sconosciuta era così scioccata che quasi gli strappò una risata.

«Vieni o no? Tra poco sarà molto buio ed è meglio sbrigarsi, perché qui intorno non ci sono lampioni, ma in compenso pullula di orsi», la spronò, tentando di restare serio. Poi sollevò la vanga. «Ma sta' tranquilla, ti proteggerò con questa. Anche se ti consiglio di scappare, nel caso iniziassi a contorcermi e ululare: mi succedono cose strane quando c'è la luna piena. E ti assicuro che c'è, anche se adesso non la vedi».

La ragazza sembrò intuire che la stava prendendo in giro e sul suo viso apparve un'espressione insofferente.

«Hai ragione, siete *davvero* gentili e ospitali, voi montanari», sibilò, sorpassandolo.

Ryan lasciò che seguisse il sentiero e camminò un passo dietro di lei. La buona educazione che suo padre, e soprattutto sua nonna, gli avevano inculcato fin da bambino premeva affinché si offrisse di portarle la valigia; ma diamine, lo aveva indispettito così tanto, sventolando in aria il suo nasino aristocratico, che proprio non se la sentiva di farle da cavalier servente.

Che si facesse pure un'idea sbagliata di lui, tanto sembrava più che avvezza ai preconcetti. E, sinceramente, non aveva nessuna intenzione di fare amicizia con una donna che disprezzava tutto ciò che lui, invece, amava alla follia.

Lasciò vagare lo sguardo sul paesaggio in penombra, respirando a pieni polmoni l'aria pulita, odorosa di pioggia, terra bagnata, resina e legna appena tagliata. Avevano avuto un'estate molto calda, quell'anno, motivo per cui l'autunno era scoppiato in ritardo, mantenendo le foglie sugli alberi più a lungo del solito. E così, anche se mancava solo una settimana all'inverno, le chiome delle querce, dei castagni e delle sequoie avevano ancora le loro bellissime sfumature rosse, gialle e dorate, che spiccavano vivide sullo sfondo delle White Mountains, creando un'atmosfera vibrante di vita. La nebbia aleggiava tra i rami, rendendo indistinti i sentieri, ma non per chi, come lui, conosceva a menadito ogni albero, ogni pietra e sapeva orientarsi seguendo il rumore del fiume.

Era nato a Snowy Pine e adorava tutto di quel luogo. Forse quella ragazza pensava che lui non conoscesse la differenza tra le comodità cittadine e la vita spartana di montagna, ma si sbagliava di grosso. Aveva vissuto per un po' a Chicago, frequentato un prestigioso college in Connecticut e lavorato a Boston, e tanto gli era bastato per capire che non sarebbe mai tornato a respirare smog in una grande città, se poteva evitarlo.

Lì, in quell'angolo verde a cavallo tra il Vermont, il New Hampshire e il Canada, conduceva una vita tranquilla e aveva tutto il necessario per essere felice: una famiglia, gli amici di sempre, un tetto sulla testa, cibo fresco sulla tavola e un panorama che faceva bene al cuore.

«Manca ancora molto?».

La voce affannata della nuova arrivata lo distolse dai propri pensieri, costringendolo a prestarle attenzione.

Arrancava lungo il sentiero, non più davanti a lui ma di fianco, dal momento che aveva rallentato l'andatura non appena la strada aveva iniziato a salire. Aveva la punta del naso arrossata e dalle labbra usciva una nuvoletta di condensa; le dita della mano, che stringevano la maniglia della valigia, erano quasi viola.

Mosso a compassione, Ryan si sfilò la sciarpa, avvolgendola attorno al suo esile collo. Lei fece per protestare, ma la zittì.

«Manca circa un chilometro, quindi tienila, se non vuoi buscarti un raffreddore. E dammi la valigia, o ti si staccheranno le dita per il freddo».

«Posso portarla da sola».

«Che c'è, hai paura che scappi via con i tuoi effetti personali?», chiese Ryan, acido. «Ti assicuro che niente di ciò che possiedi potrebbe interessarmi al punto da spingermi a derubare una ragazza».

Alzando gli occhi al cielo, lei si fermò. «Senti, mi dispiace se ti sono sembrata un po' esagerata, quando sono scappata via urlando come una pazza. È vero, ho creduto fossi un assassino armato di vanga, ma cerca di capire: sono in viaggio da questa mattina, sono stanca, ho fame e freddo. Sono arrivata qui pensando di trovare un luogo ospitale, o quantomeno integro, e invece mi sono ritrovata davanti a un cumulo di macerie e fango; l'auto è ferma, il mio telefono è morto, il collega che doveva aiutarmi si è dato malato e al momento sono a corto di ottimismo. Tutto questo mi rende più suscettibile del solito e non mi fa apprezzare il tuo *adorabile* sarcasmo. Riprova domani, a fare il simpatico: sono certa che, dopo una nottata di sonno, saprò essere più bendisposta».

Ryan placò il proprio fastidio e riprese a camminare. Forse aveva esagerato, l'aveva trattata male solo perché aveva osato offendere la sua piccola città. E sì, era anche stranito per la continua diffidenza che quella ragazza sembrava nutrire nei suoi confronti. Non era affatto abituato a spaventare la gente: tutti si fidavano di lui!

«Quando gli abitanti di Snowy Pine sapranno che sei scappata non appena mi hai visto, si faranno delle grasse risate», disse, quindi, tentando di fare conversazione.

Lei parve risentirsi e sollevò il mento. «Essere prudenti non è un difetto. C'è tanta gente marcia, in giro, e pericoli dove meno te li aspetti. Fidarsi ciecamente del primo venuto con la faccia da angioletto è da stupidi».

Il sorriso di Ryan si accentuò. «Per la "faccia da angioletto" rideranno ancora di più».

«Bene, sarò felice di aver portato un po' di gioia in questo posto cupo», ribatté lei, piccata.

"Ci rinuncio", pensò Ryan. Ogni tentativo di conversazione sembrava del tutto sprecato con quella donna.

Camminarono in silenzio per il resto del tragitto; lui a suo agio, lei rigida come una statua. Di solito, chi si avventurava da quelle parti non poteva fare a meno di ammirare il fenomeno del *foliage* – famoso in tutto il New England –, fermarsi a fare foto, informarsi su ciò che di bello offriva la sua terra. E Snowy Pine offriva tantissime meraviglie, a partire dalla flora e la fauna locali, i paesaggi mozzafiato, i laghi, le montagne, le cave di granito rosa. Quella ragazza, invece, sembrava del tutto indifferente a ciò che la circondava.

Eppure, non appena giunsero in vista del centro abitato, Ryan giurò di aver intravisto sul suo viso un'aria sorpresa.

Guardando nella stessa direzione, Ryan provò il consueto moto d'orgoglio.

Di fronte a lui, il sentiero iniziava a scendere fino a quella che era diventata la nuova piazza cittadina. Avevano tentato di ricostruirla identica a quella precedente, con i negozi sistemati a ventaglio, affacciati sulla fontana zampillante, le aiuole piene di ciclamini, erica e bucaneve, e le panchine in ferro battuto e legno. Da lì, il sentiero si biforcava, aprendosi fino a formare due grandi ali illuminate dalle lanterne colorate. L'ala sinistra portava a un grande gazebo in legno d'acero, usato per le celebrazioni pubbliche e dedicato a Milla e Jamie Martin, i fondatori di Snowy Pine; e ancora più su, al Firefly House & Restaurant, l'albergo più grande del posto. L'ala destra, invece, obbligava i passanti a sfilare davanti a tutti gli esercizi commerciali, i negozi di souvenir, gli empori, le locande, i ristoranti e i pub. I due sentieri tornavano a congiungersi qualche centinaio di metri più in alto, dove iniziavano a intravedersi le case dai tetti a punta e i comignoli fumanti dalle forme più bizzarre.

Snowy Pine era un posto fuori dal tempo, quasi fiabesco, e l'arrivo del Natale rendeva l'atmosfera ancora più bella. Festoni colorati decoravano le facciate degli edifici; fili di luci intermittenti contornavano le finestre e illuminavano i grandi pini che davano il nome alla città, e le vetrine dei negozi erano spruzzate di neve artificiale, in attesa che arrivasse quella vera.

«Non è poi tanto male, vero?», disse, lanciando un'occhiata alla donna al suo fianco.

Lei inclinò la testa, in un cenno di assenso. «Viste le premesse, mi ero aspettata di peggio, devo ammetterlo».

«Ti prego, non metterci così tanto entusiasmo», sbuffò lui, alzando gli occhi al cielo. «Chissà in che paradiso terrestre vivi tu».

«Vivo a New York», affermò lei, con orgoglio.

Ryan trattenne a stento una smorfia. «Non c'è proprio paragone».

«No, infatti», fece eco lei.

Era chiaro che non sarebbero mai andati d'accordo su quell'argomento.

Un tuono ruppe il silenzio della radura e la pioggia prese a cadere copiosamente, spingendo Ryan ad afferrare la nuova arrivata per un braccio e correre con lei verso la piazza.

Quando riuscirono a entrare al Firefly, erano bagnati fradici e la ragazza di città tremava come una foglia.

«Mio Dio, venite vicino al fuoco, non state lì impalati!».

La voce di sua nonna lo raggiunse, autoritaria come sempre. Ryan sorrise, voltandosi a guardarla: era un donnino minuscolo dall'aria paffuta e dolcissima, eppure sapeva incutere timore, quando voleva; un talento che le tornava utile per redarguire i figli di sua sorella Maggie, ad esempio, che in quel momento sembravano due angioletti, seduti davanti al camino con i loro album da disegno e i pennarelli sparsi sul tappeto.

«Ciao, nonnina», le disse, chinandosi a posare un rumoroso bacio sulla guancia rugosa della donna.

«Senti come sei congelato, razza di incosciente. Perché non sei tornato prima?»

«Stavo per farlo, ma ho dovuto soccorrere una donzella in difficoltà».

Gli occhi di sua nonna si fecero attenti, mentre fissavano la sconosciuta: per Sarah Greenwood, ogni donna che stava a meno di cento metri dall'adorato nipote era una potenziale minaccia.

«E tu chi saresti?», la sentì chiedere, pronta a un'analisi profonda della nuova arrivata.

La sconosciuta raddrizzò le spalle; fiera, nonostante sembrasse un pulcino bagnato. «Mi chiamo Taylor Andrews, vengo da New York. Sono qui per valutare lo stato di un terreno di proprietà della famiglia O'Connell».

Taylor Andrews. Un nome musicale e allo stesso tempo forte, pensò Ryan, soffermandosi a guardare la ragazza mentre si tamponava i lunghi capelli con il cappello di lana, per evitare che gocciolassero a terra. Ora che conosceva il suo nome, e che la vedeva in casa sua, gli sembrava un po' meno estranea. E tanto, tanto più carina.

«Cavolate», sbottò sua nonna, dissipando i suoi pensieri.

«Come, prego?», chiese Taylor, già sul piede di guerra.

«Snowy Pine va bene così com'è, non abbiamo bisogno di pseudo architetti e mangiasoldi di città intenzionati a disboscare due ettari di terreno per piantare i loro mostri di cemento e inquinare la nostra aria!».

Ryan intervenne, prima che il discorso degenerasse.

«Mia nonna crede che il terreno bruciato che gli O'Connell vogliono vendere non debba diventare sede di una fabbrica o di un Walmart, ma rimanere agli abitanti del posto ed essere adibito a qualcosa di più adatto alla zona e utile alla comunità», le spiegò. Poi, rivolgendosi alla nonna, cercò di blandirla. «Nonnina, so come la pensi, ma il terreno non è nostro e, credimi: qualunque intervento sarà meglio dello sfacelo che regna adesso laggiù. Per come è messa, quella porzione di paese rischia solo di farci una cattiva pubblicità: chi arriva a Snowy Pine potrebbe pensare che siamo solo dei trogloditi che vivono nel disagio», disse, lanciando uno sguardo ironico in direzione di Taylor, che alzò gli occhi al soffitto.

«In ogni caso, è il sindaco che si occupa delle questioni inerenti al terreno, ed è dovuto partire per Boston. È venuta per niente», disse sua nonna alla ragazza, con soddisfazione a stento trattenuta. «Credevo che in una grande città come New York sapeste usare il telefono, anche solo per assicurarvi di non fare viaggi a vuoto».

«Il problema è che siamo talmente avanti, a New York, che quando prendiamo un appuntamento per una data precisa, diamo per scontato che questo non venga annullato senza prima avvisare», sibilò Taylor.

Ryan fissò entrambe quasi con ammirazione: sembravano due tigri pronte a sbranarsi per l'ultimo quarto di carne.

«Be', che intende fare, ora?», chiese sua nonna, con aria di sfida.

«In questo preciso momento? Prendere una camera, se è possibile, togliermi di dosso questi vestiti bagnati e, se non morirò per ipotermia nei prossimi minuti, mangiare qualcosa», rispose Taylor, con una caparbietà quasi sexy, nonostante i denti che battevano.

Oh sì, gli piacevano le donne decise.

Nell'accorgersi che sua nonna stava per replicare ancora, Ryan mise da parte i propri pensieri vagamente lascivi e si interpose tra le due donne.

«Accompagno Taylor di sopra. Di' ad Annabelle di portarle uno spuntino, così non morirà di fame da qui all'ora di cena».

Lasciò che Taylor lo precedesse, poi salì le scale dietro di lei.

Sua nonna si avvicinò alla balaustra di legno per consegnargli, controvoglia, una chiave. Poi, riscuotendosi dal suo malumore, lo ammonì. «Che fine ha fatto la tua educazione? È comunque una ragazza: portale la valigia, anziché star lì impalato a guardarle il sedere!».

Ryan per poco non inciampò. «Nonna!», esclamò, a metà tra l'imbarazzato e il divertito.

«Oh, non si preoccupi, signora. L'ho portata fin qui senza problemi, non sarà una rampa di scale in più a pesarmi», lo interruppe Taylor, soave. «E se suo nipote è così disperato da dimenticare la buona educazione davanti a un fondoschiena, lo lasci fare: mi dispiacerebbe togliergli l'unico piacere che riceverà da me», aggiunse con un sorrisetto malefico, prima di tornare a salire.

Incredulo, offeso e al tempo stesso intrigato, Ryan rimase impalato sulle scale.

«Ha la lingua lunga», sentenziò sua nonna, prima di voltarsi per andare in cucina. Ryan intuì che aveva già preso in antipatia la nuova venuta e che non avrebbe perso occasione per trovarle difetti.

Rassegnato, scosse il capo e raggiunse Taylor.

«Prego, le abbiamo riservato la stanza più bella, signorina Andrews», disse, giunti in fondo al corridoio. Con un gesto ironicamente cavalleresco, le aprì la porta e accese la luce.

Taylor entrò in quella che loro consideravano la suite del Firefly e si guardò intorno. Ryan lo fece insieme a lei.

Il legno d'acero dominava l'ambiente, avvolgendo ogni cosa in una calda tonalità rosata, dal pavimento al soffitto. Due finestre ampie, poste ai lati del grande letto, guardavano sulla piazza illuminata, al momento semi nascosta da pesanti tendaggi color crema, mentre un lucernario circolare permetteva, a chiunque occupasse il letto, di guardare il cielo azzurro nelle stagioni calde, o di addormentarsi guardando la neve cadere in inverno. La mobilia era tutta intagliata a mano, le coperte e i tappeti erano spessi, caldi e invitanti, e il camino, sulla parete di fondo, emanava un fioco calore, in attesa di essere ravvivato.

Ryan si diresse proprio in quella direzione, per gettare legna nuova sulle braci ardenti.

«Tu lavori qui?», chiese Taylor, sfilandosi la sciarpa, mentre si guardava intorno con un certo interesse.

«Si può dire così». Allo sguardo perplesso di Taylor, Ryan si strinse nelle spalle. «Il Firefly House & Restaurant appartiene alla mia famiglia. Io do una mano ogni volta che serve».

Se anche rimase sorpresa, Taylor non lo diede a vedere, ma continuò a girellare per la stanza.

«E così questa sarebbe la vostra camera migliore... Era l'unica pronta o devo l'onore a un altro motivo?»

«Che tu ci creda o no, Snowy Pine è una meta turistica, soprattutto in questo periodo, e il nostro è il miglior albergo della zona. Siamo sempre pronti ad accogliere eventuali ospiti. Per quanto riguarda te, invece, suppongo che mia nonna volesse impressionarti».

«E perché mai?»

«Perché sei una ragazza di città».

Taylor sembrava perplessa. «E quindi?»

«Diciamo che ha dei conti in sospeso con i tipi come te». Ryan non aggiunse altro e si avviò alla porta. «Tra poco qualcuno ti porterà uno spuntino; la cena, invece, è alle otto, nell'area ristorante. Per questa notte sarai nostra ospite, domani potrai decidere se restare qui, scegliere un'altra sistemazione o tornare a casa tua».

«Posso pagare per la notte, non è necessario che...».

«Insisto. Ti ho praticamente costretta a dormire qui, dal momento che ti ci ho trascinata con la forza. Non vorrei che pensassi che è così che ci procuriamo i clienti. Ci piace credere che le persone *scelgano* di soggiornare al Firefly House». Ryan afferrò la maniglia della porta, poi aggiunse: «Spero tu abbia qualcosa di caldo, dentro quella minuscola valigia. Ma se serve, ci sono delle coperte nell'armadio».

«Starò bene. Grazie».

Stava per chiudere la porta, quando Taylor fece un passo avanti, a disagio.

«Mi dispiace per come mi sono comportata da quando sei apparso davanti alla mia macchina».

«Cioè, pensando che io fossi un killer e un potenziale ladro, offendendo il luogo in cui vivo, dandomi del troglodita e lasciando credere a mia nonna che sono un villano?». Ryan sorrise. «Non importa». Fece di nuovo per uscire, poi si fermò. «Comunque, per la cronaca...».

«Se stai per dirmi che non mi hai mai guardato il sedere, lascia perdere: ho solo assecondato tua nonna, non ci ho creduto davvero», lo interruppe Taylor, sfilandosi la giacca.

Ryan si soffermò per un istante a osservare il seno pieno, fasciato dal maglioncino nero a collo alto, aggiungendo una nota positiva all'immagine estetica della ragazza: piccola, esile, ma con tutte le forme al posto giusto. Promossa a pieni voti.

Taylor colse il suo sguardo e inarcò un sopracciglio. «Mi sbagliavo?»

«Sbagliavi in pieno», disse Ryan con un sorrisetto arrogante. «Ho gli occhi e li uso a dovere. Ci tenevo solo a precisare che un bel sedere non basta a farmi dimenticare l'educazione». Facendole l'occhiolino, si tirò dietro la porta e tornò di sotto.

Non appena giunse in cucina, sua nonna lo aggredì.

«Perché l'hai portata qui?»

«Pioveva, mi è venuto istintivo».

«Non mi piace», sentenziò lei, continuando a rimestare il contenuto fumante di una grossa pentola.

Ryan sogghignò, piombando alle sue spalle per abbracciarla. «Oh, ma dài, non essere gelosa. Lo sai che sei l'unica donna della mia vita!».

«Non te la caverai cercando di arruffianarmi. Ho visto come la guardi».

«E come la guardo, sentiamo?», rise Ryan, incredulo.

Sua nonna, però, non sembrava affatto divertita. «Come tuo padre guardava tua madre».

Oddio. Di nuovo quella storia.

Ryan prese un respiro profondo, mentre andava a versarsi del caffè bollente per poi sedersi su uno sgabello. «Nonna, seriamente: devi smetterla di preoccuparti di qualcosa che non succederà mai. Io non sono come papà».

«Ah no? Non ti sei forse trasferito a Boston per quella ragazza? Come si chiamava… Christine!».

«Mi sono trasferito a Boston, dopo il college, per *lavorare*. Christine era la mia ragazza del momento e sì, mi piaceva molto, ma non al punto da restare in città per lei. Sbaglio o vivo qui, adesso?»

«Avresti potuto lavorare qui fin da subito, invece hai preferito andare in città per starle vicino. Non mentire!».

«Ma ero giovane, avevo ventun anni! Un ragazzo a quell'età ha bisogno di fare esperienze, per capire cosa vuole dalla vita».

«Tuo padre aveva già avuto un sacco di esperienze, quando si è ritrovato a sbavare dietro una ragazza di città», brontolò sua nonna. «Ho capito fin dall'inizio che non era adatta a lui, me lo sentivo nelle ossa. Ogni volta che veniva qui, non faceva altro che decantare le bellezze di Chicago, vestiva tutti voi come damerini e lei stessa indossava di continuo i suoi abiti firmati, anche se non erano adatti a questo posto. Costringeva tuo padre a fare la spola e, quando si è ritrovata costretta a stare qui con lui, se ne è lamentata per tutto il tempo. Si faceva spedire le riviste da casa, perfino le provviste, come se qui morisse di fame!». Grugnì, ancora amareggiata dopo tanto tempo. «Una ragazza di città non la puoi estirpare dal suo mondo, così come non puoi togliere la montagna a uno di noi. È meglio se ti trovi una ragazza di qui, tesoro. Non voglio vederti soffrire come ha sofferto il tuo povero papà».

«Ti stai facendo un film degno di un Oscar, nonnina. La signorina Andrews è molto bella, non posso negarlo, e guardarla non mi dispiace affatto. Potrei anche spingermi oltre...». Sua nonna si mise le mani sulle orecchie, borbottando a indirizzo della sua sfacciataggine. «Ma», proseguì Ryan con una risata, quando lei riabbassò le mani, «di sicuro non penso a lei come alla donna della mia vita. Su, nonna, sii un po' più elastica. Ti ho già promesso che non sposerò mai una ragazza che non ami Snowy Pine tanto quanto me, ma non puoi davvero pretendere che io non guardi le donne, soprattutto se rappresentano un'affascinante novità. Ti ricordo che siamo tremila abitanti, qui intorno, e se togli gli uomini, le ultrasessantenni, le madri di famiglia e le minorenni, non resta molta scelta».

«Il fatto che tu conosca quasi tutte le ragazze del posto, significa che non sposerai mai una di loro?»

«Significa che, *se* e quando mi sposerò, sarà perché qualcuna di loro mi avrà davvero colpito. Chissà, magari una delle bambine di adesso tra qualche anno diventerà una splendida donna in grado di farmi perdere la testa».

«*Se e quando mi sposerò*», lo scimmiottò sua nonna. «Cosa credi, che io sia immortale?».

Ryan scese dallo sgabello per andare a darle un bacio. «Lo spero vivamente! Ora vado a casa a fare una doccia e a cambiarmi, torno per cena. Però voglio che tu mi faccia un favore».

«Non so se posso», ribatté lei, imbronciata, sapendo dove voleva andare a parare.

«Tratta bene la nostra nuova ospite! Potrebbe tornarsene a casa già domani, ma anche se decidesse di restare per fare i suoi rilievi, se ne andrebbe comunque nel giro di qualche giorno, come chi è arrivato prima di lei. E poi non devi guardare male tutte le ragazze carine che arrivano dalle grandi metropoli, nonna. Puoi stare tranquilla: non me ne andrò».

La donna annuì, seppur contrariata, e Ryan uscì dalla cucina e dall'albergo, diretto a casa sua, un cottage situato alcune centinaia di metri più su, defilato rispetto al centro abitato.

La preoccupazione di sua nonna era del tutto fuori luogo e lo faceva sorridere. Trovare una ragazza attraente non era affatto sinonimo di interesse duraturo, ma Sarah Greenwood era una donna all'antica e credeva ancora all'amore a prima vista. Perché lei stessa si era innamorata in quel modo, e così era stato per le sue tre sorelle e per molte altre coppie del posto, forse anche grazie alla storia romantica – che a lui sembrava più una leggenda – di Milla e Jamie Martin, i fondatori di Snowy Pine che gli abitanti veneravano come due eroi e la cui storia veniva raccontata come favola della buonanotte ai bambini.

Per lo stesso motivo, sua nonna aveva sperato che anche il suo unico figlio trovasse l'amore vero, ma così non era andata.

Ryan sapeva bene quanto suo padre avesse sofferto accanto alla donna sbagliata e non era per nulla ansioso di rivivere la stessa situazione. Per questo aveva promesso a sua nonna di non sposarsi mai con qualcuna che non fosse del tutto certa di voler vivere lì.

Quello che non aveva specificato, era che il matrimonio era un'ipotesi che scartava quasi a priori.

Aveva appreso molto presto che le promesse eterne non esistevano. Ecco perché non aveva nessuna intenzione di farne.

3

Cinque giorni alla vigilia di Natale

Quando riemerse dal sonno, la prima cosa che provò fu un senso di rilassamento così profondo da stupirla.

Il suo corpo era avvolto in una confortevole sensazione di calore e un profumino delizioso, di spezie, mele e caffè, aleggiava intorno a lei, mettendola di buonumore. A cullarla vi era solo un flebile suono indistinto, continuo ma per nulla fastidioso.

Niente clacson, niente sirene, niente porte sbattute e nessun vicino di casa rumoroso e adirato. Solo pace.

Si sentiva pesante, sprofondata in qualcosa di morbido che sapeva di pulito, e quelle sensazioni riuscirono a strapparle un sorriso.

Dio, da quanto non dormiva così bene? Mesi. Anni, forse.

Rimase a occhi chiusi, godendosi il relax ancora per qualche istante, stiracchiandosi del tutto. Poi, pian piano, anche la sua coscienza sembrò svegliarsi e la realtà dei fatti le piovve addosso in modo lento ma inesorabile.

Non era a casa sua, nel suo letto. Non era a New York.

Ricordò le infinite ore di viaggio, soprattutto le ultime tre, fatte con le mani strette al volante e il collo tanto contratto dalla tensione da procurarle il mal di testa:

odiava i lunghi spostamenti, ma soprattutto odiava le macchine. Le ricordavano l'incidente che era costato la vita ai suoi genitori, motivo per cui cercava di farne uso il meno possibile. In città non aveva bisogno dell'auto, poteva andare a lavorare in metropolitana o in autobus; anche a piedi, se necessario. Per arrivare a Snowy Pine, tuttavia, aveva dovuto mettere da parte la propria ansia e noleggiare un'utilitaria: non c'erano altri mezzi per raggiungere quel posto sfuggito al progresso.

Il navigatore satellitare del telefonino l'aveva portata a destinazione, ma ciò che si era trovata davanti era un posto inospitale, grigio, sporco, nebbioso e pieno di macerie che, oltre a disgustarla, l'aveva terrorizzata. Ok, il centro abitato si era rivelato un paesino quasi da cartolina ma, per una ragazza di città, tutta quella natura incontaminata e quelle casette basse, fatte di legno e pietra, erano destabilizzanti.

Per di più, aveva conosciuto l'ennesimo idiota. Bello, per carità, ma saccente e un po' rozzo. E dio solo sapeva quanto ne avesse fin sopra i capelli degli uomini: dopo tante esperienze fallimentari, aveva deciso che restare single era decisamente meglio che accontentarsi di un cretino.

E infine eccola lì, in una camera d'albergo che profumava di foresta, senza sapere che fare. Il suo collega geologo si era ammalato e sarebbe arrivato con qualche giorno di ritardo, e questo rimandava per forza di cose le prove geotecniche; i documenti e le planimetrie erano da qualche parte nell'ufficio comunale di Snowy Pine, reso inagibile da un recente smottamento, e ciò le impediva di svolgere parte del suo lavoro, lasciandole ben poche possibilità. Sarebbe potuta tornare a New York, per poi ripartire non appena quei montanari incompetenti fossero riusciti a ritrovare il fascicolo che le serviva. Questo, però, significava affrontare nuovamente lunghe ore di viaggio in auto e la sola idea le faceva accapponare la pelle. La seconda opzione era restare lì una settimana, nella speranza che i documenti saltassero fuori prima del previsto e, nel mentre, portarsi avanti con i test che poteva effettuare con la poca strumentazione in suo possesso.

C'era anche una terza alternativa, ossia tornare a casa e lasciare che fosse qualcun altro a occuparsi di quel progetto, ma non era da considerare: aveva preso un impegno e intendeva portarlo a termine.

In fondo, che male poteva farle una settimana di vacanza?

Tornando a stiracchiarsi, tirò le braccia fuori dalle coperte e il freddo che la fece rabbrividire le diede una vaga idea di quanto dovesse essere gelida l'aria fuori da quella stanza. Si ripromise di vestirsi a strati, anche a costo di usare tutti gli abiti che si era portata da casa, per poi cercare un negozio di abbigliamento nei paraggi, dove procurarsi qualche capo più adatto alle temperature rigide del posto.

Chissà se vendevano qualche abito carino o se avrebbe trovato solo giacconi informi e scarponi, come quelli che indossava il suo soccorritore dagli occhi verdi?

"Be', a lui stavano bene", ammise controvoglia. Ma pensare a Ryan Greenwood la rendeva nervosa, quindi preferì soprassedere.

Aprì gli occhi, pronta a scendere dal letto. E urlò.

Davanti al suo viso c'era il muso di un *qualcosa* che non aveva mai visto. Era grosso e minaccioso, aveva due grandi occhi arancioni, grosse orecchie a punta e un folto manto grigio ferro. E la stava osservando da vicino.

«Mio Dio, che diamine sei?!», gemette, uscendo in tutta fretta dal letto e inciampando nelle coperte. Rialzandosi a fatica, afferrò il cuscino e lo lanciò in direzione dell'animale, che sembrava guardarla quasi con aria di commiserazione. Infastidito dal quel gesto, però, il "mostro" si mosse, cosa che la terrorizzò ancor di più.

Un colpo inaspettato alla porta le strappò un secondo, piccolo urlo, ma una volta riconosciuta la voce che pronunciava il suo nome, ringraziò il cielo e corse ad aprire.

«Ti ho sentito urlare, che succede?», chiese Ryan, l'aria preoccupata.

«C'è un mostro qui dentro!», disse Taylor, nascondendosi dietro di lui.

«Quale mostro?». Ryan sembrava perplesso e divertito. «Ti sei guardata allo specchio? Dài, non esagerare. Non sei tanto male, neanche così».

«Oh, che signore che sei! Sono quasi commossa per il complimento», sbottò Taylor. Poi indicò il letto. «Parlo di *quel* mostro, genio! Quello che ci sta fissando!». Ma insomma, non lo vedeva? Ce lo aveva proprio davanti! «Gesù, ma che razza di bestia è?»

«Un gatto?», chiese di rimando Ryan. Sembrava così stralunato da risultare comico.

Taylor sbirciò da dietro la sua spalla, fissando meglio l'animale sistemato tra le coperte.

Ok, ora che lo guardava meglio, poteva *sembrare* un gatto. Ma un gatto *enorme*, dall'espressione arcigna, a cui lei non era affatto abituata.

«Quello non è un gatto. I gatti sono piccoli, carini e coccolosi. Quello sembra una lince!».

«Povero Thunderstorm, che cosa ti dice questa ingrata cittadina?», tubò Ryan, avvicinandosi al letto per prendere in braccio l'animale. Poi si volse e fece un passo verso Taylor, che indietreggiò.

«Thunderstorm?»

«Mia nonna lo chiama Thundy, i miei nipoti Stormy. Ma il suo nome è Thunderstorm: è virile, cattivo e potente. Gli si addice, almeno al primo impatto. In realtà è un tenerone, gli piace stare con la gente. Anche se il fatto che abbia scelto di dormire con te la dice lunga sulla sua intelligenza», scherzò lui, con un sorrisetto fastidioso.

Ignorando la frecciatina, Taylor rilasciò il fiato. «Non ho mai visto niente di così grande».

«È un Maine Coon, una razza piuttosto imponente. Pesa quindici chili, tutti di potenza felina. Di sicuro non è come i micetti di città a cui sei abituata, lo capisco. Ma addirittura da farti urlare spaventata...». Ryan ridacchiò. «Per fortuna è tardi e non c'è più nessuno nelle camere, o avresti svegliato l'intero piano».

Taylor aggrottò la fronte. «In che senso è tardi? Che ore sono?»

«Le dieci passate, dormigliona».

Sgranando gli occhi, Taylor si portò una mano alla fronte. «Cavolo, ho sprecato mezza giornata di lavoro!».

«Tranquilla, sta ancora piovendo. Non avresti potuto fare niente». Ryan la squadrò da capo a piedi e Taylor si rese improvvisamente conto di quanto poco presentabile fosse, con indosso il suo pigiama con gli unicorni, i calzini spessi e i capelli spettinati. D'istinto li riavviò con le dita, sperando non si fossero increspati troppo.

Chissà cosa vedeva, lui, guardandola?

"Ma che ti importa? Tanto tra un paio di giorni te ne vai!", si redarguì, infastidita dal suo stesso pensiero.

«Se vuoi fare colazione, sono sicuro che in cucina è rimasto qualcosa».

«Sì, grazie. Scendo tra un momento», lo congedò.

Mentre Ryan si avvicinava alla porta, Taylor corse verso il bagno. E, non appena vide la propria immagine riflessa, soffocò a stento un urlo.

Era così stanca, la sera prima, che si era addormentata con la maschera purificante all'argilla sul viso e ora sembrava un mostro verde in procinto di sgretolarsi!

Dall'ingresso della camera, udì Ryan ridacchiare. «Scommetto che adesso ti sei *davvero* guardata allo specchio!».

Era a metà scala quando udì le prime note di *Holly Jolly Christmas*. La musica proveniva da una stanza al pianterreno e la attirava come una calamita. Forse era anche merito dell'atmosfera di quel posto, così rustico, caldo, dal profumo di legno, con le voci allegre dei bambini e la pioggia che ticchettava sul tetto a fare da sottofondo. L'insieme creava un ambiente familiare e la musica di Natale calzava a pennello, rendendo tutto irresistibile. Le riportava alla memoria i ricordi della sua infanzia, quando faceva impazzire i suoi genitori facendo suonare a ripetizione i vecchi album natalizi di Frank Sinatra, ballando per le stanze del loro attico a Gramercy, con al collo le ghirlande colorate e due palline come orecchini.

Quel periodo le era sempre piaciuto, anche da adolescente. Poi tutto era cambiato, i suoi erano morti ed era rimasta sola. Non aveva più avuto nessuno con cui godersi le feste in armonia.

Cercando di non soffermarsi su quei pensieri tristi, Taylor seguì le voci fino a raggiungere un ampio salotto. Due divani verde scuro stavano ai lati della stanza, ognuno posizionato strategicamente in direzione delle grandi finestre, dalle quali si poteva godere di una vista mozzafiato sulle montagne e le mille sfumature del tardo autunno. Sulla parete di fondo faceva bella mostra un grande camino scoppiettante e, di fronte, un tavolo in legno scuro, ingombro di decorazioni natalizie. Al centro della stanza era posizionato un enorme abete, che riempiva l'aria con il suo tipico profumo di resina.

I bambini che aveva intravisto la sera prima, al suo arrivo, erano ai piedi dell'albero: la femmina, che doveva avere all'incirca sei anni, stava sistemando delle pigne dorate attorno al vaso, canticchiando, mentre il maschietto, più piccolo, appendeva addobbi sui rami con l'aiuto di una donna bionda e molto attraente.

Su uno dei divani c'erano tre signore anziane, molto somiglianti tra loro, con delle tazze fumanti tra le mani. Seduto di fronte, un uomo dai capelli bianchi leggeva il giornale, mentre un tizio più giovane osservava con tenerezza i bambini.

Non appena si affacciò alla porta, otto paia d'occhi puntarono verso di lei. Le voci cessarono, così come i movimenti, e nell'aria echeggiò solo la musica.

«Mi dispiace, io... cercavo la sala ristorante», disse, a disagio, con la sensazione di aver interrotto qualcosa di intimo.

La donna bionda fu la prima a riprendersi. «Sei la ragazza di New York?», chiese, lasciando che il bambino continuasse da solo e avvicinandosi a lei.

Taylor annuì, perplessa. Quella donna conosceva tutti gli occupanti dell'albergo tranne lei, andando quindi a esclusione, o aveva una scritta lampeggiante sulla fronte che identificava la sua provenienza? E dire che in città si sentiva sempre così anonima...

«Il ristorante è dall'altro lato. Ti accompagno».

«Portale la colazione qui, Maggie. Così avremo occasione di fare conoscenza con la nuova ospite», si intromise una voce all'interno della stanza.

«Torno subito», annuì la bionda, sparendo in un lampo.

Taylor rimase ferma sulla porta, indecisa. Le signore la guardavano con un'intensità tale da metterla in soggezione. Avrebbe preferito di gran lunga consumare in tranquillità la sua colazione, come di certo avevano fatto tutti gli altri ospiti del Firefly, ma rifiutare le sembrava maleducato e non le rimase che fare un passo avanti.

«Dunque sei qui per il terreno degli O'Connell», attaccò una delle tre, quella che sembrava più anziana. «Che vogliono costruirci, questa volta? Una raffineria? O magari una fabbrica di pellame, così, oltre a disboscare e inquinare, uccideranno anche gli animali?»

«Mathilda, non è così che si inizia una conversazione», la interruppe la donna seduta al centro, prima di rivolgere a Taylor un sorriso cordiale. «Io sono Olga Greenwood e queste sono mia sorella maggiore Mathilda e mia sorella minore Rosemary. Tu come ti chiami, ragazza?»

«Taylor Andrews. E comunque sì, sono qui per conto di una grossa azienda che opera nel settore dell'arredamento e che è interessata al terreno in vendita».

Rosemary alzò gli occhi dalla tazza per fissarla. «Perdi il tuo tempo, è meglio che tu lo dica a chi vuole comprarlo».

«Che ha che non va, a parte sembrare una palude?»

«Adesso è così per via delle piogge incessanti e dell'incuria. Da quando è bruciato ed è stato messo in vendita, nessuno se n'è più occupato», precisò Mathilda.

«Be', ma anche prima non era un granché. Infatti tutta quell'area è stata ricostruita spesso», continuò Rosemary. «Un paio di volte per le frane, poi c'è stato l'incendio. È anche a rischio inondazione, sai? Con il fiume che scorre così vicino... Insomma, chi costruisce su quel pezzo di terra ci rimette sempre. Non è un buon affare. E chi ha provato ad acquistarlo prima che tu arrivassi ha dovuto farsene una ragione. Quel posto è maledetto».

"Brava, Taylor! Ti proponi per la prima volta, sperando di mostrare a tutti cosa sai fare, e vai a sceglierti il progetto più inutile di sempre!", pensò, stizzita. Ma il fastidio lasciò il posto al sospetto, quando Rosemary riprese a parlare.

«Quindi non è il caso che tu stia qui, povera cara. È quasi Natale, meglio se torni dalla tua famiglia».

Perché sembravano tutti così ansiosi di vederla andar via? Aveva avuto la stessa impressione la sera precedente, quando aveva parlato con la nonna di Ryan.

E a proposito, quelle signore si erano presentate tutte e tre come Greenwood. Altre parenti?

«Lo farò presente agli acquirenti, grazie per i vostri consigli», disse, decidendo di essere accomodante. Non aveva voglia di mettersi a discutere: avrebbe giudicato da sola lo stato del terreno, non appena avesse smesso di piovere e avesse potuto effettuare le prime verifiche.

La sua accondiscendenza parve mettere i presenti di buonumore. I bambini ripresero a canticchiare, gli uomini a parlare e le tre donne a sorridere.

La ragazza bionda tornò poco dopo con un vassoio contenente un bricco fumante e una fetta di torta tanto grande da poter sfamare una famiglia, che sistemò su un basso tavolino di fronte al divano.

«Caffè e dolce della casa. Spero siano di tuo gradimento».

«Il caffè senz'altro e suppongo anche la torta. Dubito, però, di riuscire a mangiarla tutta», sorrise Taylor, sperando di non offendere nessuno.

«Sciocchezze, devi mangiare. Sei così magra!», protestò Olga, picchiettando con la mano sul sedile accanto a sé. «Vieni, siediti vicino a noi, così ci racconterai qualcosa di te».

Mentre Taylor obbediva, Olga proseguì a ciarlare allegramente, iniziando col presentarle tutti: la donna bionda si chiamava Margaret Greenwood ed era sua nipote, nonché madre dei due bambini, Colin e Jane. L'uomo che leggeva era il marito di Mathilda, Carl, mentre l'altro era Peter, il marito di Margaret.

«Tu sei sposata?», le chiese, finite le presentazioni di rito.

«No».

«Oh, povera cara... Il tuo ragazzo è un tipo timido?»

«In realtà non ho nessun ragazzo. Sono single da molto tempo, ormai».

Mathilda corrugò la fronte. «Perché, che problema hai?»

«Vorrei saperlo anch'io», ribatté Taylor con una smorfia.

«La città non è il posto ideale per trovare marito. Sono sempre tutti così di corsa, così impegnati a fare carriera e concentrati su se stessi», sentenziò Rosemary.

Taylor pensò che non aveva tutti i torti, dopotutto.

«Ho saputo che sei arrivata qui con il nostro Ryan», proseguì Olga.

«Sì. La mia auto si è fermata nella vecchia piazza e lui mi ha accompagnata fin qui».

«Che impressione ti ha fatto? Non è proprio un bel ragazzone?».

Taylor per poco non si strozzò con le briciole della torta, che si rivelò essere il dolce alle mele e cannella il cui profumo l'aveva svegliata. Tossì, sperando che la donna dimenticasse la sua domanda imbarazzante, ma Olga Greenwood doveva avere una pazienza da monaco buddhista. Dopo averle dato delle pacche sulla schiena per aiutarla a riprendersi, tornò a stringere la sua tazza di tè, guardandola con un'espressione di attesa.

«Be', è molto... alto, in effetti», glissò.

«Oh, è molto più che alto. È bello, intelligente, onesto, coraggioso. Sai, è entrato da poco nel corpo dei vigili del fuoco della contea, come volontario. Con la divisa è ancora più affascinante... Tutte le ragazze sono pazze di lui!».

Taylor non ne dubitava. Una volta aveva visto uno dei calendari sexy realizzati per beneficenza dai pompieri australiani e... Be', non stentava a credere che anche Ryan Greenwood potesse fare bella figura, come rappresentante della categoria.

Pensandoci, non le sarebbe dispiaciuto vederlo con indosso la divisa... O anche senza.

«Peccato che non sia ancora sposato», stava dicendo Mathilda, contrariata. «Non vuole mettere la testa a posto, è un farfallone. Alla sua età, il mio Carl mi aveva già messa incinta».

Dal suo angolo del divano, Carl sorrise sornione, per poi tornare a leggere il suo giornale.

«In effetti, anche io avevo già due figli», annuì Rosemary.

"Oh, cielo", pensò Taylor. Nella scala dei discorsi più spinosi di sempre, c'erano senza dubbio i racconti erotici di quelle tre anziane signore. Anche perché era quasi certa che avrebbero avuto da raccontare cose molto più interessanti di lei. Che amarezza.

«Io e il mio defunto marito non siamo stati benedetti con dei figli, ma ci abbiamo sempre dato dentro come matti nel tentativo», aggiunse Olga, con estremo amor proprio.

«Allora, forse, è stata la più fortunata di tutte», scherzò Taylor.

Tre paia d'occhi verdi la fissarono.

«Perché dici così? Tu non vuoi figli?».

Taylor esitò. «Non saprei. Non ci ho mai pensato, in realtà. Forse perché ormai ho rinunciato alla speranza di trovare un uomo adatto a formare una famiglia. Non è semplice incontrare bravi ragazzi, al giorno d'oggi. I vostri mariti sono stati gli ultimi di una serie in edizione limitata».

Rosemary la guardò con espressione vacua – probabilmente non aveva capito una parola di quel che aveva detto –, mentre Mathilda scosse la testa.

«Ryan non va bene per lei. Non sono compatibili».

«Oh, non avevo capito che fosse un test di idoneità», ironizzò Taylor.

Che sfacciate! Nemmeno Felicity le proponeva più ipotetici fidanzati, figuriamoci se lasciava fare a tre vecchine di montagna.

Rosemary parve rianimarsi. «Perché non va bene? Ho sentito che ci sa fare, come in ogni ambito. E poi ha le mani d'oro!».

Taylor tossì di nuovo e stavolta fu Margaret a intervenire, ridendo.

«Zia Rose, ti prego! Questa conversazione sta degenerando».

«Cosa? Perché? Che ho detto? Non è forse vero che con le mani ci sa fare?».

Taylor bevve un lungo sorso di caffè bollente, preferendo ustionarsi la gola piuttosto che soffermarsi a chiedersi quali cose tanto fenomenali fosse in grado di fare Ryan, per essere famoso al punto tale che anche le sue parenti ottantenni ne stavano evidenziando i pregi. Ma quando lui apparve nella stanza, bello come un adone, per poco non sputò tutto quanto sulle ginocchia di Olga.

«Eccolo qui!», esclamò Rosemary non appena lo vide. «Tesoro, di' alla ragazza di città che sei bravo con le mani! Non ci crede».

Ryan si voltò verso di lei e sulle sue labbra apparve un sorriso così sexy da farle tremare i polsi.

«Confermo, sono bravo».

Taylor avvampò, maledicendosi per questo, e abbassò lo sguardo sul piatto. «Ok, mi fido».

«Ma non era il caso di chiederlo alle mie prozie, potevi chiederlo direttamente a me».

«Ma io non...», balbettò lei.

«In realtà siamo state noi a insistere. Mathilda ti ha dato del farfallone e così zia Rose ha cercato di difenderti», spiegò Olga. Poi si chinò su Taylor. «Secondo me, se lo guardi meglio, cambi idea sulla storia dei figli, sai?», sussurrò. O almeno quello doveva essere il suo intento. Peccato che, invece, la sua voce raggiunse anche i meandri più remoti dell'albergo.

"Non ce la posso fare", pensò Taylor, con un piccolo gemito. Si rifiutò di guardare Ryan, certa che lui la stesse fissando.

«Adesso esigo che le dimostri quanto affermo!», sbottò Rosemary. «Portala a casa tua. Vedrai che dopo mi darà ragione».

Taylor sgranò così tanto gli occhi che temette di sentirli uscire dalle orbite e rotolare a terra, per poi venire appesi all'albero di Natale dai bambini.

Ma dove diavolo era capitata? Fino a pochi minuti prima quell'albergo sembrava uno spot bucolico sulla tranquilla vita di paese, e adesso le pareva di essere finita in una puntata della versione over settanta di *Sex and the City*!

Stava per alzarsi e andarsene con una scusa, quando la voce di Ryan la raggiunse.

«Come vuoi, zietta», lo sentì dire, divertito. Un attimo più tardi, Taylor ritrovò la tanto decantata mano d'oro nel suo campo visivo.

«Vieni con me, Taylor. Sarò felice di mostrarti quanto sono bravo».

"Qui si toccano livelli di follia senza pari!", pensò, fissando la mano e poi il viso di Ryan, come in trance.

Lui prese quel silenzio come una risposta affermativa e l'afferrò per un braccio, tirandola in piedi.

Taylor si lasciò trascinare, senza parole, fuori dalla stanza. Solo a quel punto si divincolò dalla stretta dell'uomo.

«Ma che diavolo fai?», scattò.

«Cosa credi stia facendo?»

«Io non verrò a vedere proprio nessuna tua prodezza di mano, sappilo!». Si nascose il viso tra le mani, allucinata. «Qui siete tutti pazzi! E poi dite di noi gente di città...».

«E invece è proprio tipico di voi gente di città equivocare le parole di una povera donna che pensava solo di fare un complimento al nipote», ridacchiò lui. «Prendi il cappotto, ti farò vedere cosa intendeva».

«Io sono qui per lavorare, non per andarmene in giro

con sconosciuti superdotati che...». Si accorse troppo tardi della gaffe.

Dio, lo aveva detto davvero?

Ryan rise. «Ti ringrazio per il voto di fiducia. Magari ripetimelo dopo aver controllato personalmente».

«Non intendevo dire *quello*. È che le tue zie non hanno fatto altro che decantare le tue doti». Taylor alzò gli occhi al cielo. «Potresti smetterla di essere sempre così ambiguo? Mi metti a disagio».

«Sul serio? Tu pensi che mia zia mi abbia appena suggerito di portarti a casa mia per scopi sessuali, e l'ambiguo sono io?»

«Non che tu abbia fatto qualcosa per chiarire la situazione!».

«Volevo capire fino a che gradazione di rosso potevi arrivare prima di andare in evaporazione», sogghignò. «Non sono abituato alle ragazze che arrossiscono, è una cosa adorabile».

«Vuoi dire che lo stuolo di femmine che, a detta delle tue zie, ti corre dietro, non arrossisce mai quando ti vede?»

«No. Le ragazze di montagna sono un po' più rudi: vanno subito al sodo», ammiccò lui.

«Oh. Capisco».

«Comunque sia, in questo momento ha smesso di piovere, ma fino a domattina il tempo resterà instabile e di certo non puoi andare sul terreno degli O'Connell, a meno che tu non voglia nuotare nel fango. Perciò, visto che anch'io non ho impegni urgenti, posso farti fare un giro nei dintorni del paese, se vuoi. E poi mostrarti ciò che intendeva zia Rose». Vedendola esitare, Ryan fece una smorfia. «Che c'è, non ti fidi di me? Credevo avessimo superato questa impasse».

Oh sì, quella era superata. Anche se non lo conosceva, Taylor era certa di non correre nessun pericolo in sua compagnia. Il problema più grande, ora, era un altro: resistere al suo fascino. E Ryan Greenwood ne aveva così tanto da metterla in difficoltà, cosa che non le succedeva spesso.

Tuttavia, le alternative non erano molte: restare chiusa in camera sua per il resto del pomeriggio, o continuare a farsi bombardare il cervello dalle chiacchiere ambigue di un gruppo di anziane signore.

«Torno subito», mugugnò, andando a prendere il cappotto.

4

La aspettò ai piedi delle scale, sperando che si sbrigasse. Non aveva voglia di dare spiegazioni a sua nonna, nel caso si fosse accorta che stava portando a spasso la nuova arrivata. Personalmente era, invece, molto ansioso di farlo. Non sapeva di preciso cosa avesse quella ragazza, eppure lo intrigava.

Quando quella mattina l'aveva sentita urlare, si era precipitato in suo soccorso come avrebbe fatto per chiunque. In fondo, gli veniva naturale intervenire senza pensare. Ma quando l'aveva vista lì così, al centro della stanza, terrorizzata da un gatto, con quell'assurdo pigiama con gli unicorni e la maschera all'argilla ormai secca sul viso, si era quasi intenerito. Perché Taylor Andrews era una contraddizione vivente: faccia d'angelo e lingua tagliente, sofisticata di giorno e semplice di notte, impertinente e apprensiva. E, a giudicare da come era arrossita durante gli sproloqui delle sue prozie, era anche timida. Un mix stuzzicante.

Lei fu di parola e tornò pochi minuti dopo con indosso un cappotto bianco sempre troppo leggero, un berretto di lana dallo stile un po' francese e dei guanti sottili. In mano, teneva la sua sciarpa.

«Ieri mi sono dimenticata di restituirtela», gli disse, porgendogliela.

Ryan l'afferrò, se la mise al collo e si chiuse il giaccone. Il profumo di lei lo avvolse in un attimo, un sentore fruttato con qualche nota di liquirizia che si amalgamava alla perfezione con il suo, rimasto in parte sul tessuto. Quando si accorse che stava inspirando a pieni polmoni, come a volerlo imprimere dentro, si diede dell'idiota e cercò di ritrovare un po' di lucidità.

Reagire in quel modo non era da lui. Eppure nessuna, e lo poteva dire con cognizione di causa, gli aveva mai fatto quell'effetto fino a quel momento. Forse era davvero la novità, come aveva detto a sua nonna. Oppure quell'assurda tradizione che vedeva tutti gli abitanti di Snowy Pine vittime di un colpo di fulmine, prima o dopo?

"Non diciamo stronzate", si biasimò. Lui non intendeva credere a certe sciocchezze. La spiegazione più semplice era che non aveva una donna da troppo tempo.

Forse era ora che si trovasse una ragazza.

Una volta fuori, la portò a fare un giro dei dintorni. Le mostrò il gazebo, la fontana, le luminarie che gli abitanti stavano sistemando per le strade, i negozi. Le raccontò qualche aneddoto divertente sul paese, sulle persone che incontravano per le vie, su come si svolgeva la vita in quel posto durante tutto l'anno, una vita fatta di cose semplici, molto meno frenetica rispetto a quella di una grande città, ma di certo più rilassante.

Taylor si mostrò incuriosita, parve apprezzare alcuni scorci del luogo, tanto da decidere di immortalarli in qualche scatto con il telefonino, ma quando il giro del centro terminò, dopo meno di un'ora, parve incredula.

«Quindi è tutto qui?», chiese, mentre risalivano la via che costeggiava i negozi.

«Spingendosi un po' più su ci sono altre case, altri negozi, le cascate, i boschi e i laghi, ma il fulcro di Snowy

Pine è qui. Siamo un piccolo centro abitato, che altro pensavi di trovare?»

«Non lo so, forse nulla. È che se tu venissi a New York, per mostrarti la città ci impiegherei almeno una settimana e non sono certa basterebbe».

«Lo prendo come un invito. Non sono mai stato a New York, se non di sfuggita per prendere un aereo».

Taylor accettò la sua proposta scherzosa. «Ti piacerà, vedrai», sorrise. E nel guardare quella fila di denti candidi e la fossetta che spuntò sulla sua guancia sinistra, Ryan ne fu assolutamente certo.

Non era mai stato così ansioso di andare in città come in quel momento.

Ed era un serio problema.

«Quindi la tua giornata tipo è alzarti la mattina, rifornire di legna le camere dell'albergo, fare piccoli lavori di manutenzione... e poi?», continuò Taylor, curiosa.

«Poi faccio il volontario dei vigili del fuoco e, a seconda delle emergenze cittadine, vado nelle zone limitrofe; il più delle volte, per fortuna, si tratta solo di qualche lavoro utile alla comunità. Nella stagione delle piogge è sempre meglio vigilare sui corsi d'acqua per evitare che esondino, d'estate ci sono gli incendi, in autunno le frane e d'inverno si spala neve in continuazione. Non sembra, ma c'è sempre qualcosa da fare».

«E nel tempo libero che cosa fai?»

«Quello che fai tu, suppongo», sorrise Ryan.

«Avete teatri, cinema, palestre e discoteche?»

«Il cinema sì, la palestra anche. La discoteca no; c'è una sala ricreativa in cui organizzano spesso feste da ballo, ma non la frequento mai: odio ballare. Per il teatro bisogna fare qualche chilometro, ma ti svelo un segreto: abbiamo le auto, non ci spostiamo a dorso di mulo».

Lei parve imbarazzata. «Scusa, l'ho rifatto. Do per scontato che non abbiate tutte le comodità che ho io in città... Senza pensare che, forse, nemmeno vi interesserebbero tutte».

«In effetti la zona è un po', come dire... *stantia*. Ci sono molti anziani, famiglie con bambini, ma i giovani scarseggiano. Tanti sono andati al college, altri lavorano fuori. Ma quello che ci rende fortunati è la posizione. In circa tre ore di auto possiamo raggiungere tutte le città più grandi: Montréal, Portland, Concord, Manchester. E allungando di un paio d'ore arrivi a Boston. Certo, non è comodo farsi tutte quelle ore di macchina per andare a teatro, almeno per chi come te è abituato a poche fermate di metropolitana, ma se vuoi passare un week end fuori ti puoi organizzare senza problemi. Insomma, tutto sta nell'abitudine».

«Ciao Ryan!».

Si fermò, trovandosi di fronte una delle amiche di sua nonna, Martha Dwaine, con la nipote accanto. Sorrise loro, ricambiando il saluto e scambiando convenevoli.

«Speravo di incontrarti, sai? Volevo proprio chiederti se potevi andare a casa della mia povera Nancy. Ha un problema con una parte del tetto del fienile, sta per crollare. Puoi dargli un'occhiata? Ci sono gli animali dentro, non vorremmo gli capitasse qualcosa».

«Nessun problema, mando immediatamente qualcuno».

La donna parve dispiaciuta. «Oh, speravo potessi andare tu. Sai che ci fidiamo solo di te».

«Vi ringrazio della fiducia, ma anche Simon e Bobby sono bravi ragazzi. Io adesso sono occupato, ma li chiamo subito». Vide le due donne lanciare un'occhiataccia a Taylor e, per evitare che dicessero qualcosa di poco carino, le salutò in fretta, mise una mano intorno alla vita della ragazza e la trascinò con sé lungo la strada.

«Se devi lavorare, vai pure! Io posso continuare il giro da sola», disse Taylor.

«Non c'era nessuna emergenza».

«Ma allora perché...».

«Le amiche di mia nonna tentano di piazzarmi con le loro nipoti o figlie in età da marito. Ecco perché mi chiamano in continuazione per gli interventi più assurdi. Lo dimostra il fatto che, appena dico che manderò qualche altro volontario, ci rimangono male».

«Oh. Be', adesso capisco come ti tieni impegnato durante il giorno».

Ryan ridacchiò, ma non rispose. Il suo sguardo aveva colto la curiosità di un gruppetto di persone che fissava lui e il braccio che teneva ancora attorno ai fianchi della nuova arrivata, e si rese conto di quanto poco ci avrebbe messo sua nonna a sapere tutti i dettagli di quell'ultima ora. Le persone che avevano incontrato erano parse tutte incuriosite da Taylor, il loro passeggiare per strada aveva suscitato molto brusio. La notizia che un nuovo architetto era giunto in città per lavorare al terreno degli O'Connell aveva già fatto il giro, soprattutto tra i più pettegoli, e la voglia di impicciarsi era tanta, così come l'ingiustificata antipatia che quella ragazza suscitava nei più conservatori.

Ryan aveva sperato che lei non se ne accorgesse, ma l'aveva vista inarcare le sopracciglia scure più volte, stranita nel notare sguardi insofferenti non appena le persone capivano chi fosse e cosa ci facesse a Snowy Pine, eppure aveva continuato a camminare a testa alta, senza dire una sola parola. La ammirava per questo.

D'improvviso, Taylor si fermò di fronte alla vetrina di un negozio di abbigliamento. «Credi che qui dentro ci sia qualcosa di caldo che possa andarmi bene? Ho indossato due maglioni e due paia di calze, per non soffrire il freddo, ma mi sento una specie di salsiccia e penso che tra poco smetterò di respirare».

«Di sicuro troverai qualcosa di comodo. Ma non ti aspettare grandi marchi».

Taylor fece una smorfia. «Non sono così snob da rischiare il congelamento per preservare l'eleganza».

«Lieto di sentirtelo dire». Le aprì la porta e la lasciò passare, salutando la proprietaria del negozio, intenta a sistemare alcune giacche in un espositore.

«Buongiorno, Patty».

La donna, alta e formosa, con il volto segnato dal tempo e dal sole, si voltò nella sua direzione con un gran sorriso. «Ciao, bellezza. Cosa ti porta da queste parti?»

«Ti ho rimediato una cliente. Ha bisogno di qualcosa di caldo da indossare».

Patty Carpenter studiò Taylor con attenzione. «Direi proprio di sì. Questo scricciolo non durerà a lungo con quella roba addosso. Dimmi, cara, che cosa ti serve?»

«In realtà non saprei. A New York fa freddo, d'inverno, ma non così. Non sono abituata», esitò Taylor, guardandosi intorno.

Come Ryan aveva previsto, il calore nello sguardo di Patty sparì.

«Oh, sei la ragazza di città... L'*architetto*», disse infatti, con una nota fredda nella voce.

Taylor sollevò il mento. «Come volano le notizie! Sono arrivata ieri sera e sembra che tutti mi conoscano. Eppure, da quel che ho capito, questa è una zona turistica. Dovreste essere abituati alla gente di città».

«Quelli che arrivano per il piacere di visitare i nostri luoghi, sono i benvenuti. Gli altri, un po' meno».

«Patty...», tentò Ryan, ma Taylor lo ignorò, continuando a fissare la proprietaria del negozio.

«Quindi, chi arriva per lavoro è una sorta di reietto?»

«Dipende dal lavoro».

«Assicurarsi che un terreno sia edificabile è così grave?»

«Se ciò che ci costruiranno sopra è una dannata fabbrica, allora sì», sbottò Patty.

«Si chiama "progresso"».

«Noi lo chiamiamo "inquinamento ambientale"». Senza aggiungere altro, avanzò verso il lato del negozio in cui era esposto l'abbigliamento femminile e prelevò dagli scaffali uno spesso maglione, dei pantaloni di lana, una giacca a vento e un paio di scarponi. «Prova questi, dovrebbero andarti bene».

Taylor prese i vestiti, guardandoli con aria scettica. «Temo siano troppo grandi per me».

«Dici? Non so se ho qualcosa di più piccolo. Noi donne di montagna siamo più burrose e non badiamo troppo all'apparenza, preferiamo la comodità».

Taylor stava per ribattere, quando Ryan decise che era giunto il momento di intervenire.

«Sono sicuro che hai qualcosa, Patty. Se non è così, chiederò a mia sorella di prestarle dei vestiti. Maggie dovrebbe avere all'incirca la sua stessa taglia».

La possibilità di perdere una vendita, ma soprattutto di indispettirlo, parve convincere la donna. Con un borbottio, tornò a smistare i capi finché non trovò qualcosa di più piccolo, che porse a Taylor.

Mentre la ragazza si avviava verso il camerino per provare i vestiti, Ryan ammonì la proprietaria del negozio con un'occhiataccia.

«Vi state comportando da maleducati. Tu e alcuni tuoi amici del comitato anziani», le disse, tra i denti.

Patty sbuffò, ravviandosi i capelli grigio ferro. «Quel terreno è nostro, Ryan. Non vogliamo che ce lo portino via».

«Non è certo colpa di quella ragazza. Lei è qui per svolgere un lavoro, non ci conosce, non sa niente di noi. Starà qui solo qualche giorno e poi se ne andrà. Quindi di' anche agli altri di evitare bisbigli e occhiatacce come se lei fosse il male del mondo».

«Non te la sei presa tanto quando abbiamo riservato lo stesso trattamento all'ultimo architetto venuto qui per lo stesso motivo», disse la donna, inarcando un sopracciglio. «È solo perché è carina?»

«Non sono mai stato d'accordo, nemmeno le altre due volte», precisò Ryan. "E comunque *carina* non è l'aggettivo che userei", aggiunse tra sé e sé. Bellissima e attraente gli sembravano più adatti. *Carina* era la cagnolina di Patty, che uscì da dietro il bancone per andare a salutarlo, scodinzolando felice. Taylor era molto più di quello.

«Mia figlia è mille volte meglio», chiosò la donna, contrariata, quasi gli avesse letto nella mente.

Ryan trattenne a stento una risata. Da un lato era divertente essere il miglior partito nel raggio di chilometri, gli rendeva le cose facili, ma dall'altra era stressante. Mamme, zie e nonne facevano a gara e si accapigliavano tra loro pur di mettere in risalto la propria prole, tanto da costringerlo a girare al largo il più possibile. Quando cercava una compagnia senza impegno, prendeva la macchina e andava da qualche altra parte. Era più sicuro e meno vincolante.

Patty Carpenter era una delle più insistenti. Cercava di mettere una buona parola con lui per sua figlia da così tanto tempo, ormai, che non sapeva più come svicolare il discorso.

Fortunatamente non dovette farlo, questa volta, perché Taylor riemerse dal camerino proprio in quel momento, con indosso gli abiti nuovi. Certo, non erano seducenti come i suoi, ma riusciva comunque a farli sembrare tali.

«Li prendo», annunciò.

Ammonita dalla ramanzina di Ryan, Patty si mostrò un poco più cortese. «Ti serve qualcos'altro?»

«Per ora va bene così, grazie. Magari guarderò anche in altri negozi; più forniti e meno prevenuti, spero».

La stoccata di Taylor andò a segno. Patty si adombrò, mentre Ryan si lasciò sfuggire un sorriso. La principessina di città aveva le unghie e sapeva usarle a dovere, soprattutto se provocata. Lui se n'era già accorto in prima persona. E la cosa gli piaceva.

Con i vecchi vestiti in un sacchetto, Taylor uscì dal negozio, seguita a ruota da lui. Stava per scusarsi a nome di Patty e degli altri abitanti, quando lei attaccò.

«Mi spieghi che succede?»

«Di cosa parli?»

«Non fare il finto tonto! È da ieri sera che non faccio che ricevere occhiatacce e inviti per nulla velati a tornarmene a casa. Perché la gente è così scontrosa? È una caratteristica del posto? Trattate tutti quelli che vengono dalle grandi metropoli in questo modo, o c'è qualcosa di me in particolare che li infastidisce?».

Ryan esitò. Conosceva gli abitanti di Snowy Pine e sapeva che avevano tutte le intenzioni di ritardare – o sabotare, se necessario – il lavoro di quella ragazza, così come avevano fatto le volte precedenti. Pur non approvando del tutto i loro metodi, non si era mai opposto, perché comprendeva il motivo che spingeva quella gente ad agire in quel modo. Tuttavia, gli altri due architetti non si erano accorti di nulla e il piano di sabotaggio era riuscito sempre alla perfezione. Taylor, invece, era stata messa sul chi vive fin da subito, ed era più suscettibile.

«Non so se detestano di più la mia professione o il vedermi in tua compagnia», proseguì lei, ignara di tutto. «Se avete avuto problemi con altri architetti, in passato, mi dispiace. Il terreno degli O'Connell è in vendita, il che significa che è libero di diventare la sede per qualunque cosa, che si tratti di una fabbrica, un piccolo centro commerciale o un enorme sexy shop! Ma di certo non è colpa mia. E per quanto riguarda te, puoi rassicurare la fauna femminile dicendo loro che non ho nessuna mira nei tuoi confronti».

«Proprio nessuna?», la provocò Ryan.

Che diamine, quell'affermazione così categorica lo colpiva nell'orgoglio!

Taylor lo fissò per un attimo, interdetta, poi riprese a camminare. «Perché dovrei? Mi tratterrò solo per pochi giorni».

«In pochi giorni si possono fare un sacco di cose interessanti. Hai già dimenticato le mie grandi doti?», la prese in giro, facendole l'occhiolino.

«E chi se le dimentica», disse lei, alzando gli occhi al cielo. Poi si fermò e allargò le braccia. «Anzi, perché non ci togliamo il pensiero e mi mostri questo enorme talento? Diamo un senso a questa giornata».

Ryan fu tentato, per un attimo, di mostrarle un tipo di talento diverso da quello di cui parlava la sua prozia. Era sicuro che nemmeno a lei sarebbe dispiaciuto poi troppo.

Ma Taylor aveva ragione: inutile iniziare qualcosa senza avere il tempo di approfondire.

Perciò si fece di lato e le indicò il sentiero che saliva verso le case. «Dopo di te».

Si era aspettata che abitasse in una delle tante casette che punteggiavano il paesaggio sopra il centro abitato, ma quando lui non si fermò e continuò a salire, verso un punto piuttosto isolato, si chiese quanto fosse stata buona la sua idea di seguirlo.

Ryan le aveva fatto capire che la prozia Rosemary non intendeva affatto spingerla a qualche gioco erotico con lui, per dimostrarle quanto fosse "bravo con le mani". Ma era davvero così? Insomma, non faceva mistero di trovarla attraente, glielo aveva fatto capire in più di un'occasione. E se la sua fosse stata solo una mossa per averla in casa?

"Ti dispiacerebbe poi così tanto?".

Quel pensiero si insinuò in lei e per poco non arrossì solo per aver permesso che saltasse fuori.

Che diavolo le stava succedendo? L'aria di montagna sembrava sgombrare in modo pericoloso la sua mente. In città, coperti da strati di smog e rumore, i suoi pensieri non si soffermavano mai su particolari come la camminata sicura di un uomo, la sensualità di un tono di voce, la bellezza disarmante di un sorriso… e le possibili doti di una mano dalle dita lunghe. Le capitava, di tanto in tanto, di apprezzare gli occhi di un ragazzo – anche se di quella tonalità di verde non ne aveva mai visti – e durante le sue incursioni in palestra aveva ammirato fisici tonici e scolpiti. Ma riuscire ad avere un fascino animale con indosso dei jeans, scarponi da montagna e giaccone non era da tutti.

"Chissà se ha lo stesso sex-appeal da svestito?", pensò, continuando a fissare quella schiena e quelle spalle fasciate dal tessuto scuro.

Ok, ora stava esagerando. E poi la risposta sembrava così scontata!

«Mi stai portando nei boschi per far perdere le mie tracce?», chiese, cercando di deviare il corso dei propri pensieri per concentrarsi sul presente.

«Certo, lo faccio sempre con le nuove arrivate», scherzò lui, lanciandole un sorriso da sopra una spalla. Poi alzò il braccio a indicare una casa su più livelli, interamente in legno, pietra e vetro. «Siamo quasi arrivati, casa mia è quella lassù».

Quando arrivarono sul vialetto, Taylor aveva il fiato corto. «Devi odiare davvero i tuoi vicini, per aver scelto di vivere così distante da tutti».

«Non odio nessuno, amo la tranquillità. È diverso. E poi guarda che vista». Ryan la prese per le spalle e la fece voltare su se stessa, mostrandole il panorama che si poteva godere da lassù.

In effetti, lo spettacolo non era affatto male. Il centro abitato sembrava raccolto in una sorta di conca, semi nascosto da una sottile nebbiolina, ma verso ovest lo sguardo poteva correre libero sulla vallata circostante, punteggiata da così tanti colori caldi e vibranti da sembrare un quadro impressionista, sul cui sfondo svettavano le montagne dalle cime innevate.

«Bello, sì. Peccato ci sia così freddo, quassù», disse, sfregando le mani tra loro per scaldarsi.

Ryan sorrise. «Entriamo, allora».

Taylor salì la scala che immetteva al portico d'ingresso, apprezzandone la fattura, le ringhiere in legno, la sistemazione dei vasi e l'arredamento da esterno. Ma l'interno si rivelò ancora più interessante, una sinergia perfetta tra stile, semplicità e comfort. Tutto appariva rustico, eppure ogni angolo sembrava pensato per essere funzionale e moderno, rendendo l'ambiente accogliente e familiare.

«Questa casa è meravigliosa. Ti sei fatto aiutare da un arredatore?»

«Ho sfogliato qualche rivista, chiesto consiglio a mia sorella e a mia nonna, per il resto ho fatto da solo».

«Un uomo dalle mille risorse».

«E non hai ancora visto niente», ammiccò lui, togliendosi la giacca.

Se non avesse già appurato che in casa regnava un bel calduccio, se ne sarebbe accorta in quel momento, guardandolo. Ryan indossava un semplicissimo maglione scuro sotto la giacca, che metteva in risalto le ampie spalle, e un paio di jeans che fasciavano un sedere da urlo. Ispirava tutta una serie di pensieri bollenti.

"Dio, quanto sei carino", pensò Taylor, togliendosi la giacca a sua volta. Tuttavia, la bellezza di Ryan non era solo una questione estetica. Tutto l'insieme della sua persona era intrigante: il modo che aveva di muoversi, di parlare, di osservare, il sorrisetto sfacciato, le provocazioni. E le poche informazioni che aveva avuto su di lui aggiungevano tasselli al quadro generale: il suo essere un volontario dei vigili del fuoco lo rendeva anche eroico, oltre che affascinante; il fatto che aiutasse le donne della sua famiglia nella gestione dell'albergo era davvero tenero, e poi c'era l'amore che provava per quei luoghi, che traspariva da ogni parola e dava l'impressione che avrebbe potuto rivolgere quello stesso sentimento nei confronti di una donna, senz'altro *molto* fortunata.

Insomma, lo conosceva da appena un giorno e già le piaceva. Un record, considerando quanto tempo impiegava, di solito, a decidere se accettare o meno un invito a cena. Del resto, il loro approccio era stato inusuale. I ragazzi in cui si imbatteva a New York non la facevano entrare così in fretta nella loro quotidianità. Ci si incontrava in una zona neutrale, come un bar o un ristorante, si chiacchierava del più e del meno, soprattutto di lavoro, poi ci si scambiava qualche messaggino, o delle email; le telefonate erano previste solo se si arrivava a un secondo o terzo appuntamento. Ma poteva passare anche una settimana, prima che qualcuno di loro si decidesse a portarla a casa sua, e i tempi si allungavano se si trattava di presentarla agli amici, per non parlare della famiglia.

Ryan, invece, l'aveva trascinata quasi di peso nella sua vita. Le aveva mostrato il suo mondo, fatto conoscere la sua famiglia e adesso l'aveva invitata in casa sua. Tutto ciò era troppo, in ventiquattr'ore, Taylor non era abituata. Eppure, chissà perché, la metteva a suo agio molto più di un primo appuntamento concordato.

«Vuoi qualcosa da bere?», le chiese Ryan, afferrando il suo giaccone per riporlo in un piccolo armadio a muro.

«Farmi ubriacare è lo step successivo?»

«Io pensavo a una cioccolata calda, o un caffè. Forse a New York sei abituata in modo diverso? Bevete alcolici già prima di pranzo?».

Taylor ridacchiò. «No! O almeno, non io. Il massimo che riesco a tollerare è un aperitivo leggero prima di cena e qualche bicchiere di vino a tavola. La cioccolata calda andrà benissimo, grazie».

Ryan la scortò in cucina, una stanza super attrezzata, con mobili in legno di ottima fattura ed elettrodomestici di ultima generazione.

«Cavolo, sembra uscita da una rivista! Ora mi dirai anche che sai usare tutti questi attrezzi da cucina?»

«Uno scapolo incallito, che può mangiare gratis nell'albergo di famiglia, secondo te si mette a cucinare? Vuoi scherzare!», rise Ryan. «Quando ho messo a posto questa casa, ho solo voluto che fosse perfetta per viverci, ma la verità è che la uso davvero poco. Vengo a dormire qui, a meno che l'albergo non sia vuoto o ci sia bisogno di me; per il resto del tempo lavoro. E mia nonna non mi permette di saltare un pasto, perciò è più comodo andare a consumarli direttamente alla fonte».

Taylor si sedette su uno sgabello alto, guardandosi intorno. «È quasi un peccato non sfruttare una cucina così bella e fornita».

«Tu sai cucinare? Se sì, mi offro volontario per farti da cavia».

«È una specie di invito a cena?», chiese lei. «Perché dalle mie parti l'uomo ti porta al ristorante, al primo appuntamento, non ti costringe a cucinargli qualcosa».

«Mi stai chiedendo di invitarti a cena come si deve?».

Taylor arrossì. «No! Non volevo dire niente del genere, rispondevo solo a...».

Ryan la tolse dall'imbarazzo con un sorriso. «Tranquilla, ti stavo solo stuzzicando un po'», disse, tornando a muoversi con sicurezza nella stanza. «Comunque sia, per ora questa cucina mi serve per piccoli pasti improvvisati. Forse un giorno verrà sfruttata di più».

«Quando ti sposerai e avrai una famiglia tua, intendi?»

«Se sarà destino».

Taylor aggrottò la fronte. «Credi al destino?»

«Tu no?»

«Sono più propensa a credere che siamo noi gli unici artefici di tutto ciò che succede nella nostra vita. Se ci pensi, è tutta una questione di scelte».

«Una volta la pensavo come te, ma da quando ho iniziato a lavorare come volontario ho visto succedere talmente tante cose senza spiegazione, che ho rivalutato il concetto di fato».

«Fammi un esempio».

Ryan le mise davanti una tazza di cioccolata fumante, poi si sedette di fronte a lei. «Quando è scoppiato l'incendio alla vecchia piazza, l'anno scorso, sono morte tre persone. Due erano rientrate nei loro negozi per cercare di salvare il salvabile e sono state travolte dalle fiamme; la terza era un'amica di mia nonna. Aveva un problema all'anca e non riusciva a muoversi bene. Io lo sapevo e, non appena mi sono accorto che il negozio della signora Potter era illuminato come una torcia, mi sono lanciato verso l'ingresso per trascinarla fuori».

«Mio Dio», mormorò Taylor, stringendo le mani sulla tazza bollente.

«Ero a neanche sei metri di distanza, sarei entrato senza pensarci due volte. Ma uno degli alberi che aveva preso fuoco è planato per metà al suolo e io mi sono ritrovato con il passo sbarrato. Nel tempo impiegato a capire che stava succedendo e a oltrepassare l'ostacolo, il negozio è esploso. Se quell'albero non fosse caduto, ostruendomi il passaggio, io sarei saltato in aria insieme alla povera Greta».

Le immagini di un altro incidente, che aveva provocato morti e feriti, sfilarono davanti agli occhi di Taylor. Era da tanto, troppo tempo che non ripensava a quella parte della sua vita. E non aveva intenzione di rifarlo: era troppo doloroso.

Cercò quindi di scacciarle dalla mente, ma qualcosa doveva essere cambiato sul suo viso, perché Ryan allungò una mano a toccare il suo braccio.

«Tutto ok? Sembri pallida».

«Non è niente, è solo che... sono un po' suscettibile quando si toccano questi argomenti», disse abbozzando un sorriso.

«Non volevo impressionarti, scusami. Era un esempio di come il destino sembri a volte seguire il proprio corso, senza che tu faccia nulla».

Rimasero per qualche momento in silenzio, sorseggiando la cioccolata, poi Taylor notò un mobile smontato, appoggiato a una parete, e lo fissò, ammirata. «Che meraviglia! Che cos'è?».

Ryan seguì il suo sguardo e si strinse nelle spalle. «Dovrebbe essere una libreria».

«A forma di albero? È stupenda!». Taylor si alzò, avvicinandosi alle parti della struttura per osservarla meglio. «Cavolo, guarda le foglie! Sembrano vere! Dove l'hai comprata? In un negozio di qui?»

«No, non la vendono in nessun negozio», rispose lui, vago.

«E dove l'hai trovata, allora? Mi piacerebbe averne una uguale. Amo leggere, in casa mia le librerie non sono mai abbastanza. E non ho piante, perché il mio pollice non è verde ma tendente al nero catrame, perciò un albero finto è un'alternativa perfetta!».

Ryan poggiò la propria tazza sul tavolo e si alzò. «Vieni».

Incuriosita dal suo strano atteggiamento, Taylor prese la tazza e la portò con sé, mentre lo seguiva. Attraversarono il soggiorno e quello che sembrava un ufficio, fino a raggiungere una porta che dava su un lungo corridoio luminosissimo, grazie ai vetri che lo ricoprivano nella parte superiore.

«Dove porta questo passaggio?»

«Al fienile. È stato aggiunto dopo, perché reputavo scomodo fare avanti e indietro dalla porta d'ingresso. Così, invece, posso andare e venire in tutta tranquillità, senza bagnarmi quando piove, o affondare nella neve fresca… o vestirmi per forza se non ne ho voglia, d'estate».

Taylor si rifiutò di immaginarlo mentre attraversava quel tunnel, nudo, e lo seguì in silenzio, fissando le proprie scarpe. Non gli chiese nemmeno il motivo della struttura di vetro: a giudicare dalle enormi finestre e dalla vetrata che dava sul portico, era chiaro il desiderio di Ryan di non lasciare nessun angolo della casa privo di vista sulla vallata.

Quando giunsero alla porta successiva e Ryan la aprì, la prima cosa che la colpì fu l'intenso profumo di legno appena tagliato, resina e vernice. Ma ciò che vi era all'interno era qualcosa che Taylor non si sarebbe mai aspettata.

Quel vecchio fienile era enorme e ingombro di quelle che ai suoi occhi sembravano vere e proprie opere di artigianato. C'erano mobili in fase di assemblaggio, giocattoli, cornici particolari, porte, finestre e altri manufatti lignei. Sul grande bancone da lavoro erano sparsi fogli e attrezzature meccaniche dall'aspetto minaccioso, mentre gli utensili più piccoli erano sistemati in file ordinate su uno scaffale che occupava l'intera parete di fondo.

«Che posto è?», chiese lei, con timore quasi reverenziale.

«Il luogo in cui porto le mie vittime prima di ucciderle», scherzò lui, indicando i macchinari sul bancone. «Seghe circolari, pialle, frese, trapani. La vanga mi serve solo a tramortirle, è con queste che mi diverto davvero».

Taylor lo guardò male e lui sorrise, grattandosi la testa con aria imbarazzata. «Questo è ciò che zia Rosemary voleva che ti mostrassi».

Taylor era incredula. «Tu hai fatto tutto questo? Da solo?»

«Fino a qualche anno fa mi limitavo ad aiutare mio padre, ma poi... Sì, ho continuato da solo».

«Ryan, è incredibile». Taylor girellò per il laboratorio, guardando ogni pezzo con vera sorpresa. «Ammiro tantissimo le persone che riescono a creare cose tanto belle dal nulla».

«Ti ringrazio».

«Quindi sei un artigiano per mestiere?»

«In realtà, un falegname per passione».

«Stai scherzando? E che ne fai di queste cose?»

«Le regalo, o le vendo alle fiere che organizziamo in primavera. Qualche pezzo mi viene commissionato, mobili e giocattoli soprattutto. Sostituisco anche i vecchi infissi all'albergo, o abbellisco le stanze più usurate».

Taylor sfiorò con un dito un appendiabiti con delle rose di legno in cima a ogni braccio, così perfette da sembrare vere. «Dovresti aprire un'attività. Hai un vero talento».

«Aprire un negozio qui avrebbe poco senso. Gli abitanti sanno dove trovarmi, se vogliono qualcosa me la chiedono e basta».

«Be', possono chiedertela anche in un negozio fisico, anziché venire a bussare alla tua porta. Oppure potresti aprirne uno in qualche città vicina... o vendere online! Sai quanta gente appassionata di questo genere di cose le comprerebbe?». Taylor vide una piccola giostra di legno, non ancora terminata, sul bancone e la sfiorò con le dita. «Io acquisterei questa, ad esempio. Mi ricorda la Jane's Carousel al Brooklyn Bridge Park: i miei mi ci portavano sempre, quando ero piccola». La nostalgia la invase per un momento, ma cercò di tenerla sotto controllo e riprese a girare per la stanza. «Sarebbe davvero uno spreco non sfruttare il dono che hai, Ryan».

«Ci penserò. Magari più avanti».

«E io che ho pensato male quando tua zia ti ha ordinato di mostrarmi cosa sapevi fare con le mani...», disse, con una smorfia.

Ryan inarcò un sopracciglio, non più imbarazzato ora che era tornata su un terreno a lui più comune. «Be', in realtà...».

Taylor alzò una mano per fermarlo, rassegnata. «Ok, questa te l'ho servita su un piatto d'argento, mi rendo conto».

La risatina di Ryan fu interrotta da un fischio fastidioso. Taylor lo vide estrarre una ricetrasmittente da sotto il maglione. Un attimo dopo, una voce maschile gracchiò qualcosa di cui Taylor capì solo "smottamento" e il nome di una via.

Ryan rispose alla chiamata, assicurando il suo pronto intervento, poi la guardò con aria di scuse.

«Mi dispiace, ma devo andare. C'è un problema a dieci chilometri da qui e servono rinforzi».

«Oh, ma certo. Ci mancherebbe!».

Tornarono velocemente in casa. Ryan le indicò l'armadio a muro per prendere la sua giacca, mentre lui infilava la divisa dei vigili del fuoco. Poi l'accompagnò alla porta.

«Riesci a tornare all'albergo da sola? Io ho la macchina qui fuori ma prendo un'altra strada, per arrivare prima. Se hai problemi, ti accompagno...».

«Certo che no, è tutto in discesa, non posso sbagliarmi. Va' pure tranquillo... e grazie per la cioccolata».

«Grazie a te per la compagnia».

Mentre scendevano le scale, Taylor si scoprì stranamente in ansia al pensiero che lui stesse andando a occuparsi di uno smottamento. Forse era a causa del racconto dell'incendio di poco prima, o per le proprie esperienze legate alle strade che crollavano, ma al momento di salutarlo, mentre lui era ormai alla macchina, si ritrovò a voltarsi nella sua direzione.

«Fa' attenzione, ok?», gli disse, stringendo i pugni all'interno delle tasche.

Il fascino dell'improvviso sorriso di Ryan la colpì come un fulmine.

«Tranquilla, non mi succederà nulla», rispose lui. Poi, con un occhiolino, aprì la portiera dell'auto e sparì all'interno.

Taylor si costrinse a voltarsi e a scendere verso il Firefly per evitare di restare ferma lì, a guardarlo allontanarsi.

"Non sono in ansia per lui, non lo conosco nemmeno", si disse. Era la sua paranoia verso le calamità naturali, a spaventarla: lei era il tipo di persona che piangeva guardando il telegiornale, solo per empatia!

Era tutto lì. Non aveva nessun altro motivo per essere preoccupata.

5

Quattro giorni alla vigilia di Natale

Taylor chiuse con uno scatto stizzito il libro che tentava di leggere da qualche ora, e si alzò, sbuffando.

Altri cinque minuti chiusi in quella stanza e avrebbe dato di matto.

Come diavolo facevano, gli amanti della montagna, a essere così felici e spensierati nel passare le vacanze in luoghi tanto isolati? Come combattevano la noia e la tristezza da cielo grigio?

Era mille volte meglio soggiornare in una grande metropoli, preferibilmente città d'arte, dove le attività da svolgere erano tantissime e sempre diverse. Oppure le località di mare, dove ci si poteva rilassare in spiaggia, prendere il sole sorseggiando un cocktail e, di tanto in tanto, praticare qualche sport acquatico.

Ma lì? Che cosa c'era da fare a Snowy Pine, a parte dormire? Proprio un accidente!

"Eppure, Ryan dice che è una meta turistica...", pensò, con una smorfia.

Meta per gente pigra, forse. Lei non era abituata a starsene con le mani in mano.

Camminò per la stanza come una tigre in gabbia, cercando di pensare a qualcosa da fare. Quella mattina si era svegliata presto e con la luna storta, colpa di una notte tormentata da incubi che vedevano strade franare e bellissimi uomini dagli occhi verdi inghiottiti dal fango. I discorsi affrontati la mattina precedente insieme a Ryan, e la notizia dello smottamento in atto a dieci chilometri di distanza, avevano scoperchiato un vaso di ricordi spiacevoli che le avevano rovinato il resto della giornata, convincendola ad andare a dormire presto, in pensiero per un ragazzo che quasi non conosceva. Ma quella mattina, durante la colazione, aveva sentito Margaret parlare con i suoi figli e dir loro di portare un cestino allo zio, e aveva inconsapevolmente tirato un sospiro di sollievo: Ryan stava bene.

Eliminata l'apprensione, era rimasta solo la noia.

Lavorare era fuori discussione. Il cielo non prometteva nulla di buono, anche se non pioveva, e l'idea di farsi tre chilometri a piedi per andare a fare un sopralluogo al terreno in vendita, con il rischio di essere sorpresa dalla pioggia o restare impantanata nel fango, non la entusiasmava affatto. E poi l'ufficio comunale era chiuso e lei non avrebbe potuto fare molto, da sola. Tanto valeva aspettare che il cielo schiarisse, o che il suo esimio collega la raggiungesse.

Fare un giro per negozi era un'altra ipotesi da scartare: non aveva voglia di essere guardata male o trattata con poca cortesia solo perché era giunta in paese per svolgere il suo lavoro. E se tutte le commesse di Snowy Pine erano come quella conosciuta il giorno prima, il rischio era molto alto.

Non le era rimasto che accendere il computer e cercarsi un film da guardare davanti al camino, ma aveva presto constatato che la connessione internet non era paragonabile a quella su cui aveva sempre potuto contare a New York, e il buffering continuo l'aveva irritata al punto tale da rinunciare e afferrare l'unico romanzo che si era portata da casa. Leggere non avrebbe dovuto darle nessun problema.

Ma non era riuscita a fare nemmeno quello, ritrovandosi a rileggere le frasi più di una volta, troppo distratta e nervosa per concentrarsi.

Andò ad affacciarsi alla finestra, accarezzando Thunderstorm, accoccolato sul davanzale. Taylor non riusciva a capire se il gatto considerasse quella camera come territorio personale, o se trovasse lei particolarmente simpatica. Quel che era certo è che sembrava voler restare lì a tutti i costi ed era ormai diventato la sua unica compagnia.

Affondò le dita nel folto pelo del suo collo e sorrise nel sentirgli fare le fusa. Era confortante stare a contatto con un animale, non era abituata alla sensazione di pace che sapevano infondere. Quando era adolescente aveva stressato i suoi genitori per avere un cane, ma avevano sempre rimandato l'argomento. Poi erano morti e Taylor aveva smesso di pensarci: affezionarsi a qualcuno, umano o animale che fosse, e rischiare di perderlo, era un dolore che non voleva più provare.

Eppure, stare con quel gatto nella stessa stanza era stata l'unica cosa, in quelle ultime ore, che le aveva evitato di soffrire troppo la solitudine.

Si lasciò sfuggire un sospiro frustrato. «Come diavolo fai a startene qui tutto il giorno, senza far niente?», gli chiese. «Ti basta davvero solo un posto caldo in cui dormire, cibo a volontà e qualcuno che ti faccia due coccole quando ne hai voglia, per essere felice?».

Per tutta risposta, il gattone inclinò la testa per farsi accarezzare meglio, dove più gli piaceva.

Taylor provò a immaginarsi di vivere allo stesso modo:

immobile per ore, a fissare il mondo da una finestra o sdraiata su un tappeto davanti al camino, con la pancia piena e qualcuno che l'accarezzava dolcemente...

L'immagine di Ryan accoccolato al suo fianco, intento ad accarezzarla dietro le orecchie, si affacciò alla sua mente, sorprendendola.

"Non è tanto male, in fondo", sussurrò il suo inconscio, mentre un sospiro le sfuggiva dalle labbra. Ma Taylor cercò di allontanare quelle assurde fantasie.

«Non mi serve un uomo, nella vita. Ho già abbastanza casini», borbottò, fissando il viavai di gente in piazza.

E poi perché proprio lui?

"Magari perché sono secoli che non posi gli occhi su un tale... *figo*?".

Forse era meglio uscire, fare due passi, mettere in moto il cervello oltre alle gambe. Star chiusa lì dentro la stava rincitrullendo.

Il miagolio di protesta di Thunderstorm, non appena lo lasciò per indossare gli scarponi, le strappò una risatina.

«Che c'è? Non vuoi che me ne vada?». Nel vedere il gatto strusciarsi contro la finestra, il suo sorriso si allargò. «Be', non posso stare chiusa qui tutto il giorno a coccolarti. Vieni tu a fare una passeggiata con me, scommetto che conosci qualche bel posticino. E di sicuro sei più socievole degli abitanti della zona».

Per tutta risposta, Thunderstorm scese dalla finestra e si avviò alla porta.

Era fiera di se stessa: comunicare con un animale e farsi comprendere era una dote che non pensava di possedere... ma le riusciva molto meglio del suo lavoro, a quanto sembrava.

«Se mi va male come architetto, potrei aprire un rifugio per animali», mormorò tra sé e sé, aprendo la porta e seguendo il Maine Coon.

Attraversò il pianerottolo del Firefly sentendosi più leggera, ora che aveva qualcosa da fare. Certo, non avrebbe mai immaginato di andarsene a spasso con un compagno peloso di quindici chili, ma era pur sempre meglio che morire di noia. A volte era opportuno fare di necessità virtù.

Stava per uscire dall'albergo, quando la porta si spalancò e la nonna di Ryan fece il suo ingresso, avvolta in un semplice scialle di lana.

Decisa a sotterrare l'ascia di guerra, Taylor sfoderò un sorriso cordiale.

«Buongiorno!».

«Buongiorno», fu il grugnito di risposta, privo di sorriso e corredato da una breve occhiata storta.

Ok, l'ospitalità di quella donna lasciava un po' a desiderare, ma Taylor era testarda, quando voleva. E non si capacitava proprio del fatto che potesse non piacere a qualcuno senza motivo.

«Fa meno freddo di ieri?», le chiese. Quando la signora alzò la testa, guardandola senza capire, le indicò lo scialle. «Ho comprato dei vestiti più pesanti per combattere il gelo, ma vedo che lei indossa solo un coprispalle. Posso augurarmi che le temperature siano salite?»

«Forse un paio di gradi, ma non vedo che differenza possa fare per lei. Io sono nata qui, il freddo non mi spaventa. Questo è niente rispetto alle temperature di metà febbraio. Ma non si preoccupi, probabilmente non avrà mai modo di testarle».

"Grazie della chiacchierata, la prossima volta un breve saluto basterà", pensò Taylor, amara, salutandola con un cenno del capo.

Sorpassò la donna e uscì nell'aria gelida, rendendosi subito conto della triste realtà: no, non faceva affatto più caldo. Quella gente doveva avere l'azoto liquido nelle vene.

Cercò Thunderstorm e lo raggiunse. Non aveva idea di dove l'avrebbe portata, ma di sicuro sapeva meglio di lei come muoversi tra quelle stradine ed era in grado di tornare a casa da solo, senza chiedere informazioni a nessuno.

Si ritrovò lungo un sentiero che scendeva dietro il gazebo, una strada che il giorno prima non aveva visto durante il giro turistico fatto con Ryan. Sulle prime, cercò di memorizzare bene ogni albero, colore e pietra per avere ben chiari dei punti di riferimento a cui attaccarsi, qualora il gatto l'avesse piantata in asso e avesse dovuto tornare indietro da sola, ma ben presto divenne impossibile riconoscere qualcosa in particolare.

Tutt'intorno svettavano castagni ormai spogli, abeti, querce e sequoie altissime, fusti così fitti da nascondere quasi il colore del cielo. Una lieve brezza spirava tra i rami, facendoli ondeggiare piano e disperdendo aghi e foglie residue, che cadevano a terra in una danza leggiadra e quasi ipnotizzante, andando a formare un tappeto scricchiolante sotto i suoi piedi. I rumori della piazza non si udivano più e il silenzio era assoluto.

Taylor si assicurò che Thunderstorm fosse ancora nei paraggi e, nel vederlo intento ad annusare le radici di un albero, si rilassò, immersa in quella natura incontaminata.

Era incredibile, una radura quasi fiabesca dai colori vividi, dove la mano dell'uomo non sembrava essere arrivata. L'odore della linfa degli alberi, delle pigne coperte di resina e di terra umida si mischiava a un vago sentore di muffa e funghi, un cocktail benefico che la raggiunse mentre inspirava a pieni polmoni. Iniziava a comprendere il perché tante scuole di pensiero affermassero che stare in mezzo alla natura portava innumerevoli vantaggi: di sicuro, camminare tra i boschi metteva pace.

Uno strano miagolio attirò la sua attenzione e sorrise nel vedere Thunderstorm in posizione da caccia, orecchie basse, pronto a spiccare un salto. Un attimo dopo lo vide lanciarsi all'inseguimento di un piccolo scoiattolo.

Anche se non c'era nulla di speciale, non si stava annoiando come pensava. Osservava, con un misto di curiosità e stupore, tutto ciò che aveva intorno, ogni piccolo movimento del sottobosco, annusando l'aria pulita e ascoltando il sussurro del vento. Scrutò le varietà di funghi che emergevano dal terreno ricoperto di muschio, alcune così belle da meritarsi una foto con il cellulare; raccolse una foglia a forma di cuore, giochellandoci mentre proseguiva la sua passeggiata, e continuò a inoltrarsi nel bosco finché non vide il Maine Coon arrampicarsi su un grosso albero nodoso.

«Ma lascialo in pace, quel povero scoiattolo!», esclamò divertita, fermandosi a pochi passi dal tronco scuro, il naso rivolto all'insù. Il gatto non le diede ascolto, preso com'era dall'istinto predatore, ma nel vederlo salire troppo in alto, Taylor iniziò a preoccuparsi.

«Vieni giù, somaro!», ordinò. Thunderstorm sembrò darle retta e si fermò.

«Dài, torniamo a casa. Scendi».

Per tutta risposta, il gatto tentò qualche passo, ma l'ondeggiare del ramo sotto di lui sembrò farlo desistere. Rimasto immobile, iniziò a miagolare in modo insistente.

«Bella mossa, genio. Il coraggio di una tigre mentre rincorrevi lo scoiattolo e ora sei bloccato lassù come un fifone».

E adesso? Come poteva aiutarlo a scendere da lì?

Si guardò intorno, cercando una soluzione, mentre il miagolio del gatto si intensificava. Alla fine, non le restò che darsi da fare. Non doveva essere troppo complicato arrampicarsi fin lassù. La corteccia aveva dei nodi piuttosto sporgenti e rami bassi che sembravano robusti abbastanza da reggere il suo peso. Non aveva idea di come avrebbe fatto a portare giù quindici chili di pelo, ma forse le sarebbe bastato aiutarlo a scendere di qualche ramo...

«Al diavolo, lo fanno i bambini, posso farlo anche io», disse infine, iniziando a saggiare con il piede le protuberanze del tronco.

Salire fu abbastanza semplice, tutto sommato, e se la cavò con un paio di graffi alle mani. Raggiunto il ramo in cui Thunderstorm era accovacciato, si mise a cavalcioni e, assicuratasi di essere in equilibrio, lo sollevò di peso.

«Accidenti quanto sei ciccione», si lagnò, mentre lo calava sul ramo appena sotto. Sistemato l'animale, si mosse per scendere a sua volta di un "gradino" e ripetere l'operazione, ma un tonfo ritmico giunse alle sue orecchie, distraendola.

Voltandosi, scrutò tra la vegetazione. A qualche centinaio di metri, in quello che sembrava uno spiazzo erboso, c'era qualcuno.

Aguzzò la vista fino a quando riuscì a mettere a fuoco una figura maschile che si alzava e abbassava con un ritmo piuttosto costante. Il suono iniziò a prendere forma e a poco a poco capì che si trattava di legna che veniva tagliata. Non impiegò molto a capire chi ci fosse al di là degli alberi.

Avrebbe riconosciuto quei capelli ovunque.

Con tutti i posti in cui poteva trovarsi a passeggiare, era finita proprio vicino a Ryan Greenwood. Fatalità? Fortuna?

Destino?

"Ma piantala!".

Tuttavia, si aggrappò al ramo per chinarsi un po' e osservarlo meglio.

Indossava una semplice t-shirt bianca, che fasciava a meraviglia petto, spalle e schiena degni di una statua greca; il tessuto dei jeans si tendeva sulle cosce muscolose ogni volta che si chinava a liberare la lama dal ceppo, e le braccia nude erano tese e gonfie per lo sforzo.

Emanava una tale forza e sensualità! Dava l'impressione di poter fare qualunque cosa: abbattere un albero a mani nude, trasportarne il tronco per chilometri senza versare una goccia di sudore... sollevare una donna con un solo braccio, trascinarla nel folto del bosco e possederla per ore, senza mai stancarsi...

Sentì una vampata di calore salirle alle guance.

Inutile negarlo, era davvero attraente. Qualunque donna avrebbe avuto pensieri licenziosi, al suo posto. Ma lei non era a Snowy Pine per farsi abbindolare da un corpo statuario, un sorriso micidiale e occhi da incantatore. Non era contraria alle storie prive di futuro, solo era molto selettiva nella scelta dell'uomo. E dopo aver conosciuto l'emblema della perfezione maschile, temeva che, una volta tornata a New York, avrebbe avuto serie difficoltà ad accontentarsi di qualcosa di meno.

«Taglia la corda, Taylor», si disse, distogliendo lo sguardo da Ryan e concentrandosi sul modo migliore per scendere dall'albero. «Questo non è il tuo posto».

Mentre la maggioranza delle sue cellule si ribellava all'idea di tornare in albergo, il corpo comunque si mosse rapidamente per scendere dal ramo. Un po' *troppo* rapidamente.

Sentì un sinistro *crac*, poi tutto ondeggiò sotto di lei. Ebbe la prontezza di spirito di circondare il tronco con un braccio e le gambe, mentre con l'altro riuscì ad aggrapparsi a un ramo più piccolo sopra la sua testa. L'attimo seguente, la frasca su cui era seduta si inclinò, pendendo mestamente verso il basso.

Thunderstorm approfittò di quello scalino improvvisato per scendere a terra, dove si sedette, con aggraziata indifferenza, a leccarsi il pelo.

«Comodo, eh? Ho rischiato la buccia per salire fino a qui, non so come scendere, e tu te ne stai lì beato a leccarti?!», sbottò Taylor, cercando un modo per muoversi senza cadere. Ma il suo equilibrio era precario e, mollando appena la presa sul tronco, la forza di gravità rischiava di farla planare a terra come un sacco di patate.

«Oh, merda!», sbottò, furiosa. «E adesso come cavolo faccio?».

Tentò ancora una volta di cambiare posizione, senza successo, e finì per aggrapparsi all'albero con ancora più forza.

Dalla sua zolla di muschio umido, Thunderstorm alzò il muso a osservarla con curiosità. Forse si stava chiedendo che diavolo ci facesse appesa come una dannata scimmia.

«È tutta colpa tua se sono in questo casino! Vai a chiamare Ryan! Renditi utile!», gli intimò, dandosi mentalmente della stupida nel rendersi contro di star perdendo tempo a ragionare con un gatto. Gatto che, a riprova di quel pensiero, si acciambellò a terra, osservandola quasi con godimento.

Era evidente che non le restavano molte alternative. La figuraccia era dietro l'angolo, ma non sapeva quanto ancora poteva resistere in quelle condizioni.

E così, maledicendo il fato, urlò il nome dell'unica persona in grado di salvarla.

Stava sistemando l'ennesimo ciocco di legno sul grosso ceppo, preparandosi a spaccarlo in due, quando gli parve di udire una voce. Con la scure sulla spalla, si guardò intorno, aguzzando le orecchie. Dopo un momento di silenzio, il vento gli riportò ancora quel suono sottile.

C'era qualcuno lì intorno. I suoi nipoti erano forse tornati da lui, questa volta con il pranzo?

Si rimise al lavoro, rassegnato. Sua nonna e sua sorella non riuscivano proprio ad accettare che lui saltasse un pasto. Neanche avesse due anni!

Il lamento in lontananza tornò a farsi sentire, questa volta più chiaro. Non era una voce infantile come aveva pensato, sembrava più femminile.

E chi c'era, a Snowy Pine, capace di urlare per ogni minima cosa?

Ryan lasciò la scure sul ceppo e si avviò nella direzione del suono. Dopo pochi passi vide Thunderstorm sbucare dagli alberi e fermarsi ad attenderlo, la coda dritta in segno di saluto.

«Che ci fai tu qui?», disse, chinandosi ad accarezzargli la testolina. Il gatto miagolò e tornò a inoltrarsi nel sottobosco, non lasciando altra scelta a Ryan se non quella di seguirlo. Da quel punto, la voce femminile che chiedeva aiuto si sentiva più distintamente.

Corse in avanti finché non gli parve di scorgere un lampo di colore tra il fogliame. Quando arrivò ai piedi del grosso castagno nodoso, non seppe se ridere o preoccuparsi.

Taylor stava abbarbicata al tronco dell'albero, a circa due metri e mezzo da terra, la fronte – coperta dal cappellino di lana – premuta contro la corteccia e gli occhi chiusi.

Che diavolo ci faceva lassù?

Si avvicinò con cautela, per non spaventarla, e parlò con tono leggero.

«Taylor?»

«Ehilà, Ryan! Come va?», disse lei, voltandosi appena.

«Molto bene, e tu?», sorrise lui, fermandosi sotto il suo ramo.

«Oh, a meraviglia! Facevo una passeggiata nel bosco».

«E che ci fai abbracciata a un albero?»

«Mai sentito parlare di silvoterapia? Dicono che faccia bene a un sacco di cose».

Soffocando una risatina, Ryan iniziò a ispezionare il tronco per capire come aiutarla. «Capisco. Be', vuoi che ti lasci ai tuoi rituali da strega *wicca*, o vuoi una mano a scendere?»

«Una mano non la disdegnerei. Sai com'è, un conto è salire, un altro è tornare indietro».

«Bene, ascolta: se salgo, rischiamo di distruggere anche l'ultimo ramo che può aiutarci a tornare giù, perciò devo recuperare una scala. Ce la fai ad aspettare un paio di minuti?», disse Ryan, più serio, studiando il suo volto e calcolando brevemente l'altezza.

Ma Taylor sembrava stremata. «Veramente io… non so se… Aahh!!».

Con un urlo, perse la presa al tronco e iniziò a precipitare. Ryan si preparò ad afferrarla al volo e ci riuscì, anche se il peso improvviso lo sbilanciò, facendo finire entrambi a terra.

Sentì una fitta lancinante dietro la spalla e poi mille

spilli conficcati sulla schiena, ma non vi badò. Il suo primo pensiero fu allungare le mani per tastare Taylor, semi sdraiata sopra di lui, e assicurarsi che stesse bene.

«Tutto ok? Niente di rotto?».

Lei sollevò appena il viso a guardarlo. «Dio, mi dispiace tanto! Avevo la mano quasi addormentata, non sono riuscita a tenermi».

«Non ti preoccupare, l'importante è che non ti sia fatta nulla». Ryan le sorrise, soffermandosi a guardarla. I loro volti erano così vicini che poteva vedere ogni dettaglio di quello di Taylor. Aveva la pelle chiara e priva di imperfezioni, la bocca a forma di cuore, tutta da baciare, un nasino adorabile e lunghissime ciglia scure. Notò dettagli dei suoi occhi che le altre volte non aveva visto, come le pagliuzze gialle e verdi che danzavano nell'iride e il contorno nero che li faceva risaltare ancor di più.

Occhi d'autunno. Non era un caso che fosse la sua stagione preferita.

D'un tratto si rese conto di quanto fosse intima quella loro posizione. Lei gli stava addosso, le gambe intrecciate alle sue, un peso morbido e piacevole che da due giorni immaginava di tenere stretto a sé – magari senza i ricci delle castagne a pungergli la schiena –; il suo respiro caldo gli sfiorava il volto e il suo profumo gli invadeva le narici, dandogli alla testa. Si rese conto di aver poggiato le mani sulle sue natiche e di averle lasciate lì, come se fosse la cosa più naturale del mondo. Proprio sulla scia di quel pensiero, rafforzò la stretta, desideroso di sentirla ancora più vicina.

Taylor inarcò le sopracciglia. «Ehm... Che stai facendo?»

«Controllavo che non ci fosse nulla di rotto o contuso», si giustificò lui, con un sorrisetto.

«Il mio sedere ti sembra a posto?»

«Direi che è in ottima forma».

Taylor fece leva sul suo petto per sollevarsi, strappandogli un gemito di dolore.

«Forse dovresti lasciarmi alzare».

Peccato.

Ryan sospirò. «Sì, meglio. Anche perché c'è qualcosa di duro, qui sotto».

A quelle parole lei sgranò gli occhi, le guance che si tingevano di rosa. Quando la vide sbirciare il cavallo dei suoi pantaloni, Ryan comprese di aver detto qualcosa di facilmente fraintendibile e scoppiò a ridere di gusto.

«Gesù, Taylor! Non intendevo *quello*!».

«Oh, ma io nemmeno… Cioè… che intendevi dire?», balbettò lei, a disagio.

«Parlavo di questo», disse Ryan mettendosi seduto e mostrandole il grosso sasso che fino a qualche secondo prima stava piantato tra le sue scapole. Tuttavia, non resistette all'idea di stuzzicarla e ammiccò, lanciandole un sorriso allusivo. «Ma per quello che intendevi tu, ci possiamo lavorare».

Per tutta risposta, lei bofonchiò qualcosa di intelligibile e prese a ripulire il giaccone dal terriccio.

Ryan si alzò con una mossa agile, poi le porse la mano. Taylor la accettò ma, non appena le sue dita si chiusero su quelle sottili di lei, una smorfia di dolore si dipinse sul suo viso.

«Che succede?»

«La mano. Tra graffi e spine di ricci, mi fa un male cane!». Taylor se la strinse al petto, imbronciata. «Non pensavo che la natura fosse così pericolosa».

«Immagino lo sia anche l'asfalto, se ti ci lanci sopra da quasi tre metri di altezza», scherzò lui. Poi le fece cenno di seguirlo. «Vieni, ti aiuto a disinfettarti e a toglierti quelle spine».

Le fece strada tra gli alberi, fino al punto in cui si era fermato a spaccare la legna. Lì, tra i castagni e le querce, c'era un grosso fusto ricurvo che ospitava tra i suoi rami una casetta di legno.

Taylor rimase a bocca aperta. «Ma è una casa sull'albero? Che meraviglia, ho sempre voluto vederne una!».

«E ora potrai anche salirci», sorrise lui, avviandosi verso il tronco spesso.

Quella casetta era lì da quando era piccolo. Era stato suo padre a costruirla e negli anni vi avevano apportato diverse modifiche e migliorie, fino a trasformarla in una vera e propria dimora in miniatura, dotata di ogni comfort. La scala che portava all'ingresso era un capolavoro di artigianato: spessi gradini ricavati da vecchi alberi, levigati, verniciati e ancorati alla perfezione al busto della quercia, che salivano a spirale fino allo stretto portico dotato di ringhiera.

«Siamo sicuri che mi reggano?», chiese Taylor, perplessa, saggiando il primo gradino sospeso con un piede.

«Reggono il mio peso da anni, puoi stare tranquilla», le rispose. «E comunque sarò dietro di te, pronto a riprenderti al volo, se necessario».

Salirono fino in cima e Ryan la fece accomodare all'interno. Lo spazio era ridotto, ma completo: c'era un lungo sedile che poteva fungere da letto, posto sotto la finestra, un cucinino con tavolo e sedie annessi, e perfino il bagno. Una piccola stufa scaldava l'ambiente in modo gradevole, e nell'aria si respirava il profumo di legna bruciata, resina e vernice.

«Oh, finalmente un bel calduccio!», gioì Taylor, sfilandosi la giacca e iniziando a perlustrare le due stanze. «Sembra la casa delle bambole! Un bambino potrebbe uccidere per averla».

«Mio padre la costruì per me e Maggie. Venivamo spesso qui a giocare. Lei l'ha riempita di ninnoli come tendine di pizzo, tappeti e cuscini, io la usavo come fortino o come rifugio per animali che lei reputava disgustosi».

«Ad esempio?»

«Rane, bisce, topi... Si arrabbiava da morire!».

«E aveva ragione». Taylor rabbrividì e una smorfia di disgusto le nacque sul viso.

Ryan ridacchiò. «In ogni caso, non la usa nessuno da un pezzo. E così ho deciso di renderla più ospitale e sicura per i miei nipoti. Sarà il mio regalo di Natale».

«Wow, sono fortunati ad avere uno zio come te. L'unico zio che ho io mi ha sempre fatto dei regali orribili per Natale. Il migliore è stato un pupazzo a forma di verme che si illuminava al buio».

Mentre lei si sedeva sotto la finestra, guardando il panorama con interesse, Ryan prelevò dal bagno il kit di pronto soccorso.

«Occupiamoci dei tuoi graffi», disse, sedendosi di fronte a lei. Afferrò la sua mano e, con delicatezza, disinfettò i tagli e rimosse le spine dal palmo. Terminata l'operazione, le spalmò sulla pelle un unguento, soffermandosi più a lungo del necessario, restio a interrompere quel contatto.

I loro occhi si incontrarono e rimasero avvinti, mentre una scarica di elettricità li attraversava. Succedeva ogni volta che si guardavano o si sfioravano, anche se per errore. Ryan aveva provato un'attrazione inspiegabile per quella donna fin dall'inizio e, più l'aveva davanti agli occhi, più cresceva in lui il desiderio di conoscerla meglio, di toccarla e baciarla...

Taylor ritrasse la mano, stringendola a pugno. «Grazie».

«Prego. Ti dispiacerebbe aiutare me, adesso?», chiese Ryan, tornando a concentrarsi sul presente. «Credo di avere un paio di spine piantate dietro la spalla». Senza aspettare una sua risposta, si sfilò la maglietta e, nell'udire il suo ansito di sorpresa, sorrise compiaciuto.

"Guarda pure quanto vuoi, tesoro", pensò, offrendole la vista della sua schiena.

Taylor esitò a muoversi. Poi strisciò sul sedile per farsi più vicina e si chinò su di lui, sfiorandogli il fianco con una ciocca dei suoi lunghi capelli.

Ryan per poco non gemette. Sarebbe stato meraviglioso essere sommerso e accarezzato *ovunque* da quei capelli...

«Eccole qui, le vedo».

Riscuotendosi dai suoi sogni a luci rosse, le passò le pinzette. «Cerca di sfilarle senza romperle», disse, con voce arrochita.

Lei si mise al lavoro, in silenzio. Quando gli poggiò la mano sinistra sulla spalla, per tendere la pelle e lavorare meglio, Ryan trasalì per il contatto inaspettato, che riuscì a mozzargli il respiro.

«Ecco fatto», mormorò lei, poco dopo. Passò il pollice sulla zona, con una leggera pressione. «Non mi pare ce ne siano ancora. Devo spalmarti l'unguento?».

Ryan annuì, ansioso di sentire le sue mani addosso per un altro po'. Tuttavia, il tocco di Taylor, lento, caldo e delicato, gli accese mille brividi lungo la schiena e restare immobile, fingendo un'imperturbabilità che era ben lontano dal provare, gli costò uno sforzo enorme.

«Spunterà un livido, qui», la sentì dire, mentre sfiorava con un dito un punto tra le sue scapole. «Mi dispiace».

«Ne è valsa la pena», le sussurrò di rimando. Si voltò a guardarla, il sangue che gli rombava nelle orecchie, desideroso di capire se anche lei provava lo stesso assurdo desiderio che rischiava di soffocarlo. E probabilmente era così.

Taylor aveva il viso soffuso di rossore, il labbro stretto tra i denti e gli occhi lucidi, con le pupille dilatate. Era immobile, a parte il seno che si alzava e abbassava seguendo il ritmo accelerato del respiro.

La tensione sessuale era quasi palpabile. A Ryan sarebbe bastato un cenno, anche infinitesimale, per saltarle addosso. E stava quasi per farlo, quando lei si alzò di scatto, visibilmente imbarazzata.

«Ti prego, rivestiti», sospirò, sfuggendo il suo sguardo.

Ryan si alzò a sua volta, la maglietta in mano. A un solo passo da lei, cercò di ricatturare i suoi occhi, sogghignando. «Guardarmi ti crea problemi?»

«Potrebbe crearne a te. Potresti buscarti un raffreddore», tergiversò Taylor, facendo un passo indietro.

«L'ultima cosa che sento, in questo momento, è il freddo», ribatté lui, facendone uno avanti.

«Ryan...», gemette lei.

«Dimmi, Taylor».

Un sospiro sofferto le sfuggì dalle labbra. «Sono lusingata, credimi. Forse anche un po' tentata... Ma non sono quel tipo di ragazza».

«Di che tipo di ragazza parli?»

«Del tipo che si lascia trascinare dalla passione con un uomo che conosce da circa trentasei ore». Ryan si fermò e lei parve ritrovare un po' di sicurezza. «Non cerco il principe azzurro e preferisco relazioni passeggere, è vero. Ma non occasionali».

Deluso, ma comprensivo, Ryan si passò una mano tra i capelli. «Non ti dirò che disdegno le relazioni occasionali, se capitano, ma ti assicuro che non è a una cosa del genere che penso, quando ti guardo».

Taylor sbatté le palpebre. «E... a cosa pensi, quando mi guardi?»

«Non penso. È questo il problema», disse lui. Poi fece un passo indietro e si rivestì, dando modo a entrambi di respirare.

Scesero dall'albero e, una volta all'aria fresca, i loro cervelli parvero riprendere a funzionare.

Taylor indicò il sentiero dal quale erano arrivati. «Io tornerei indietro. È ora di pranzo, mi è venuta fame».

"Anche a me è venuta fame", pensò Ryan. Ma non di cibo.

Evitò di dirlo e annuì. «Io ho ancora del lavoro da sbrigare, qui».

«Bene. Allora vado...», tentennò lei. Non sembrava ansiosa di andarsene, tanto quanto non lo era lui di lasciarla andare.

Tuttavia, Taylor indietreggiò di qualche passo, lo salutò con la mano e si incamminò lungo il sentiero, per poi fermarsi quasi subito. Ryan si ritrovò a sperare che avesse cambiato idea.

Lei si volse a guardarlo, i capelli sulla spalla, un sorriso esitante. «Non rischio di perdermi, da qui, vero?», gli chiese.

"È un modo carino per chiedermi di accompagnarla?", ragionò il cervello.

"Fallo!", lo spinse il cuore.

“E magari sbattila contro un albero e convincila a rivedere le sue idee sul sesso occasionale”, aggiunse una parte di lui molto meno nobile.

Si sforzò di sorridere. «No, il sentiero principale è solo uno. Se non prendi nessuna deviazione, sarai in piazza in una decina di minuti», le rispose.

Taylor annuì. Un attimo dopo era sparita tra gli alberi.

Ryan passò l’ora successiva a sfogare la propria frustrazione e dissipare i pensieri spaccando legna.

6

Tre giorni alla vigilia di Natale

Era lì da tre giorni e non aveva ancora combinato nulla. La sua idea iniziale di passare un solo week end a Snowy Pine, svolgere il suo lavoro e poi tornarsene a New York si era dovuta scontrare fin da subito con la defezione del suo collega e del sindaco, la poca – o nulla – collaborazione degli abitanti, le condizioni climatiche avverse e l'inagibilità dell'ufficio comunale.

E ora con la sparizione del suo materiale.

Taylor rimase a fissare, incredula, il posto in cui aveva lasciato la macchina al suo arrivo, trovando solo una pozzanghera putrida e, tutt'intorno, erba ghiacciata.

«Non è possibile», mormorò.

L'auto presa a noleggio era sparita e con lei tutta l'attrezzatura per i rilievi topografici che aveva avuto intenzione di effettuare quel pomeriggio, approfittando della bella giornata di sole.

Si era svegliata tardi – da quando era nel New Hampshire dormiva come un ghiro! – e dopo pranzo aveva ricevuto una telefonata dalla Hoffman, curiosa di sapere come procedeva il lavoro. Le aveva dovuto dire la verità, temendo in una reazione rabbiosa, ma la SPA doveva avere effetti benefici sull'umore del suo capo, perché non era sembrata affatto interessata al ritardo.

Forse perché la consegna del masterplan era fissata per i primi giorni di gennaio, ma di solito una scadenza non aveva mai privato Malefica del piacere di tormentare i suoi dipendenti.

"O forse è perché sa che razza di posto è questo e quanta poca visibilità possa portare al suo studio lavorare a questo progetto", aveva pensato, cinica. Per una donna di mondo come Francis, sempre concentrata sulla carriera, erano altri gli incarichi per cui valesse la pena spingere per portare a casa il risultato. Una fabbrica che produceva mobili in un posto dimenticato da dio non era proprio *cool*, al massimo solo remunerativo, unico motivo per cui aveva accettato di occuparsene.

"E per cui ha accettato di mandare la ruota di scorta".

E a proposito di ruote...

Taylor si guardò intorno per l'ennesima volta, senza sapere che fare. Il marito di Margaret si era offerto di accompagnarla al campo, andandosene subito dopo per sgomberare la strada dalla frana che impediva l'accesso alle auto, e lei era rimasta da sola. Ma non se n'era preoccupata: sapeva che avrebbe passato un paio d'ore impegnata con le misurazioni, immersa nel fango e nel freddo, e nonostante tutto era contenta di avere finalmente qualcosa da fare. Purtroppo, però, non aveva potuto nemmeno iniziare, perché parte della strumentazione era sparita insieme alla Ford.

Questo ritardava ulteriormente le cose. Senza le planimetrie sarebbe stato difficile svolgere il suo lavoro, ma senza la sua attrezzatura era impossibile. Avrebbe dovuto chiamare New York e farsi spedire ogni cosa necessaria, prolungando ancora il suo soggiorno a Snowy Pine e ritardando la consegna della relazione...

Di colpo, un pensiero la colse: gli abitanti la stavano forse sabotando?

A pensarci, non era un'ipotesi da scartare.

Il sindaco, Jacob Mills, anziché attenderla in città come concordato, era partito per Boston in anticipo, senza un vero perché. L'ufficio comunale era stato invaso dal fango e quindi chiuso al pubblico, rendendole impossibile recuperare i documenti che le servivano. Per non parlare di Sarah Greenwood, delle prozie di Ryan e della commessa dello spaccio in cui aveva acquistato gli abiti: tutte quante, a modo loro, l'avevano invitata ad andarsene, suggerendole addirittura di dissuadere la Pebbleswhite dall'acquistare il "lotto maledetto".

Non aveva incontrato una sola persona favorevole all'impianto di una fabbrica. Al contrario, era loro desiderio che lei se ne andasse, possibilmente senza aver effettuato alcuna verifica.

Ma non prima di averle fatto perdere un mucchio di tempo.

Maledicendo sottovoce la gente cocciuta e retrograda, Taylor iniziò a inerpicarsi lungo il sentiero che portava al centro abitato, indispettita all'idea di ripercorrere tutta quella strada senza aver potuto portare a termine i suoi piani per la giornata.

Durante il tragitto, tuttavia, si calmò. E gran parte del merito fu del paesaggio.

Con il cielo azzurro e il sole ormai basso sull'orizzonte, che filtrava tra i rami, quel posto aveva un aspetto diverso, non più tetro e spaventoso come quando era arrivata. Le foglie cadute a terra creavano un sentiero colorato tra gli alberi e il vento portava alle sue narici profumi intensi e pungenti. Il freddo era raddoppiato, se possibile, ma camminando riusciva a tenerlo a bada.

Intorno a lei nessun rumore, se non quello degli uccellini che cantavano e lo scroscio potente del fiume.

Quella pace rigenerante agì come un balsamo sulla sua irritazione e le fece capire quanto avesse bisogno di una pausa. In fondo, da quando era rimasta sola, non aveva fatto altro che lavorare, lavorare e lavorare. Da quanto non andava in vacanza? Da quanto tempo non si prendeva anche solo un pomeriggio per cambiare aria, stare in mezzo alla natura, respirare il silenzio? L'ultima volta che lo aveva fatto andava ancora a scuola. Dopo, tutto ciò di cui si era occupata era cercare di essere perfetta, nel lavoro come nei rapporti interpersonali.

Le era mancato avere del tempo per pensare, stare con se stessa, anche solo per dormire, e Snowy Pine le stava regalando tutto ciò. Ecco perché, nonostante i problemi, non riusciva ad arrabbiarsi più di tanto. L'aria fresca e pulita riusciva a scacciare i pensieri negativi dalla mente. Era forse per questo che la gente di montagna sembrava sempre così rilassata?

La sua abituale attitudine cittadina, tuttavia, che la rendeva nervosa, iperattiva e sospettosa, tornò a farsi sentire non appena giunse nei pressi della piazza principale e si sentì addosso gli sguardi di alcuni abitanti.

Si chiedevano se avesse trovato un metodo alternativo per prendere tutte le misure del campo, o studiavano soltanto la sua espressione per assicurarsi che non fosse pronta ad accusarli di furto?

Ricambiò gli sguardi astiosi, finché un capannello di persone in uno spiazzo laterale non attirò la sua attenzione. Soprattutto la testa di riccioli che spiccava nel mezzo.

Senza pensarci, si avviò in quella direzione. Aveva tutte le intenzioni di prendere da parte Ryan e sfogare il proprio malumore, dal momento che era stato proprio lui a dirle che la sua macchina non correva nessun pericolo rimanendo alla vecchia piazza.

"Nessuno la toccherà... Come no!", pensò, avanzando a passo spedito.

Non appena le persone che stavano intorno a Ryan la scorsero, la discussione in atto cessò, cosa che la indispettì il doppio. Stavano parlando di lei? Che le dicessero in faccia ciò che pensavano!

Lei di sicuro lo avrebbe fatto, e iniziò proprio in quel momento.

«Se non tirate subito fuori la macchina, chiamo la polizia. E non uno dei vostri agenti, che di certo vi spalleggerebbe pur di dar contro a me, ma qualcuno di un distretto qui vicino. Anche a costo di andare a piedi!», scattò, le mani sui fianchi, pronta alla guerra.

Alcuni abbassarono lo sguardo, altri inarcarono le sopracciglia, perplessi. Uno di loro scappò via a gambe levate.

«Di che stai parlando?», chiese Ryan, confuso.

Davvero non sapeva del furto o fingeva? Anche se le sembrava sincero, non lo conosceva così bene da poter mettere la mano sul fuoco.

«Qualcuno ha fatto sparire la mia macchina, che conteneva tutta l'attrezzatura da lavoro per le verifiche sul terreno degli O'Connell. *Guarda caso!* Se dovessi scommettere del denaro, punterei tutto sul ragazzetto che è appena scappato», sbottò. «Ottimi metodi di insegnamento, qui a Snowy Pine! Se fossi stato un ufficiale giudiziario venuto a pignorare qualche bene, che mi sarebbe successo? Un colpo tra capo e collo e via nella foresta?».

Ryan la fissò per un attimo, sinceramente sconcertato,

poi si rivolse ai ragazzi che gli stavano di fronte. «Che cos'è questa storia?».

Qualcuno provò a negare l'evidenza, altri si finsero all'oscuro di tutto. Un uomo sulla cinquantina tentò una strada diversa, senza riuscire a sostenere né lo sguardo di Ryan né quello di Taylor.

«Forse l'hanno solo spostata... Per evitare che il maltempo la rovinasse!».

«Oh, ma davvero? E perché non mi hanno chiesto le chiavi? Il vostro senso civico è così sviluppato, qui, da scassinare le auto e portarle al sicuro senza nemmeno disturbare i loro proprietari?», chiese Taylor, ironica. «Voglio sapere dov'è!».

«Adesso non abbiamo tempo per pensare a queste sciocchezze!», sbottò uno dei presenti, infastidito. «Abbiamo cose più importanti da risolvere!».

Taylor stava per ribattere, ma Ryan intervenne.

«I nostri problemi non devono crearne altri a chi non c'entra niente in questa storia», disse, serio. «Ve lo dico chiaramente e non mi ripeterò: d'ora in poi, qualunque occhiataccia, scortesia o dispetto fatto nei confronti della signorina Andrews, sarà un'offesa rivolta anche a me. E ora ditemi dov'è l'auto».

Nel brusio di generale dissenso, si fece avanti un tizio che indossava una tuta da meccanico, con l'aria per nulla pentita. Sul risvolto di una tasca spiccava il nome "Carter", ricamato in giallo.

«È nel capanno dei Graham. Non è stato nemmeno necessario rompere il vetro, anche un bambino l'avrebbe potuta aprire senza chiave».

Sconcertata dalla faccia da impunito di quel tale e di tutti i suoi compari, Taylor fece un passo avanti. Ma anche questa volta Ryan la fermò.

La prese per le spalle, parandosi di fronte a lei. «Hai bisogno adesso della tua attrezzatura? Se è così, ti accompagno...», si offrì. Il suo proposito parve far infuriare gli altri.

«Ma non puoi!».

«Ma insomma, che ti prende?».

«Si è rincretinito davanti a un bel faccino...».

«Credevo fossi dalla nostra parte!».

«Se ci molli adesso, come faremo dopodomani?».

Le voci si accavallarono una sull'altra, il malcontento palpabile.

Taylor lesse l'imbarazzo di Ryan nel trovarsi tra due fuochi e decise che non lo meritava. Non lui, almeno.

«Ormai è tardi per mettermi al lavoro, ho perso un sacco di tempo. E non ho nessuna intenzione di ripercorrere quei tre chilometri a piedi per la terza volta. Ma domattina voglio che mi porti in quel capanno, con l'assicurazione che non succeda più una cosa simile», sospirò.

Ryan annuì. «Hai la mia parola».

«E quella che hai dato a noi non conta più?», insinuò ancora uno dei presenti, derisorio. «Se mi metto un vestito e sbatto gli occhioni, ho qualche chance di attirare la tua attenzione, Greenwood?»

«Non quante ne ha lei, ma sarebbe divertente vederti provare», ridacchiò Ryan. «In ogni caso, ho detto che mi occupo io di questa faccenda e così farò».

Taylor non aveva idea di quale fosse la faccenda urgente di cui Ryan doveva occuparsi, il suo pensiero era rimasto ancorato alla frase che lui aveva appena detto.

Non quante ne ha lei...

Era un modo come un altro per farle capire, ancora una volta, che gli piaceva? Voleva che lei ci provasse?

“Magari era solo una battuta, e anche piuttosto scontata”, si disse. Ma il suo cuore doveva aver recepito quelle parole in un altro modo, tanto da iniziare a battere in modo forsennato.

Gesù, era davvero messa male se bastava l’interesse momentaneo di un bell’uomo a farle sentire le farfalle nello stomaco.

Ma sapeva che non si trattava solo di quello. Il ricordo della mattina precedente, delle sensazioni che aveva provato nello stare sdraiata su di lui, della pelle nuda e calda di Ryan sotto le dita e del violento desiderio che aveva provato al pensiero che lui volesse baciarla, aveva il potere di mandarle in pappa il cervello.

A cosa pensi quando mi guardi?

Non penso. È questo il problema.

Aveva pensato e ripensato a quelle parole per tutta la sera e, poco prima di addormentarsi, si era immaginata come sarebbe andata se lei non lo avesse tenuto alla larga.

Avrebbero fatto l’amore in quella minuscola casa sull’albero.

Un brivido le corse lungo la schiena.

Dannata razionalità. Frenava sul nascere le cose più belle.

Le persone attorno a lei si dispersero, ma non se ne accorse finché non rimase solo Ryan a posare i suoi occhi verdi su di lei.

«Se non hai bisogno di me, ci vediamo domattina per andare al capanno dei Graham a recuperare la tua auto. Adesso ho una questione da risolvere», disse, prima di allontanarsi di gran passo.

Riscuotendosi dal suo stato di trance, Taylor lo seguì. «Che sta succedendo? Qual è questa cosa urgente e importante di cui parlavano i tuoi amici e di cui ti devi occupare?»

«Niente di vitale importanza, si tratta più di un conto in sospeso con il paese vicino».

«Che cosa hanno fatto?»

«Hanno sabotato un evento a cui teniamo».

«Ma non mi dire! Dev'essere un modus operandi dei montanari», mugugnò, con una smorfia.

Ryan le rivolse un sorriso imbarazzato, iniziando a inerpicarsi lungo il sentiero che portava a casa sua. «In effetti la sparizione della tua auto e il sabotaggio dei nostri vicini sono due eventi collegati, in qualche modo. Ma è troppo lunga da spiegare e adesso non ho tempo, mi dispiace».

Taylor non accennò a fermarsi. «Be', grazie ai tuoi cari concittadini il mio pomeriggio lavorativo è saltato e non ho nulla da fare. Posso venire con te? Così avrai modo di spiegarmi che cavolo succede in questo posto». Quando Ryan la guardò, indeciso, lo fissò di rimando. «Sono qui da tre giorni con le mani in mano, Ryan: mi annoio!».

Dopo un momento di riflessione, lui annuì. «E va bene».

«Sono tutta orecchie», esordì Taylor, non appena furono seduti sul suo pick-up.

Ryan mise in moto con un sospiro. «Qui da noi, ogni anno in questo periodo, c'è una tradizione legata al Natale», iniziò, immettendosi su una strada che si inerpicava su per la montagna. «Si tratta di una gara tra le cittadine di Snowy Pine, Acorn e Stoneflower. Tutti gli abitanti addobbano l'intero paese per le feste e il giorno prima della vigilia quattro giudici esterni decretano chi ha fatto il lavoro migliore. Chi perde, paga».

«In che senso?»

«Nel vero senso della parola. Ogni abitante è costretto a donare la cifra simbolica di due dollari. Ma se consideri che Acorn conta tremilaseicento abitanti, Stoneflower poco più di quattromila e noi circa tremila, capisci che messi insieme fanno un bel gruzzolo. Se noi vincessimo, quest'anno, ci ritroveremmo in mano più di quindicimila dollari».

«Wow... Quindicimila dollari per delle decorazioni natalizie. Neanche a New York costano tanto!», scherzò lei, sorpresa. «E chi vince come sfrutta il denaro?»

«Vengono investiti nel sociale. Due anni fa, ad esempio, abbiamo vinto e con quel denaro abbiamo comprato una nuova autopompa e dell'attrezzatura per i vigili del fuoco».

«E quest'anno cosa vorreste fare con quei soldi?».

Ryan esitò. Era un'informazione che poteva darle? E se lei avesse deciso di comunicare la cosa al suo capo o agli acquirenti interessati al campo degli O'Connell?

Non fece comunque in tempo a riflettere sulla possibilità di svelarle o meno il loro intento, perché Taylor parve arrivarci da sola.

«Volete fare una controfferta per il terreno, non è così?».

«Posso fidarmi della tua discrezione?», le chiese, voltandosi a guardarla con aria seria.

Taylor annuì e nel suo sguardo lesse solo sincerità.

«Il fatto è che quel terreno ha un valore affettivo per noi. Il proprietario, James O'Connell, era un discendente diretto di Milla e Jamie Martin, ossia coloro che hanno fondato Snowy Pine. Lui amava stare qui, viveva per questo posto. Ha conosciuto sua moglie in quel campo, vi ha celebrato il suo matrimonio, ha consentito agli altri abitanti di rendere il posto speciale, permettendo loro di aprire negozi, ristoranti e altre attività che potessero far girare l'economia. Quando sua moglie è morta, voleva far costruire qualcosa per lei proprio lì, qualcosa che parlasse del loro amore e che allo stesso tempo rendesse felici tutti gli abitanti di Snowy Pine. Ma non ha fatto in tempo. È morto poco dopo che è scoppiato l'incendio».

«Mi dispiace».

«È stato difficile per tutti dirgli addio, era molto amato. Per questo ci siamo attivati per far sì che le sue volontà venissero rispettate e abbiamo iniziato a ripulire la zona. Poi è arrivato il primo architetto per un sopralluogo».

Taylor corrugò la fronte. «Gli eredi hanno deciso di non rispettare il suo volere?»

«Il figlio maggiore odiava Snowy Pine, è andato a vivere a Seattle non appena ha compiuto diciotto anni, e la sorella ha sposato un imprenditore di Chicago. Non hanno mai vissuto qui e a quanto pare non sono nemmeno così legati alla memoria del padre da tenere fede ai suoi ultimi desideri, che purtroppo James non ha messo per iscritto. Hanno fretta di intascare i soldi e, se per farlo dovranno vendere a un'azienda intenzionata a disboscare la zona, impiantare un maledetto supermercato o una fabbrica, lo faranno. E da quando è stata costruita la superstrada, che passa a pochi chilometri da qui, siamo diventati un luogo strategico per le aziende: costiamo poco ma siamo ben collegati alle grandi città. Gli O'Connell hanno spinto molto su questo punto, quando hanno messo in vendita la terra».

Taylor sembrò contrariata quasi quanto lui. «Che persone senza cuore!».

Negli ultimi otto mesi sei già la terza persona che si presenta per conto dell'ennesimo potenziale acquirente. Finora siamo sempre riusciti a convincere tutti di quanto quel terreno possa rivelarsi un cattivo investimento, in attesa di racimolare il denaro necessario a comprarlo per noi. Solo che tu sei arrivata in un momento in cui l'intero paese è impegnato con i preparativi per la gara... Ecco perché qualcuno ha deciso di passare alle maniere forti e ti ha nascosto la macchina. Per guadagnare tempo».

«Capisco. Be', potevate dirmelo».

«Avresti accettato di ritardare il tuo lavoro? E perché avresti dovuto? Nemmeno ci conosci. Anzi, hai avuto fin da subito una pessima opinione di noi».

«Adesso non esagerare». Taylor fece una smorfia. «Vengo da una grande città, la mia realtà è molto diversa dalla tua e il modo in cui noi due ci siamo incontrati è stato un po'... *sinistro*. Ma sono qui da tre giorni e sto iniziando ad ambientarmi. Per di più, so cosa significa voler rispettare le ultime volontà di qualcuno».

Ryan avvertì una nota triste nella sua voce. Le lanciò una veloce occhiata, ma lei era voltata verso il finestrino e non poté scorgere il suo viso. Tuttavia, sembrò avvertire il suo stato d'animo.

«Ne vuoi parlare?».

Taylor esitò. Ryan era sicuro che avrebbe cambiato discorso, e invece lei lo sorprese ancora una volta.

«Sono diventata un architetto perché era il desiderio di mio padre», disse, con voce quasi incolore. «Entrambi i miei genitori lavoravano in questo settore e fin da bambina mi hanno indirizzata sulla stessa strada. Appena presa la laurea, mi sono ritrovata a lavorare in uno studio molto famoso di New York. Avrei potuto lavorare per conto mio, come faceva mio padre, ma lui credeva fosse giusto che mi confrontassi con altre realtà e mi facessi le ossa in ambienti diversi da quello familiare, più competitivi, più difficili. Pensava che mi avrebbe fatta crescere più in fretta».

«E così è stato?»

«Non proprio». Taylor tornò a guardare gli alberi che sfilavano accanto alla macchina, persa nel suo passato. «Essere la figlia di Rob Andrews mi ha spalancato le porte, ma mi ha impedito di fare amicizia. Tutti, nel primo studio in cui ho lavorato, pensavano che fossi solo una viziata figlia di papà, entrata non per meriti personali ma perché raccomandata, e che i piccoli successi ottenuti fossero falsati da quel biglietto da visita che è il mio cognome. Sentivo spesso frasi come: "Con la giusta spinta, anche io sarei arrivato dove è arrivata lei", oppure: "Taylor va avanti solo perché è la pupilla del capo". Sono entrata in crisi e il mio lavoro ne ha risentito. Per evitare di farmi odiare dai miei colleghi, ho rinunciato a molte opportunità e mi sono lasciata mettere in ombra. Mi sentivo in colpa per essere un gradino sopra di loro, ho iniziato a credere di non meritarmelo. E ho pensato mille volte di mollare. Tenevo duro solo perché mio padre ne sarebbe rimasto deluso».

Ryan non replicò, ma si sentì vicino a lei. Anche se aveva sempre fatto ciò che voleva, non poteva negare di aver provato, proprio come Taylor, il bisogno di non deludere nessuno. Soprattutto suo padre o sua nonna.

«Poi lui è morto, insieme a mia madre», proseguì Taylor. «Un terribile incidente stradale. All'epoca avevo appena vent'anni. Non avevo amici, i miei colleghi mi detestavano e dopo la morte dei miei sono arrivati al massimo a compatirmi. L'unica parente che mi restava era mia nonna e per un po' ho vissuto a casa sua. Poi, inevitabilmente, anche lei mi ha lasciata. Aveva novantasei anni».

«Mi dispiace. Devi esserti sentita molto sola».

«In quel periodo avevo un fidanzato. Avrei dovuto capire subito che non era innamorato, ma dopo la morte dei miei non riuscivo più a staccarmi dalle persone che contavano qualcosa per me. Mi sono attaccata a lui, forse troppo o comunque in modo sbagliato. E la cosa è peggiorata quando è morta anche la nonna. Lui era sempre più distante, però non se ne andava mai; anzi, mi spingeva a lavorare. Voleva che convincessi il mio capo di allora ad assumere anche lui... "per stare vicini". Ma non volevo fare lo stesso errore di mio padre, ossia raccomandarlo e metterlo nella stessa posizione scomoda che avevo io. Inutile dire che non ha preso bene il mio rifiuto. Mi ha lasciata e dopo un mese ho scoperto che aveva una relazione con la socia del mio capo».

Avrebbe voluto dirle qualcosa per consolarla, ma preferì limitarsi ad allungare una mano e stringerle un ginocchio. Taylor gli rivolse un sorriso grato e Ryan provò l'irresistibile impulso di fermare la macchina e prenderla tra le braccia.

Per evitare di rendersi ridicolo, aprì un poco il finestrino: l'aria gelata gli avrebbe snebbiato la mente. E forse avrebbe disperso il suo profumo, che saturava l'abitacolo da quando era salita.

«Spero almeno che tu l'abbia sputtanato come meritava», disse, cercando di ritrovare il filo del discorso.

«In realtà no, non mi interessava. Però ho preso tutte le cose che aveva lasciato a casa mia e le ho regalate a un barbone di Central Park. E dopo mi sono licenziata».

«Ottima mossa. Ed è così che sei arrivata a lavorare per la D.B. Designers?»

«Sì. Ho deciso di rimettermi in gioco, questa volta senza nessuna raccomandazione. Ho risposto ad alcuni annunci, senza specificare chi fosse mio padre, e il mio attuale capo mi ha chiamata. Il suo studio è uno dei più importanti di New York. E anche se in seguito ha scoperto chi erano i miei genitori, quando ho fatto il colloquio non ne aveva idea e questo mi basta per avere l'illusione che mi abbia notata solo per le mie competenze».

«E lì ti trovi bene anche con i colleghi?»

«Ho fatto amicizia con la mia vicina di scrivania, per il resto solo rapporti cordiali. Anche perché non sono proprio la punta di diamante dello studio».

Colpito dal suo tono amareggiato, Ryan la osservò. «Che intendi dire?»

«Francis Hoffman, il mio capo, non è il tipo di persona che ama condividere le luci della ribalta. Tiene per sé i progetti migliori e delega agli altri quelli meno interessanti. Fino a oggi mi ha sfruttata per smistare scartoffie, mandarmi in giro per New York a fare commissioni o farmi progettare tombe di famiglia». Taylor sospirò stancamente. «Quando l'ho sentita parlare del terreno degli O'Connell, mi sono proposta, sperando di avere l'occasione di impegnarmi in qualcosa di più stimolante di un cimitero. Immagina quello che ho provato quando mi sono trovata davanti quelle rovine carbonizzate e le zolle di terra melmosa».

«Non ti avevano detto a cosa andavi incontro? Gli architetti arrivati qui prima di te erano al corrente dello stato del terreno».

«No. Francis ha accettato questo incarico quasi al buio, per fare un favore a chissà chi. Mi ha fornito solo l'indirizzo e poche altre informazioni, e io ho fatto delle ricerche approssimative su Snowy Pine. Credevo, quindi, che sarei finita in un posto turistico e grazioso».

«E non è così? Terreno a parte…». Ryan la guardò, minaccioso. «Attenta a quello che dici!».

Taylor ridacchiò. «Tranquillo, ho imparato la lezione. Offendere Snowy Pine è come insultarti personalmente, non farò più un errore così grave!». Poi si guardò intorno. «Comunque sì, è un piccolo gioiellino di montagna e sta iniziando a diventare rilassante. Anche troppo, in realtà: non faccio che dormire. E non avendo nulla da fare, mi annoio un po'».

«Se vuoi qualcosa da fare, basta chiedere. Entro domani sera dobbiamo finire di decorare tutto il centro abitato. Mancano ancora molte cose, soprattutto ora che dobbiamo rimediare al danno che ci hanno inflitto gli abitanti di Acorn, e ogni aiuto è ben accetto».

«Conta su di me. Ma cosa vi hanno fatto?».

Ryan strinse più forte il volante. «Ci hanno portato via un intero scatolone di decorazioni e rovinato la slitta che ho costruito negli ultimi tre mesi».

Taylor sgranò i suoi occhioni color ambra. «Hai costruito una slitta di Babbo Natale? Perché non l'ho vista nel tuo laboratorio?»

«Perché non ci starebbe», rise lui. «È nel garage di Carter. Solo che adesso è mezza distrutta».

«Ma questo è danneggiamento, è illegale! Dovresti denunciarli!».

«Sì, be'… non è così facile, in effetti», ribatté lui, sfregandosi la nuca.

«E perché no? Se hai bisogno, conosco un bravo avvocato…».

«Il fatto è che se denunciamo loro per questo atto di vandalismo, loro potrebbero denunciare noi».

Taylor inarcò le sopracciglia. «Per quale motivo?»

«Per la mascotte che hanno *misteriosamente* smarrito l'anno scorso. Non so come abbiano fatto, ma si sono procurati una renna e contavano di trasformarla in Rudolph dal naso rosso».

«Avete rapito la loro renna?!».

«Ma l'abbiamo rimandata a casa sua, senza torcerle un pelo e soprattutto senza farle indossare nessun ridicolo naso rosso. Lo abbiamo fatto per amore dell'animale», ammiccò lui.

«Siete tutti fuori di testa», sbuffò lei, scuotendo il capo. Ma sembrava divertita e non troppo scandalizzata.

«Diciamo che, ormai, queste rappresaglie durante la gara sono diventate parte della tradizione. Rende il tutto un po' più "avventuroso". Se quel denaro non ci servisse per il terreno, avrei già lasciato correre, magari ideando qualche piccola vendetta per l'anno prossimo».

«E quindi qual è il tuo piano, adesso?»

«La slitta posso sistemarla, a costo di lavorarci senza pause fino al momento di portarla in piazza. Ma non voglio che il lavoro delle donne di Snowy Pine venga gettato al vento, hanno confezionato a mano quegli addobbi e ho intenzione di riportarli a casa».

«E come farai a riprenderli? Dubito che accetteranno di ridarteli senza fiatare».

«Non glieli chiederò».

«Come sai dove cercare? Potrebbero aver distrutto tutto».

«No, hanno intenzione di usare le decorazioni. Sono stati visti da uno di noi e sono stati seguiti. So dove le tengono. Il problema sarà non farsi notare da chi fa la guardia al capannone».

Dopo un momento di silenzio, Taylor si raddrizzò sul sedile. «Ti aiuterò. Non so come, né se servirà a farvi vincere la gara, ma lo farò. E comunque non preoccuparti, la documentazione va presentata alla Pebbleswhite entro i primi di gennaio. Avete ancora un po' di tempo».

Ryan la guardò, intenerito. Quella piccola donna, che aveva quasi paura della sua stessa ombra, voleva aiutarli nonostante fosse stata guardata male e trattata con scortesia per tre giorni. Era terribilmente dolce.

Purtroppo, anche qualora avessero vinto la gara, il denaro che mancava per fare una controfferta agli O'Connell era molto, e questo nonostante ogni abitante di Snowy Pine fosse disposto a offrire qualcosa. Avevano bisogno di ben più di una decina di giorni per racimolare il necessario. A meno che lei non decidesse di sabotare il proprio lavoro per dissuadere i compratori. Ma questo non poteva chiederglielo. Oltre a non essere eticamente corretto, non voleva che lei finisse nei guai a causa dell'ultimo desiderio di un vecchio e alla testardaggine di persone che nemmeno conosceva.

Giunti in prossimità del confine con Acorn, Ryan fermò l'auto in una radura alberata, il più nascosto possibile alla vista.

«Siamo arrivati?», chiese Taylor, perplessa.

«Non posso spingermi oltre, attirerei l'attenzione. È meglio aspettare che faccia buio».

«Oh». Lei sembrò d'un tratto a disagio, e anche Ryan lo era.

Insomma, le uniche volte in cui si era appartato tra le piante con il suo pick-up insieme a una ragazza attraente, non era stato certo per fare due chiacchiere. Ma nessuna era Taylor Andrews.

Si sentiva come un ragazzino alla prima cotta, come quando, appena arrivato a Yale, era rimasto folgorato da una compagna di corso. Da quel momento non aveva fatto altro che sedersi il più possibile vicino a lei, anche solo per poterla guardare a suo piacimento, annusarla e fantasticare. Doveva ammettere, suo malgrado, che aveva sempre avuto l'infatuazione facile: difetto genetico.

Ma adesso non era più un ragazzino, aveva trentadue anni, sapeva tenere a bada la libido e aveva visto con i propri occhi a cosa poteva portare un innamoramento lampo. Per questo aveva scelto di andarci cauto, aveva imparato a gestire le proprie emozioni e si era dedicato a cose più concrete, a progetti personali che non comprendevano una fugace relazione con una donna che si sarebbe trattenuta a Snowy Pine solo per pochi giorni.

"E che ti ha dato il benservito", gli ricordò il suo inconscio. "Anche se, a onor del vero, non sembrava del tutto convinta di ciò che diceva".

In ogni caso, si era ripromesso di non provarci più e tenersi a distanza di sicurezza da lei. Tra loro c'era una forte attrazione fisica, era evidente, ma Taylor non voleva andare oltre e tutto sommato era meglio così anche per lui. Perché gli era capitato altre volte di trovare una donna eccitante, ma mai, *mai*, si era sentito prossimo a perdere il controllo.

Taylor Andrews, invece, riusciva a confonderlo semplicemente parlando, guardandolo o spalmandogli un dannato unguento sulla schiena!

Infastidito con se stesso, aprì la portiera e mise giù un piede. «Andiamo a fare due passi, o tra poco inizieremo ad avere freddo», disse, asciutto.

In realtà, sperava che il gelo lo aiutasse a spegnere i suoi bollenti spiriti.

7

Lasciarono il pick-up nascosto tra gli alberi e iniziarono a percorrere un sentiero laterale, costeggiando Acorn.

Intorno a loro non si vedevano altro che alberi e il rumore dei loro passi sul terreno umido, cosparso di foglie secche, era l'unica cosa udibile insieme al verso degli animali presenti nel sottobosco. Il sole era calato da un pezzo dietro i picchi innevati delle montagne, donando al cielo una sfumatura violacea su cui brillavano una luna enorme e tante piccole stelle.

Taylor osservò tutto con interesse. «C'è una pace, qui. E dei colori incredibili. Certo, anche Central Park si tinge di rossi, arancioni e gialli in autunno, ma sullo sfondo vedi comunque i grattacieli, senti l'eco dei clacson e dei motori, e c'è sempre così tanta gente. Qui, invece, sembra di stare in un altro mondo».

«Ti stai ricredendo, quindi?», chiese Ryan, con aria compiaciuta.

«In parte. Non so se potrei vivere in pianta stabile in un posto così isolato, però venire in vacanza di tanto in tanto potrebbe essere una buona occasione per rigenerarmi e scacciare via un po' di stress cittadino».

«Che hanno di male i posti isolati?»

«Sono solitari. E per chi è già solo come un cane, potrebbero essere deleteri», rispose lei con un'alzata di spalle.

«Sentirsi soli in mezzo a milioni di persone è mille volte peggio».

«Può darsi, ma il caos non ti permette di pensare. E certi pensieri fanno tanto rumore, c'è bisogno di qualcosa che lo soffochi». Taylor sfregò le mani tra loro, cercando di scaldarle soffiandoci sopra. «Dio, che freddo che fa! Eppure è stata una bella giornata di sole».

Ryan inspirò a pieni polmoni, con un sorriso soddisfatto. «Si sta alzando il vento, quindi il tempo sta cambiando. Nevicherà presto».

Taylor lo guardò, perplessa. «E sei contento?»

«Perché non dovrei? La neve è magica, rende tutto ancora più bello. Non dirmi che non ti piace!».

«In realtà ha un certo fascino, non lo nego. Da bambina la adoravo, poi crescendo ti rendi conto di quanti disagi crea, dovendo spostarti per la città per andare al lavoro, e… be', la magia svanisce quasi del tutto. Per di più, in città resta bianca per poco più di un paio d'ore, poi diventa uno spettacolo non troppo bello da guardare».

«Qui le strade da liberare sono poche e tutti gli abitanti si adoperano per spalare e consentire il passaggio, sia a piedi che in auto. E a parte qualche piazzola calpestata dai bambini per giocare a palle di neve, tutto resta bianco e immacolato fino a quando non inizia a sciogliersi da sola». Ryan la guardò, ammiccando. «Uno a zero per Snowy Pine».

Taylor lo guardò con commiserazione. «Illuso! Se facessimo davvero una sfida, New York vincerebbe a mani basse».

«Dimmi una cosa che New York ha e noi no. Qualcosa che sia *importante*», la provocò.

«I grattacieli, tanto per dirne una».

«E ti sembrano importanti? In ogni caso, noi abbiamo le montagne e i pini secolari».

«Ehi, lo skyline di New York è il più bello al mondo! Anche se i grattacieli non "servono", come intendi tu, sono l'anima della città», protestò lei, con aria altezzosa. «Comunque sia, noi abbiamo le strade ampie».

«Sempre ingombre di macchine incolonnate, guidate da autisti furiosi», ribatté lui, per nulla impressionato. «E poi le abbiamo anche noi, forse non quelle interne, ma nei dintorni si circola perfettamente».

«Però a New York abbiamo una vastissima scelta di negozi, ristoranti, bar…».

«Ci sono anche qui, abbastanza da farci variare se ci stanchiamo, ma non così tanti da essere dispersivi. Scommetto che, nonostante l'imbarazzo della scelta, preferisci frequentare sempre gli stessi posti».

Sotto il suo sguardo sicuro, lei dovette cedere. «In effetti sono piuttosto abitudinaria, faccio colazione sempre nello stesso posto, a metà strada tra casa mia e l'ufficio, e ho i miei ristoranti di fiducia. Però so che, se volessi cambiare, potrei farlo ogni giorno, per mesi. E inoltre, potrei raggiungere qualunque posto in un baleno, grazie ai mezzi pubblici».

«A cosa servirebbe, qui, una metropolitana o un autobus? Basta la macchina per andare ovunque».

«E che mi dici del wi-fi gratis?»

«Per farci cosa, esattamente? Postare selfie con la bocca da papera mentre ti imbatti in un orso? Hai ragione, proporrò la cosa alla prossima riunione cittadina», ironizzò Ryan. «Abbiamo tutti una connessione internet a casa e anche un telefonino».

L'immagine di alcuni degli abitanti di Snowy Pine

con in mano un cellulare, intenti a farsi selfie sciocchi, la fece quasi ridere. Per lei wi-fi gratis significava poter lavorare ovunque, anche al parco o in un qualsiasi esercizio pubblico, ma si rendeva conto da sola che, in un posto come quello, sarebbe risultato del tutto superfluo.

«Allora parliamo dei musei e dei teatri…».

«Rilancio con paesaggi incontaminati, laghi, boschi ed escursioni guidate. Le gite culturali possiamo sempre farle nel tempo libero, ma le cose da vedere non mancano».

Taylor calò l'asso nella manica. «L'ospedale vicino e le ambulanze pronte in ogni angolo della città!».

«D'accordo, qui è tutto meno immediato. Però abbiamo a disposizione l'elicottero, per i casi più urgenti. Il pronto soccorso non è così distante e in città abbiamo medici preparati a qualsiasi emergenza. Perfino io so prestare un primo soccorso, se occorre».

«E va bene, non vi manca niente di fondamentale. Ma New York è vitale, ci sono tantissime persone, di diverse culture…».

«E le adori tutte?». Taylor esitò e Ryan sorrise. «La realtà è che tutto ciò che hai citato sono semplici distrazioni, non cose davvero importanti. Io ho vissuto a Boston e Chicago, so cosa significa avere ogni tipo di comodità a portata di mano, essere circondato dalla gente, avere ampia possibilità di scelta su ogni cosa. Ma non rimpiango quei momenti. Non rimpiango il rumore, lo smog, la confusione, tutta quella luce artificiale che non mi permette di vedere le stelle. Ho un lavoro anche qui, non mi mancano momenti di "emozione", soprattutto da quando sono entrato nella squadra di soccorso. Siamo una città piccola ma di passaggio, e vedo persone di continuo. Se i negozi di Snowy Pine non sono troppo forniti, compro online; se voglio andare a teatro, o a visitare un museo, prendo la macchina e magari ne approfitto per star fuori tutto il week end. L'unica differenza tra te e me, è che tu non hai bisogno di pianificare le cose: se una sera ti ritrovi ad annoiarti sul divano, puoi prendere la metropolitana e andare a teatro. Mentre io non mi annoio mai».

Con tutta probabilità aveva ragione lui. Del resto, Ryan aveva una famiglia a fargli compagnia, e aveva un lavoro, degli hobby, una vita sociale attiva, anche se circoscritta a una piccola città.

Lei non poteva dire lo stesso.

«Sei più fortunato di me», capitolò.

«Forse dovresti trovare un fidanzato che ti aiuti a divertirti un po'», disse lui, con voce atona.

Taylor lo guardò. Camminava con le mani in tasca, lo sguardo dritto di fronte a sé, apparentemente disinteressato. Eppure, il suo sesto senso femminile le diceva che era interessato eccome a quell'argomento.

Lusingata, lo provocò. «Magari ce l'ho».

Gli occhi verdi di Ryan si puntarono nei suoi. «Allora non sta facendo un gran lavoro, se ti senti ancora così sola».

A disagio sotto l'intensità di quello sguardo, Taylor tornò a guardare il sentiero alberato. «La verità è che non mi interessa avere un fidanzato. Non credo nei rapporti duraturi e preferisco non averne».

Ryan abbozzò un sorriso dispiaciuto. «Non lasciarti sfuggire questa informazione qui intorno, o la tua fama peggiorerà ancora».

«E perché dovrebbe? I miei affari di cuore non hanno niente a che vedere con voi».

«Certo che no, ma Snowy Pine è una cittadina di romantici. Si può dire che sia nata dall'amore tra due persone, quindi tutti ci credono».

«Nata dall'amore?», chiese lei, confusa.

«Sì. I fondatori della città, Milla e Jamie Martin, si sono conosciuti e innamorati in pochi giorni. Lui era un cittadino canadese, lei veniva da Charleston. Il loro è stato un vero e proprio colpo di fulmine, un amore voluto dal destino. Jamie stava andando in Vermont, ma sbagliò strada e si ritrovò in quella che tu conosci come vecchia piazza. Milla stava andando nel Maine a conoscere il suo promesso sposo, quando una ruota della sua carrozza si impantanò proprio lì. Si guardarono e qualcosa scattò tra loro. Pochi mesi dopo erano già sposati e Jamie volle a tutti i costi costruire la loro casa su quel terreno abbandonato che, duecento anni dopo, divenne Snowy Pine. La loro storia si tramanda da generazioni. Le ragazze del posto sognano di innamorarsi nello stesso modo e forse è per colpa di questa vecchia storia se tante di loro si sposano in fretta, dopo quello che credono essere un colpo di fulmine».

«E tu ci credi? Ai colpi di fulmine, intendo».

Ryan parve rifletterci su. «Non ho motivo per non farlo. Ma so anche che, il più delle volte, non portano a niente di buono».

«Almeno su questo siamo d'accordo. L'amore è pericoloso, un colpo di fulmine ancor di più. Non puoi dire di conoscere bene una persona nemmeno dopo anni di frequentazione, figurati decidere di sposare qualcuno sulla scia di un entusiasmo superficiale».

«Qualcuno lo vive come un rischio che vale la pena di essere corso. Del resto, che hai da perdere?»

«A parte la fiducia nel genere umano e un sacco di

tempo sprecato in lacrime e tristezza? Nulla, suppongo. Ma soffrire non è bello. Preferisco evitarlo».

«Ma ci sono un sacco di situazioni che possono farti soffrire, non solo l'amore».

«Cerco di evitarle tutte, infatti. Ha funzionato per quasi trent'anni, funzionerà ancora».

Ryan la osservò, incredulo. «Ma questo non è vivere».

Taylor si irrigidì. «Non mi piace perdere le persone. E succede sempre».

«Non è un buon motivo per non farle nemmeno entrare nella tua vita. Hai detto che ami i libri... Be', rinunceresti a leggerne uno stupendo, solo per paura che finisca?»

«Non è la stessa cosa. Finire una bella storia di fantasia non fa male quanto vederne svanire una reale».

«Ma il principio è lo stesso. Ami leggere e per questo continui a comprare libri, a divorarli per poi passare al prossimo. L'amore dovrebbe essere così: prendere tutto ciò che una persona ci può dare, finché resta al nostro fianco. E poi passare ad altro».

«Non penso che gli abitanti di Snowy Pine abbiano il tuo stesso concetto di romanticismo», lo schernì lei. «Il tuo è il classico discorso di chi ama le relazioni mordi e fuggi».

«Se non altro io non le evito come la peste, rimanendo ai margini della vita», ribatté lui. «Su una cosa siamo d'accordo: non è detto che l'amore duri per sempre. L'ho constatato con i miei occhi, motivo per cui non farei mai promesse a cuor leggero. Ma non per questo mi precludo ogni possibilità».

«Allora sei più coraggioso di me», concluse Taylor. E sperò di non dover tornare sull'argomento.

Perché tutti quei discorsi non avevano fatto altro che

ricordarle il vuoto che aveva nel cuore e le parole di Ryan suonavano come un invito, fin troppo allettante, a rivedere le proprie convinzioni.

Tornarono alla macchina quando il cielo divenne nero, guidati dai raggi lunari e dalla familiarità di Ryan con il posto. Lui era in grado di orientarsi seguendo il rumore dei corsi d'acqua e guardando le stelle, e Taylor ascoltava con vero interesse i suoi discorsi, ammirando la sua incredibile sicurezza. Non avrebbe mai pensato di poter trovare piacevole un'escursione nei boschi a tarda sera, ma da quando era arrivata in New Hampshire sembrava essere un'altra persona. E il merito era da imputare alla compagnia di quell'uomo affascinante che sapeva rasserenarla con la sua sola presenza.

Il piano di Ryan per recuperare le decorazioni era piuttosto semplice: avvicinarsi con l'auto il più possibile, raggiungere a piedi il capanno in cui gli abitanti di Acorn tenevano lo scatolone rubato e riprenderselo. La difficoltà stava solo nel non farsi scoprire e nel distrarre la persona che, a detta di chi aveva sorvegliato la zona quella notte, stava piantonata davanti al capanno per evitare incursioni indesiderate.

Sembrò filare tutto liscio. Ryan la lasciò in attesa nel bosco, a distanza di sicurezza, e si avviò lentamente verso un'entrata laterale. Sembrava un gatto, agile, sicuro e con una vista invidiabile nella semi oscurità. Il tizio che stava di guardia al capanno era intento a giocare a carte con un altro ragazzo e ridevano in modo sguaiato, coprendo il leggero tramestio di foglie secche che Ryan produceva avvicinandosi.

Taylor attese, con il fiato sospeso, facendosi bruciare gli occhi pur di non perdersi un solo secondo di azione.

Era in ansia per Ryan, anche se lui l'aveva tranquillizzata spiegandole che quelle ripicche tra paesi erano più una gara di furbizia che veri e propri furti pensati per arrecare danni seri. Allo stesso tempo, era eccitata: non viveva niente del genere da quando era bambina e giocava a nascondino nel cortile della scuola.

Vide la porta posteriore del capanno aprirsi piano e sollevò in aria un pungo in segno di vittoria silenziosa. Ryan ce l'aveva fatta, era dentro.

Poi, tutto sembrò precipitare. Un rumore nei pressi del capanno fece rizzare le orecchie ai due uomini, che smisero di giocare a carte per sollevare la testa. Taylor pensò di uscire allo scoperto per attirare l'attenzione su di sé, ma qualcosa la bloccò.

Qualcosa di umido che le sfiorò una mano, terrorizzandola.

Chinando lo sguardo, vide due occhi gialli illuminati dalla luce lunare, incastonati in un volto scuro e peloso. E si lasciò sfuggire un urlo soffocato. Per tutta risposta, l'essere peloso iniziò ad abbaiare in modo acuto.

Senza pensarci, Taylor corse via, seguita dal cane. In pochi minuti, passi maschili si unirono al trambusto e Taylor intuì che anche i due uomini di guardia avevano iniziato a inseguirla.

Sfruttò la luce della luna per seguire il sentiero percorso poco prima con Ryan, anche se a un certo punto ebbe la sgradita sensazione di aver deviato su una strada diversa.

Dio, non solo aveva mandato all'aria il piano, ma adesso rischiava di perdersi su un sentiero sconosciuto, a quindici chilometri da Snowy Pine! Come avrebbe fatto a tornare in città? Ryan l'avrebbe trovata da solo o avrebbe dovuto istituire una squadra di soccorso notturna per recuperarla… e solo perché un cane l'aveva spaventata?

"Che figura di merda!", pensò, fermandosi accanto a un grosso albero per riprendere fiato. Da quando era arrivata non faceva altro che collezionarle, una dietro l'altra, e a pagare era sempre il povero Ryan.

Non era proprio fatta per vivere in mezzo alla natura! In città c'erano sicuramente tantissimi altri pericoli, ma essere rincorsa da uomini armati di vanga, cadere dagli alberi e restare sola in posti bui e totalmente deserti, a tarda sera, non rientravano tra quelli. Anche perché a New York lei si muoveva in un ambiente molto diverso, familiare. Un ambiente che non la faceva sentire un'inetta a ogni passo.

Sentì l'abbaiare del cane farsi più vicino e anche dei passi in corsa. Stava per riprendere a correre, quando una mano le tappò la bocca e la trascinò dietro l'enorme tronco dell'albero.

Non fosse stato per il suo profumo, che le era ormai diventato familiare, Taylor gli avrebbe morso il palmo con tutta la forza che aveva.

«Sshh… Non muoverti», le sussurrò Ryan all'orecchio, calmandola e, allo stesso tempo, provocandole un fremito lungo la schiena. Fremito che raddoppiò di intensità nel sentire quel corpo solido contro il proprio. Strati di vestiti spessi li separavano, ma il braccio che le circondava la vita la stringeva con forza, facendole percepire ogni centimetro di quei muscoli scolpiti dal duro lavoro e da madre natura.

Era la seconda volta che gli stava tanto vicina, ma l'attrazione che provava per lui non accennava a scemare. Al contrario, ogni volta la sua fantasia galoppava sempre più veloce, facendosi sempre più audace.

Ryan le sfilò il berretto, facendo scivolare le dita tra i suoi capelli. Taylor fremette a quel lieve tocco, involontario o meno che fosse, e per un attimo si ritrovò a pensare a quanto sarebbe stato bello voltarsi tra le sue braccia e perdersi nei suoi occhi, lasciare che lui la sfiorasse ancora, ovunque...

Nel vedere il cappello volare lungo il sentiero opposto, e atterrare tre metri più avanti, tornò con i piedi per terra e corrugò le sopracciglia.

«Ehi!», protestò, voltando appena il capo per lanciargli un'occhiataccia.

Il balenio del suo sorriso nella penombra le mandò il cuore in gola. «Così li depistiamo per il tempo necessario a tornare alla macchina», mormorò Ryan, a un soffio dalle sue labbra. «Te ne comprerò un altro, promesso».

La distanza che separava i loro volti era davvero minima. Taylor si ritrovò a trattenere il respiro, quasi in attesa che lui facesse una mossa. Il giorno prima si era tirata indietro sul più bello, ma non era più così sicura di volerlo rifare.

Ryan parve pensare la stessa cosa. Il suo capo si inclinò appena, avvicinando le loro labbra e lasciando che i loro nasi si sfiorassero, e Taylor non riuscì a frenarsi dall'allungare una mano e sfiorargli il mento velato di barba chiara. Moriva dalla voglia di posare le labbra su quelle carnose e invitanti di lui e lasciarsi andare a emozioni che non provava da tempo. Che poteva succedere di male? Sarebbe tornata a New York presto, non avrebbe avuto il tempo di affezionarsi a lui e soffrire per il distacco. Ma avrebbe avuto quello per godersi la sua vicinanza, la sua bellezza e quella passione che sprizzava da ogni poro e che, ne era certa, l'avrebbe consumata...

Un uggiolio eccitato spezzò l'incantesimo.

Ryan imprecò a bassa voce, di nuovo in allerta, e Taylor ebbe voglia di uscire allo scoperto e strozzare quell'ammasso di pulci.

«Ci fiuterà!», disse invece, lasciandosi avvolgere dalle braccia di Ryan.

«Spike è il cane del sindaco di Acorn, lo conosco. Gli ho salvato la vita una volta, quando era cucciolo. È una brava bestia, ma è un po' tonto. Ti seguiva per gioco, non è pericoloso. E no, non ci troverà: siamo sottovento. Sentirà prima l'odore del tuo cappello».

Il cane arrivò a passo sereno, annusando l'aria; e, come previsto, corse verso il berretto abbandonato sul sentiero. A quel punto, Ryan ne approfittò per trascinarla verso un altro albero, nella direzione opposta, e continuarono così fino a quando non videro i due uomini passare di corsa, a pochi metri di distanza, seguendo il cane.

«Corri!», disse Ryan a quel punto, prendendola per mano e dirigendosi verso l'auto.

«E le decorazioni?», ansimò Taylor, senza fermarsi.

«Le ho mollate sul cassone del pick-up prima di venire a recuperarti». Si voltò verso di lei, sorridendo. «Hai creato un ottimo diversivo, brava! Lasciando che seguissero te, mi hai dato il tempo di prendere lo scatolone e portarlo al sicuro».

«Oh, figurati, è stato un gioco da ragazzi! Tu avevi bisogno e io ho agito: tutto calcolato», ammiccò, fingendo sicurezza.

Risero finché non arrivarono all'auto.

«Devo dire che è stato divertente!», sghignazzò Taylor, mentre la macchina sfrecciava verso Snowy Pine. Si erano fermati lungo la strada a mangiare qualcosa, affamati dalla corsa e dall'aver saltato la cena, poi si erano rimessi in marcia, l'umore leggero.

«Scommetto che a New York non ti succedono cose del genere», scherzò Ryan.

«Assolutamente no! La cosa più avventurosa che mi può capitare in città, è prendere un taxi nell'ora di punta», ammise lei. Poi lo ammonì con un dito. «Ma non ricominciare a gareggiare con me: tu ami Snowy Pine e non vuoi che qualcuno ne parli male, e io provo lo stesso per New York».

«D'accordo, terrò per me ogni considerazione al riguardo». Ryan si inclinò verso di lei e aggiunse: «Ma resto del parere che qui sia tutto più bello».

"Con te davanti, sarebbe più bello anche il deserto", pensò Taylor, frenando l'impulso di inclinarsi a sua volta per baciarlo.

Qualcosa era cambiato, tra loro. Il rapporto di rispetto e reciproca attrazione silente era diventato una stuzzicante complicità. Insomma, non erano più due estranei. Adesso erano quasi... *amici?*

"Ma quale amicizia! Un amico non desideri vederlo nudo, né ti soffermi a inspirare il suo profumo come se fosse l'unica aria a disposizione nell'atmosfera!", la derise la sua coscienza.

Distolse lo sguardo da quel volto virile per concentrarsi sulla strada. Fu allora che un lampo di colore nel cielo la incuriosì.

«Che cos'era?», chiese. «Sembrava un lampo, ma non vedo nuvole...».

Ryan sterzò all'improvviso, prendendo una stradina laterale e accelerando. «Non era un lampo. È qualcosa che farà a pezzi la tua amata New York in favore di Snowy Pine, una volta per tutte», disse, sicuro.

Taylor afferrò la maniglia dell'auto per sorreggersi, mentre il pick-up correva sulla strada dissestata. «Ti prego, va' piano… Mi stai mettendo ansia».

«Fidati di me, ti piacerà».

Dopo pochi minuti, Ryan fermò l'auto su uno spiazzo erboso, di fronte a un lago immobile che brillava alla luce della luna. Scese di corsa e si affrettò ad aprirle lo sportello, tirandola giù con un entusiasmo che lasciò Taylor perplessa.

«Mi dici che sta succedendo?».

Ryan l'afferrò per i fianchi e la sollevò fino a farla sedere sul cassone della macchina. Poi salì a sua volta, sedendosi alle sue spalle e imprigionandola tra le gambe.

«Stai a vedere», mormorò, sollevandole il mento per costringerla a guardare in su.

Fu questione di secondi. Poi il cielo prese vita.

Onde verdi, gialle, azzurre e violacee presero a danzare sulla volta scura, dapprima piano, poi sempre più rapide, creando giochi di colore incredibili. Si muovevano sinuose, illuminando tutto ciò che li circondava, specchiandosi sul lago e nei loro occhi, e creando sfumature ed effetti irreali. Uno scenario che la lasciò senza fiato.

L'emozione che provò nell'osservare quello spettacolo straordinario fu così grande che si ritrovò le guance bagnate di lacrime e le mani strette a quelle di Ryan, che in qualche momento imprecisato l'aveva circondata anche con le braccia.

Lui avvicinò il viso al suo e, sentendolo bagnato, la voltò verso di sé. «Tesoro, perché piangi?»

«Nulla, è solo che… è la cosa più bella che io abbia mai visto». Taylor tornò a fissare il cielo, incantata. «Non è come vederla in fotografia o in televisione. È qualcosa di indescrivibile e io… non me lo aspettavo».

Si asciugò le guance con il dorso della mano e gli sorrise. «Non credevo che l'aurora boreale fosse visibile a queste latitudini».

«Nemmeno io credevo che avrei mai trovato piacevole la compagnia di una newyorchese. Ma come vedi, qui tutto è possibile», scherzò lui, con un occhiolino. Poi la strinse meglio contro di sé. «Quando l'attività solare è molto intensa, aumentano le possibilità che l'aurora si veda anche a latitudini più basse. Siamo stati molto fortunati... O forse era solo il momento giusto».

Giusto o meno, di sicuro era *perfetto*.

Quel posto isolato, il lago, le montagne sullo sfondo, le stelle e la luna, il cielo cangiante... e Ryan, che la stringeva e teneva il mento sui suoi capelli.

Comprese allora di essere totalmente fregata.

Nessun altro istante, mai, avrebbe potuto eguagliare quel momento di assoluto incanto.

«Grazie», sussurrò, stringendo più forte le mani di Ryan.

«Non l'avevo prevista, ma se vuoi me ne prendo il merito», scherzò lui, posandole un bacio sulla tempia.

Taylor sorrise. «Era un grazie per averla condivisa con me».

«È stato un piacere», mormorò lui di rimando.

Divennero ancora una volta consapevoli della vicinanza reciproca. L'attrazione che provavano era tenuta a bada solo dalla razionalità e, soprattutto, dall'evidenza: erano due perfetti estranei. Eppure, in tre giorni le loro vite sembravano essersi incastrate in modo naturale. Che si trattasse di fato, di colpo di fulmine, della magia del luogo o di un banale fuoco di paglia, non lo sapevano. Ciò che invece sapevano era che non potevano più ignorare le sensazioni che sentivano.

«Sai, esiste una specie di tradizione, qui, nelle notti come questa», disse Ryan, con voce roca.

«Di che si tratta?», balbettò lei, il cuore che batteva a tonfi sordi nel petto.

«Dice che se vedi l'aurora boreale insieme a una donna che ha con sé qualcosa dello stesso colore del cielo, devi baciarla».

Taylor si diede un'occhiata. «Ma io non ho niente di verde...».

«Al diavolo, faremo finta di sì», sussurrò lui, prima di prenderle il viso tra le mani e posare la bocca sulla sua.

La baciò in modo lento, ma profondo e inebriante, e Taylor si lasciò sfuggire un sospiro di piacere che suonava come una vittoria. Alzò le braccia a circondargli il collo, le dita delle mani immerse nei riccioli chiari e morbidi come seta.

Si sentiva sospesa fuori dal tempo e il suo corpo vibrava come il cielo. Ondate di piacere si riversarono in lei, mentre si lasciava divorare da quelle labbra sode e perfette.

Persero il controllo rapidamente. Le mani si spinsero oltre i giacconi e i vestiti, alla ricerca spasmodica di pelle morbida e nuda, mentre le loro bocche continuavano a divorarsi. Il fiato usciva dalle loro labbra a scatti, condensandosi per via del freddo, e fu proprio quello a riportare un minimo di lucidità in Ryan quando, nell'aprirle la giacca per sollevarle il maglione, la sentì ansimare.

Riabbassò il tessuto di lana e la strinse tra le braccia, il viso nascosto contro il suo collo.

«Ringrazia il cielo che faccia così freddo», disse, con voce incerta. «Nient'altro avrebbe potuto fermarmi, altrimenti».

Taylor non era sicura di voler ringraziare. Tuttavia non rispose, limitandosi a godere di quell'abbraccio e della piacevole sensazione della sua barba sul collo, finché i loro respiri non tornarono regolari.

Sopra di loro, anche il cielo parve tornare alla normalità. Le onde verdi e violacee brillarono ancora per qualche istante e poi si dissolsero, facendo piombare il lago nel buio.

Impiegò qualche istante a riabituare la vista. Poi, la luna e le stelle tornarono a splendere e il loro chiarore le permise di vedere il volto di Ryan, più bello che mai mentre la fissava quasi incantato.

Nessuno l'aveva mai guardata in quel modo. Si sentiva stordita.

«Forse è meglio se torniamo a casa», lo sentì dire, con una punta di rammarico, pur non accennando a staccarsi da lei.

Taylor prese un profondo respiro e annuì. «È *decisamente* meglio», concordò.

Ryan guidò con il finestrino spalancato, ma Taylor lo lasciò fare. Anche lei aveva bisogno di schiarirsi le idee e tutto provava, in quel momento, tranne freddo.

Non parlarono per tutto il tempo, ognuno perso nei propri pensieri, e quando l'auto si fermò vicino al Firefly, Ryan non spense nemmeno il motore.

«Non ti fermi a salutare tua nonna?», chiese Taylor.

Ogni sera, Ryan passava in albergo per salutare la sua famiglia e accertarsi che non avesse bisogno di nulla. E lei lo sapeva perché, durante le due serate solitarie passate in camera da letto, non aveva fatto altro che osservare il ritmo lento della cittadina dalla finestra, godendosi soprattutto il momento in cui lui arrivava, spaccava la legna nel cortile o scambiava chiacchiere e sorrisi con i vicini. Aveva dato la colpa di quella eccessiva curiosità nei suoi confronti alla noia, ma avrebbe dovuto capire subito che c'era di più. Lo stesso qualcosa in più che le rendeva difficile salutarlo in quel momento.

Ryan le lanciò una strana occhiata. «Stasera è meglio di no. Mia nonna capirebbe subito».

Capire cosa? Che l'aveva baciata? Che era attratto da lei? E che male c'era?

Diciamo che ha dei conti in sospeso con i tipi come te.

Era così che Ryan aveva giustificato la freddezza di sua nonna durante il loro primo incontro: Sarah Greenwood non approvava la sua presenza a Snowy Pine e forse nemmeno lei come persona.

Fino a quel momento, la cosa non le era mai interessata. Ora, invece, quell'evidenza la intristì.

"Perché dovrebbe? Non ti importa niente di lei, non la conosci e con tutta probabilità non la rivedrai mai più".

«Ci vediamo domani», disse Ryan in quel momento, quasi volesse, inconsapevolmente, trattenerla nel presente.

E il modo in cui lo disse suonò come una promessa.

8

Due giorni alla vigilia di Natale

Lo scoppiettio del camino, il dolce tepore delle coperte e il peso di un braccio attorno alla sua vita.

Svegliarsi abbracciata a un uomo stupendo, buono, passionale e sexy da morire, la cui barba sfregava sulla sua pelle nuda, procurandole deliziosi brividi in tutto il corpo, era il modo migliore di iniziare una giornata.

Avrebbe potuto abituarsi a simili risvegli.

Taylor si stiracchiò, soddisfatta, ancora tra il sonno e la veglia. Allungò una mano per accarezzare il braccio dell'uomo, che riposava sul suo addome, ma ciò che incontrò fu il manto setoso dell'onnipresente Thunderstorm.

«Oh, sei tu», mormorò, rassegnata e delusa, aprendo gli occhi. «Avrei dovuto capirlo subito».

Ma la contrarietà nel rendersi conto che Ryan non era nel suo letto passò in fretta. Tutte le altre sensazioni erano reali e piacevoli, capaci di farle iniziare la giornata con l'animo leggero.

Mancava davvero solo lui.

"Ma lo vedrai tra poco", le ricordò il suo cuore, strappandole un sospiro.

Cavolo, era proprio una ragazzina. Era bastato un bacio e già lo sognava la notte!

Accarezzando la schiena del gatto, si perse nei ricordi della sera prima.

Era stato tutto così bello, avventuroso, emozionante! E dire che, quando aveva proposto a Ryan di portarla con sé ad Acorn, voleva solo ammazzare la noia. Mai avrebbe immaginato che si sarebbe ritrovata a vivere, invece, una delle serate più incredibili della sua vita.

Come avrebbe fatto a tornare a New York, alla sua vita di sempre, così spenta, vuota e priva di magia? Sentiva l'ansia serrarle la gola al solo pensiero di rinunciare a tutto ciò che, in soli tre giorni, quella città e un uomo stupendo le avevano regalato.

"Non ci pensare, adesso", si redarguì. Aveva ancora del tempo a disposizione per godersi l'atmosfera di Snowy Pine e tutte le sue doti nascoste.

Alzò lo sguardo a fissare il cielo che si intravedeva dal lucernario: era coperto e bianco, segno che Ryan aveva detto la verità. Perfino lei sapeva riconoscere un cielo da neve, nemmeno New York era immune al fenomeno. Solo che, contrariamente a ciò che provava in città, questa volta sentì serpeggiare in lei un'aspettativa quasi infantile, che non provava da tantissimi anni.

Piena di energia, si mise seduta, chinandosi a dare un bacio sul testone peloso di Thunderstorm, poi saltò giù dal letto, correndo a vestirsi. Aveva promesso a Ryan di aiutare a decorare il centro abitato in vista della gara e non aveva nessuna intenzione di rimangiarsi la parola.

Quando scese in sala da pranzo, vide le tre prozie di Ryan sedute al tavolo e per un momento pensò di fare dietrofront. Ma cambiò idea: tutto sommato erano tre vecchine simpatiche, a differenza di altri personaggi incontrati in quei giorni. Fare colazione insieme a loro non sarebbe stato poi così male.

«Buongiorno, ragazze», le salutò, allegra, passando accanto a loro per prendere posto.

«Buongiorno, cara», sorrise Olga.

«Alla buon'ora!», esclamò Mathilda, sorseggiando una tazza di tè. «Sono le dieci passate».

«Avete ragione, ma da quando sono qui dormo così di sasso da non rendermene conto!».

«Lasciate che dorma, è in vacanza e non ha altro da fare», disse Rosemary. «Avrà tempo per dormire poco e male, quando tornerà nel caos della sua città».

«In realtà non sono in vacanza, dovrei lavorare. È questo posto che non collabora».

Non ricevendo risposta, lasciò correre. Era evidente che quelle tre la consideravano solo una turista fastidiosa e non una professionista. Come dar loro torto? Perfino lei si era dimenticata che ci faceva lì, nelle ultime ore.

La sorella di Ryan le si avvicinò per domandarle cosa volesse per colazione. Taylor ordinò un semplice caffè e una fetta di torta, poi osservò la donna sparire in cucina.

«Maggie e Ryan si somigliano davvero molto», disse alle prozie, notando la cosa forse per la prima volta. Si era accorta subito che avevano entrambi i capelli e gli occhi chiari, ma solo adesso che conosceva meglio il volto di Ryan notava particolari come la forma del naso, degli zigomi, del mento e delle labbra.

«Certo, sono gemelli», le spiegò Olga.

Mathilda fece una smorfia. «L'unica cosa di buono che *quella* ha fatto. Due figli in un colpo solo, così non ha dovuto sprecare altro tempo prezioso».

Taylor si incuriosì. «Parlate della madre di Ryan?»

«Noi *non* parliamo di lei», sbottò Rosemary, con un serio cipiglio.

«Oh. Scusate, non immaginavo», mormorò Taylor. In effetti, da quando era arrivata, nessuno aveva mai fatto cenno ai genitori di Ryan. Sembrava che nessuno dei due fosse presente a Snowy Pine e non aveva idea del perché.

Olga le diede un buffetto sulla mano, mitigando in parte il suo imbarazzo. «Non ne parliamo perché è una storia dolorosa e ci mette di cattivo umore. Forse, se chiedi a Ryan, ti saprà dare una spiegazione. In fondo è più giusto che sia lui a parlartene».

«Non è necessario, davvero», chiarì Taylor. «Ryan non ha nessun obbligo nei miei confronti. Mi hanno solo incuriosito le parole di Mathilda, ma non ho intenzione di impicciarmi in affari che non mi riguardano».

«Non siete stati insieme tutta la sera, ieri?».

Taylor avvampò. «No! Cioè, più o meno. Siamo andati a recuperare le decorazioni ad Acorn».

«E poi a cena, deduco, dal momento che né tu né lui avete cenato qui e siete arrivati alle dieci passate», la canzonò Olga. «Avete visto le luci del nord?»

«Sì. È stato bellissimo, non mi era mai capitato prima», annuì Taylor. Ringraziò il cielo per l'arrivo di Margaret con la sua colazione, perché le evitò di sostenere lo sguardo della prozia di Ryan, molto più astuta di quanto non sembrasse. Riempendosi la bocca con il dolce, prese a complimentarsi per l'arredamento in stile rustico-country della sala da pranzo e si lanciò in un discorso incentrato sulle travi a vista del soffitto e sulle decorazioni minimaliste, stordendo le povere signore. Una volta ingurgitato il caffè, si alzò.

«Adesso devo andare, ho promesso che avrei dato una mano con gli addobbi per la gara di domani».

«Sei molto carina ad aiutare. Grazie!», disse Olga.

Poi, mentre lei si dirigeva alla porta, aggiunse: «Di' a Ryan di passare a salutare, stasera. Tanto sua nonna ha già capito tutto comunque».

L'aria gelida che la investì non appena mise il naso fuori fu un vero toccasana per le sue guance ardenti.

Accidenti a quelle tre, sapevano metterla in imbarazzo come nessun altro al mondo! Ryan doveva aver ereditato il talento da loro. Sembravano sempre leggerle nella mente, Olga in particolare, e a volte Taylor aveva l'impressione che a due delle prozie Greenwood non dispiacesse l'idea che tra lei e Ryan ci fosse del tenero.

"Motivo in più per stare attenta", pensò. Non voleva creare false aspettative in nessuno degli abitanti di Snowy Pine, men che meno in chi sembrava apprezzarla.

Infilò i guanti e chiuse meglio il giaccone, pensando di andare in un negozio a comprare un nuovo cappellino di lana. Se davvero aveva intenzione di aiutare con gli addobbi del centro abitato, aveva bisogno di sostituire quello che Ryan aveva sacrificato la sera prima per toglierla dai pasticci.

Stava per incamminarsi lungo il sentiero quando i suoi piedi slittarono su una pozza ghiacciata. Agitandosi come un'invasata per cercare di non perdere l'equilibrio, per poco non scaraventò a terra un ragazzo che le passava vicino. Le sembrò di riconoscerlo: era il tizio che era scappato il giorno prima, quando aveva accusato gli abitanti di aver rubato la sua auto.

«Ehi, architetto! Cos'è, un tipico ballo cittadino?», la prese in giro lui, sogghignando.

«Puoi dirlo forte, a New York spopola», ribatté, acida. «Magari te lo insegno, così avrai di meglio da fare, durante le tue giornate, anziché passarle scassinando le auto».

Il ragazzo si allontanò, chiaramente a disagio, mentre Taylor allungò una mano per afferrare la ringhiera più vicina e mantenersi in posizione eretta.

Al posto del legno trovò un solido braccio.

Si voltò e nel farlo rischiò di scivolare ancora. Ma un altro braccio la sorresse prontamente, stringendola a un corpo ben piantato a terra.

«Buongiorno», sorrise Ryan. «Sei già in procinto di cadere ai miei piedi?».

"Oh, non sai quanto".

Come riusciva, con una manciata di parole, a farle ribollire il sangue nelle vene?

Aveva una voce così bella, profonda, rassicurante. E quel sorriso? Unito allo sguardo dello stesso colore dei laghi di montagna, riusciva ad aumentarle la temperatura corporea.

Tutto sommato non aveva bisogno di un nuovo cappello, le sarebbe bastato lavorare accanto a lui per tutto il giorno.

Ryan, però, doveva essere di un altro avviso.

Non appena fu certo che poteva reggersi sulle proprie gambe, la lasciò andare. «Tutto bene?»

«Sì… Ho solo messo i piedi nel punto sbagliato. Ero distratta e non ho visto la pozza ghiacciata», annuì lei, senza riuscire a distogliere gli occhi dal suo viso.

«Ti ho portato una cosa». Ryan infilò la mano nella grande tasca del suo giaccone ed estrasse un cappellino bianco con un simpatico pompon sulla cima. Glielo mise sul capo, soffermandosi poi a sistemarle i capelli sulle spalle. «Te ne dovevo uno».

Taylor per poco non si lasciò sfuggire un sospiro di beatitudine, nel sentire quelle mani tra i capelli.

«Sei pronta?», lo sentì chiedere.

«Sì», mormorò, distratta. Poi si riscosse e sbatté le palpebre. «Cioè, dipende. Per cosa?»

«Bisogna addobbare la scuola, la chiesa e il campo sportivo. Lavorerai insieme alle insegnanti e ai bambini, ti diranno loro cosa fare».

«Oh. Sì, d'accordo. Non gli dispiacerà che mi unisca a loro?»

«Non dispiacerà a nessuno», la tranquillizzò lui. «Sono in piedi da questa mattina all'alba e sanno già tutti che le decorazioni sono state recuperate grazie alla tua incredibile prontezza di spirito», aggiunse, ammiccando. «Mi è bastato raccontarlo alle persone giuste».

Taylor arricciò le labbra, a metà tra un sorriso divertito e una smorfia. «Grazie della sporca menzogna, allora».

Sogghignando, Ryan chiamò un bambino di circa dieci anni, che si avvicinò correndo. «Lui è Simon, ti accompagnerà alla scuola. Io devo rimettermi al lavoro alla slitta, se voglio finirla in tempo. E poi dovrò convincere qualcuno a dare una mano con la cucina».

«In che senso?»

«Abbiamo ricevuto una soffiata. A quanto pare, a Stoneflower stanno cucinando qualcosa di speciale per domani. Pensano di corrompere i giudici offrendo anche qualcosa da mangiare. Non possiamo essere da meno».

«Io so fare i biscotti», disse, d'impulso. Poi serrò le labbra.

Che le diceva il cervello? Non li faceva da un sacco di tempo! Non era quello il momento di rispolverare vecchie doti culinarie mai realmente accertate.

Ryan si illuminò. «Sei piena di talenti nascosti, Andrews». Si avvicinò al suo orecchio. «Mi piacerebbe scoprirli tutti. L'assaggio ricevuto lascia presagire molto bene», aggiunse, con uno sguardo che prometteva mille cose, una più indecente dell'altra.

«Quando hai finito qui, acquista tutto il necessario facendolo mettere sul mio conto e vai pure a casa mia. La porta è aperta». Le strizzò l'occhio, prima di allontanarsi con un cenno di saluto.

Taylor rimase imbambolata a guardarlo, le mani così serrate da sentire le unghie conficcate nel palmo.

Le farfalle che sentiva svolazzare nel suo stomaco dalla sera prima, si erano appena trasformate in aquile reali.

Quando rientrò in casa era quasi ora di cena.

Era stanco, sporco di vernice e aveva trucioli di segatura fin dentro le scarpe, ma poteva ritenersi soddisfatto. La slitta era stata rimessa a nuovo ed era venuta anche meglio di prima. Quella notte più abitanti avrebbero fatto turni di guardia attorno al capannone in cui tenevano le decorazioni più importanti, che sarebbero state sistemate la mattina dopo, e la polizia avrebbe fatto la ronda per tutta la notte, per salvaguardare il resto della piazza. Era solo una precauzione: anche i due paesi "nemici" avrebbero pensato a proteggere le proprie strade, quella notte. Ne era certo.

Si tolse la giacca e le scarpe, abbandonandole sul pavimento dell'ingresso, e stava per mettere mano alla cintura dei pantaloni, pronto a infilarsi sotto la doccia, quando si rese conto di non essere solo. Le luci in cucina erano accese e l'aria era satura di uno stuzzicante profumino che gli fece venire l'acquolina in bocca.

Per un attimo pensò che fosse sua sorella. A volte, quando lo sapeva impegnato in qualche faccenda importante, passava da casa sua a lasciargli qualcosa di pronto, nel caso fosse stato troppo stanco per passare dall'albergo. Poi, però, ricordò un dettaglio fondamentale che gli fece correre una scarica di adrenalina sulla pelle.

Taylor.

Elettrizzato, si avviò verso la cucina e rimase a godersi lo spettacolo.

Lei era intenta a fare qualcosa di non ben identificato, china sul piano di lavoro. I suoi lunghissimi capelli mossi erano stati raccolti in una coda di cavallo che le lasciava scoperto il bel viso e la linea flessuosa del collo, ed era così concentrata da tenere il labbro inferiore stretto tra i denti.

Cristo, avrebbe voluto essere lui a mordere quella bocca...

E per qualche breve, bellissimo istante lo aveva fatto davvero, la sera precedente, tra un bacio e l'altro.

Se solo ripensava a quei momenti sul pick-up, sotto il cielo illuminato dall'aurora boreale, sentiva il proprio corpo risvegliarsi e il cuore pompare più forte. Se non avesse fatto tanto freddo, se non fossero stati all'aperto, sul retro dell'auto, e non fossero due estranei dalle vite diametralmente opposte, niente e nessuno l'avrebbe fermato dal prendere ciò che Taylor gli aveva concesso con uno slancio e una passione tali da incendiarlo in pochi istanti.

Forse era stato un bene fermarsi. Se fosse successo in un momento come quello, ad esempio, nel tepore della sua cucina, non avrebbe saputo essere tanto razionale.

"Motivo in più per tenerti alla larga", lo mise in guardia la ragione, mentre il suo sguardo indugiava sul modo in cui i pantaloni fasciavano quelle splendide gambe e la curva del sedere, o a come il maglione rosa chiaro facesse risaltare la sua pelle di pesca.

Taylor parve captare l'intensità del suo sguardo, perché si voltò nella sua direzione. I capelli le piovvero sulla spalla e sul seno, e sul suo viso apparve un'espressione sorpresa e imbarazzata.

«Oh, sei tu! Non ti ho sentito entrare», disse, le guance soffuse di quel rossore per il quale Ryan aveva ormai un debole. «Scusa se sto ancora invadendo la tua cucina, ma mi sono lasciata prendere la mano e non ho fatto caso all'ora».

«Non c'è nessun problema», le rispose, avanzando verso di lei. A dire il vero era felice di vederla lì. Non aveva mai creduto che trovare una donna indaffarata in cucina dopo una giornata di lavoro potesse essere così piacevole. Non tanto per il fatto di avere qualcuno a preparargli la cena – quello avrebbero potuto farlo insieme –, quanto per la sensazione di calore che gli diede il pensiero di far rientro in una casa non vuota, di avere qualcuno ad aspettarlo, qualcuno da abbracciare e con cui condividere tutto.

«Che cos'è questo profumino?», chiese, sbirciando dentro una pentola sul fuoco.

«Quello è un minestrone, ma ci sono anche uno spezzatino e una crostata». Taylor lo guardò, a disagio. «So che mi hai detto di venire qui per fare i biscotti, ma tra un'infornata e l'altra non sapevo che fare e così ho passato in rassegna il tuo frigorifero. C'erano delle verdure che stavano appassendo, della carne in quantità esagerata e frutta troppo matura in dispensa. Mi sembrava uno spreco lasciare che si guastassero, e così...». Strinse un pugno, colpita da un pensiero. «Dimmi che non ti servivano per qualcosa di diverso!».

«Spesso le persone a cui do una mano si sd
regalandomi di tutto, soprattutto cibo, che non cucin
e dimentico in frigo. Sarebbero diventati concime non appena mi fossi reso conto che stavano marcendo», sorrise lui, intenerito dalla sua ansia. «E così mi hai preparato la cena...», aggiunse, con un sorrisetto compiaciuto. «Non pensavo che una ragazza di città sapesse cucinare. Credevo che voi newyorkesi preferiste mangiare fuori di casa».

«Infatti è così, il più delle volte. Ma capita anche che non sia possibile, o che non si abbia voglia di ordinare una cena a domicilio. Perciò, quelle rare volte, cuciniamo anche noi», spiegò lei, tornando a decorare quelli che dovevano essere i biscotti di cui gli aveva parlato quella mattina. Erano molto carini, a forma di albero di Natale, e lei li stava decorando con l'aiuto di un'apposita siringa.

«Quella specie di pistola spara glassa l'hai trovata in uno dei miei cassetti?», chiese, allungando una mano per prendere uno dei biscotti già pronti su un vassoio.

Taylor gli bacchettò le dita. «No, questa l'ho comprata insieme agli ingredienti. Immaginavo che una cosa tanto vezzosa non fosse presente nella cucina di uno scapolo incallito».

«E siccome sono uno scapolo rozzo non mi è permesso assaggiarne nemmeno uno?». Ryan le strizzò l'occhio. «Dovrò pur sincerarmi che non ucciderai i giudici, domani!».

«Questi sono per la gara e sono venuti troppo carini per sprecarli. Con l'impasto avanzato ne ho fatti alcuni più semplici e sono nel forno. Potrai assaggiare quelli, saranno cotti tra poco», lo ammonì. «Se non sopravvivrai, ti seppellirò in giardino, nel punto più panoramico. Promesso».

Ridacchiando, Ryan sollevò le mani in segno di resa. «E va bene. Vado a togliermi un po' di polvere di dosso, allora».

«Io torno in albergo», disse subito Taylor, ora agitata. Forse anche lei aveva realizzato quanto fosse intima quella situazione. «Puoi spegnere il forno tra dieci minuti esatti, e la cena è ormai pronta. Non c'è più alcun bisogno che io resti qui, non voglio disturbarti. Sarai stanco».

«In effetti sono così stanco che potrei dimenticarmi dei biscotti in forno e mandare a fuoco l'intera casa, vanificando tutti i tuoi sforzi. Perciò resta, ok? Torno subito», le disse. E senza darle modo di replicare, si avviò fuori dalla cucina.

Non voleva che se ne andasse. Gli piaceva averla intorno, saperla in casa sua, e aveva tutte le intenzioni di convincerla a restare a cena e dividere con lei tutto ciò che gli aveva preparato tanto gentilmente.

Strano ma vero, si ritrovò immerso in una fantasia assurda che lo vedeva vivere insieme a Taylor, e l'ipotesi non lo disturbò. Aveva sempre creduto che una donna fissa avrebbe finito per minare la sua libertà, diventare un peso, una persona piena di aspettative che non sapeva se sarebbe stato in grado di soddisfare. Eppure, chissà perché, Taylor Andrews faceva sembrare quello scenario meno soffocante e quasi allettante.

Mentre si spogliava, entrando sotto il getto dell'acqua calda, immaginò di tornare a casa ogni sera e trovarla ad attenderlo, magari sdraiata sul divano con un libro, o seduta alla scrivania indaffarata nei suoi progetti di lavoro. Si vide intento a consumare una cena insieme a lei, in quella cucina che tanto le piaceva, o a mangiare una pizza in salotto, davanti a un bel film. Ma non era interessante come o dove avrebbero cenato, la cosa più importante era cosa avrebbero fatto dopo: era sicuro che, alla fine di ogni giornata, l'avrebbe portata a letto, nella *loro* camera, e avrebbe fatto l'amore con lei, notte dopo notte, per poi svegliarsi al suo fianco ogni mattina, felice di vederla aggirarsi in cucina per preparargli la colazione, magari con indosso solo la sua camicia...

«Merda», imprecò, ruotando la manopola dell'acqua finché il getto gelido non piovve sul suo corpo surriscaldato.

Quando Ryan riapparve in cucina, con i capelli ancora umidi, Taylor strinse più forte il piano di lavoro alle proprie spalle. Stava appoggiata lì, in attesa che i biscotti finissero di cuocere, sentendosi divisa tra la voglia di restare a cena con quell'uomo magnifico, in quella casa favolosa, isolata e calda... e quella di scappare a gambe levate dalle sue stesse emozioni.

Si sentiva rimescolare tutta al solo guardarlo. Era abituata a uscire con uomini in giacca e cravatta, a New York, sempre eleganti e raffinati, eppure nessuno di loro le era mai parso tanto bello come quel ragazzo in jeans e camicia a quadri, sotto la quale una maglietta bianca si tendeva sui pettorali scolpiti. Immaginò di avvicinarsi a lui e infilare le mani sotto il tessuto, facendole scorrere su quell'ampio petto, per poi risalire a circondargli le spalle e il collo, in attesa di ricevere un secondo, appassionato bacio.

E questo era un male!

Ecco perché sarebbe stato molto meglio andarsene mentre lui era sotto la doccia. Perché era chiaro che, se Ryan avesse deciso di baciarla di nuovo, nessuno dei due avrebbe saputo frenarsi, questa volta.

Invece era rimasta lì, inchiodata al pavimento, le orecchie tese ad ascoltare lo scroscio della doccia, qualche porta più in là, sudando nell'immaginarlo nudo sotto il getto dell'acqua.

Stava impazzendo, non c'era altra spiegazione. Doveva esserci qualcosa nell'aria di Snowy Pine. Chissà, forse su di lei l'odore degli alberi aveva strani effetti collaterali.

«Sto morendo di fame», disse Ryan, sfregandosi le mani.

«Sì, anch'io», sospirò lei, voltandosi per evitare che lui le leggesse l'eccitazione in faccia. Prese i piatti dalla credenza, pronta ad apparecchiare, ma Ryan glieli tolse di mano, sfiorandole intenzionalmente le dita.

«Lascia, faccio io. È il minimo, dopo tutto quello che hai fatto», le disse, affascinante, prima di portare le stoviglie in tavola.

"Ok, mangia in fretta e poi sbadiglia fingendoti stanchissima, così potrai andartene ed evitare di saltargli addosso!", si disse, cercando di darsi un contegno. Ma la tensione tra loro era così alta che si poteva affettare con un coltello e temette di non riuscire a ingurgitare un solo boccone: aveva la gola serrata per l'ansia e per una sorta di dolorosa aspettativa.

«Com'è andata, oggi?», chiese Ryan, in piedi accanto alla sedia.

Tyalor notò che aspettava che lei fosse seduta prima di farlo a sua volta, un gesto di un'eleganza così rara, ormai, che la colpì. Gli fu anche grata di aver avviato una discussione che potesse alleggerire l'atmosfera.

«È stato divertente. I bambini mi hanno presa in simpatia perché ho mostrato loro come fare delle decorazioni con la carta e la colla, e da quel momento sono diventata la loro eroina. Tre di loro mi hanno seguita come cagnolini per tutto il giorno, erano adorabili», sorrise, sedendosi e riempiendo i piatti. «Abbiamo fatto un ottimo lavoro. La chiesa è meravigliosa, con il tetto a punta cosparso di luci bianche. La scuola è ricca di decorazioni classiche e anche di lavoretti fatti dai bambini, ha davvero un bell'aspetto. E spero lo abbia anche il campo sportivo, perché a lavori ultimati due ragazzini hanno iniziato a giocare a pallone e in pochi minuti sembrava una partita di football in piena regola».

«Se rovineranno qualcosa, lo rimetteranno a posto, anche a costo di passare lì la notte. Nessuno permetterà che qualcosa vada storto, domani».

«Quando abbiamo finito, sono passata dal signor Mosley, all'emporio, ad acquistare il necessario per fare i biscotti. Ma non ho messo nulla sul tuo conto».

«Non era necessario».

«Volevo farlo. Sarà il mio piccolo contributo alla gara. Spero almeno che ne sia valsa la pena, erano anni che non facevo i biscotti. Potrei essere un po' arrugginita».

«Con questo te la sei cavata egregiamente, sono fiducioso anche sul resto», disse lui, indicando il piatto ormai vuoto. «Come hai imparato a cucinare?»

«Mi ha insegnato mia nonna. Ogni anno veniva a casa nostra nel periodo di Natale e ci restava fino a Capodanno. Mi piaceva guardarla fare i dolci, è stata lei a insegnarmi a fare i biscotti di pan di zenzero. Quando poi sono andata a vivere con lei, dopo la morte dei miei, ho imparato a fare il resto. Non sono certo uno chef stellato, ma me la cavo».

«Di sicuro meglio di me. Il mio massimo sono le uova, quelle so farle in tutti i modi. E me la cavo con i barbecue: la cottura della carne è un'arte!».

Durante la cena si ritrovarono di nuovo a chiacchierare come due vecchi amici, confrontando le loro abitudini e conoscendosi meglio. Ryan divorò ogni cosa che Taylor aveva cucinato, in doppia razione, dimostrando di essere un uomo dal sano appetito, e lei si sentì lusingata e felice per l'apprezzamento.

Nonostante avessero finito di mangiare da un pezzo, erano ancora seduti al tavolo, rilassati, a parlare del più e del meno, quando squillò il telefono di Ryan. Mentre lui si allontanava per rispondere, Taylor sparecchiò e caricò la lavastoviglie, sistemò i biscotti in scatole di latta per tenerli in fresco, poi si diresse in salotto, pronta ad andarsene.

Si fermò a osservare il panorama dalla grande vetrata che dava sul portico, in attesa di salutare Ryan. Il cielo era scuro e il profilo delle montagne si notava appena sullo sfondo, mentre le luci del centro abitato, qualche centinaio di metri più in basso, mettevano allegria, soprattutto adesso che erano raddoppiate in vista della gara natalizia.

Mentre fissava le casette dai tetti spioventi, vide turbinare qualcosa nell'aria. Dapprima fu solo un accenno, poi il fenomeno si intensificò.

Lo stupore si dipinse sul suo viso, mentre sgranava gli occhi e spalancava la porta.

Stava nevicando!

Ryan la raggiunse. «Stai scappando?», scherzò.

«No, volevo vedere la neve!», esclamò Taylor. «Non rovinerà le decorazioni per la gara di domani, vero?»

«No, anzi. Renderà l'atmosfera ancora più bella. E ci darà una mano: Snowy Pine è più in alto rispetto ad Acorn e Stoneflower: ne avremo di più», sorrise Ryan, soddisfatto.

Tylor uscì fuori, incurante del freddo, il viso rivolto al

cielo. Quando un fiocco di neve le si poggiò sul naso, rise. «Era da tanto che non mi fermavo a gioire della prima neve della stagione», disse, spalancando le braccia e girando su se stessa. «Mi sembra di essere tornata bambina! Pregavo ogni anno che nevicasse la vigilia di Natale, o anche prima, soprattutto il giorno in cui i miei genitori decidevano di addobbare l'albero. Quando succedeva, mettevo su il mio album natalizio preferito e, a tempo di musica, mi lanciavo nelle decorazioni. Un po' mi dispiace non essere a casa, non poter andare a comprare un abete e rendere il mio appartamento più allegro. Quando tornerò a New York, Natale sarà già passato».

«Puoi farlo qui», propose lui. «Anch'io non l'ho ancora fatto».

Taylor lo guardò. «È vero, non ho visto decorazioni in casa. Come mai?»

«Non ho avuto tempo. Gli anni scorsi portavo qui i miei nipoti e lasciavo che si sbizzarrissero, ma quest'anno sono stato troppo indaffarato. Ero così concentrato con gli addobbi cittadini, che mi sono dimenticato di casa mia». Ryan si strinse nelle spalle. «Mi dai una mano?».

Come poteva dire di no a quegli occhi e rifiutare la possibilità di condividere un momento così bello con lui?

Infilarono i cappotti e si avviarono nel piccolo boschetto di pini e abeti alle spalle della casa. Mentre Taylor illuminava gli alberi quasi a giorno con un'enorme torcia, Ryan scelse un abete delle dimensioni adatte al soggiorno, abbattendolo con rapidi e sapienti gesti. Lo trascinarono fino in casa, sistemandolo in un angolo libero di fronte al camino; e, una volta recuperate le decorazioni, si misero al lavoro.

Mentre Taylor si divertiva come una bambina a passare in rassegna palline, fiocchi e altri addobbi trovati negli scatoloni, Ryan sparì per un istante. Poco dopo, le note di *Let It Snow*, cantata da Frank Sinatra, invasero la stanza.

Taylor si voltò di scatto e il fascino del tenero sorriso di Ryan le riempì il cuore d'amore.

«Una tradizione è una tradizione», spiegò lui, minimizzando.

«Grazie», mormorò lei, non fidandosi a dire altro. Ma nei suoi occhi doveva esserci molto di più, perché Ryan le si avvicinò, accarezzandole una guancia.

«Credimi, ti capisco meglio di quanto pensi. A differenza di te, io qui ho mia sorella, mia nonna e le zie, ma non ho i genitori da un pezzo. A dire il vero non ricordo nemmeno se abbiamo mai addobbato un albero di Natale tutti insieme», disse, perdendo per un attimo un po' di luce dagli occhi. «Sono piccoli gesti che alla maggior parte delle persone sembrano normali, banali, forse scontati, ma per chi come te, e me, da molto tempo non ha il piacere di assaporarli, acquistano un significato diverso». Nel vedere i sui occhi riempirsi di lacrime, Ryan cercò di distrarla. «Ok, ora vediamo chi riesce a sistemare meglio questo abete. Io prendo la parte destra!».

Cercando di trattenere la commozione, Taylor scosse la testa. «No, non si fa così! L'albero deve avere un senso, non possiamo dividerlo in due!».

«E chi lo dice?», la sfidò lui. «Sono certo che finiresti per addobbarlo da *femmina*, mentre io voglio metterci un tocco di virilità». E così fece, afferrando gli addobbi che preferiva e che lo rispecchiavano maggiormente, e disponendoli a casaccio sui rami. «Il mio lato sarà il più bello, vedrai».

Taylor accettò la sfida. «Non ci contare!».

Fu l'ora più divertente della sua vita. Ryan la fece ridere, le fece i dispetti, provò a rubarle gli addobbi per migliorare il proprio lavoro, appese decorazioni di legno – fatte da lui – alle sue orecchie e canticchiò perfino qualche brano insieme a lei.

A lavoro ultimato, rimasero a fissare l'opera compiuta, in silenzio: un'accozzaglia di palline commerciali e addobbi artigianali, campane, fiocchi di neve, trattori. E poi luci, ghirlande e neve finta, tutto senza un vero senso logico.

Non era il classico albero di Natale a cui Taylor era abituata.

Ma era il più bello che avesse mai visto.

«Direi che la mia parte ha stravinto», commentò Ryan, con aria di approvazione.

«Neanche per sogno! Io ho le decorazioni più belle e anche le luci più luminose», sbuffò Taylor. Notò una ghirlanda rimasta inutilizzata in uno scatolone e si chinò per afferrarla. Ryan fu rapido a fare lo stesso, afferrando l'altra estremità.

«L'ho vista prima io!», protestò lei, ridendo e avvicinandosi all'abete per sistemarla.

«Ah sì?». Ryan la tenne ferma con una mano mentre con l'altra faceva passare la ghirlanda attorno a lei e all'albero, imprigionandola.

Taylor rise. «Dài, piantala!».

«Ora ho di sicuro vinto io», mormorò lui, trattenendola contro l'albero. «Mi sono aggiudicato la decorazione migliore».

Taylor si sentì sciogliere sotto quello sguardo pieno di fuoco e dolcezza.

In quel momento non contava nulla, se non lui, i suoi

occhi limpidi, la bocca sensuale, le mani che le cingevano la vita e il profumo della sua pelle.

Fuori c'era un silenzio irreale, ogni rumore veniva attutito dalla neve che aveva iniziato decisamente ad attecchire. Dentro, solo i brani natalizi e lo scoppiettio del camino. E i loro respiri affrettati per il reciproco desiderio.

Avrebbe voluto restare lì per sempre.

Era veramente cotta di lui.

Quella consapevolezza la colse, neanche troppo di sorpresa, ed ebbe il potere di terrorizzarla.

Fece un passo indietro e sentì gli aghi dei rami pungerle la schiena. Quel leggero dolore riportò un briciolo di lucidità nella sua mente ottenebrata, spingendola a posare una mano sul petto di Ryan, con tutte le intenzioni di allontanarlo. Ma quella che doveva essere una spinta decisa si trasformò in una carezza, e a quel tocco le dita di Ryan rafforzarono di riflesso la presa sui suoi fianchi.

«È meglio che vada», mormorò Taylor sulle sue labbra.

«Meglio per chi?», chiese lui, sfiorandole il naso con il proprio.

«Per entrambi. Se resto, ce ne pentiremo».

«Tu credi?».

Di fronte a quello sguardo sincero, Taylor capì di non poter mentire. Ma neanche cedere.

Aveva troppa paura.

«No, non lo credo. Ecco perché è meglio che vada», sospirò, chinandosi per sgusciare da sotto il suo braccio.

Rimase bloccata dalla ghirlanda, avvolta attorno all'albero, e si guardò indietro, costernata. Con una risatina che non raggiunse gli occhi, Ryan la liberò.

«Ti accompagno al Firefly», le disse, spegnendo la musica e avvicinandosi all'armadio a muro.

«Non è necessario...».

«Sì che lo è. Nevica, il sentiero potrebbe essere scivoloso ed è buio. Inoltre, devo andare a rifornire di legna le camere, prima che sia troppo tardi. Sarà una notte fredda».

Scesero fino all'albergo parlando di argomenti futili, ma entrambi consapevoli dei pensieri che occupavano le loro menti.

Una volta sola e al sicuro nella sua camera, Taylor si sistemò davanti al camino appena ravvivato, sperando di scacciare il freddo che sentiva.

Sapeva, tuttavia, che una parte di lei sarebbe rimasta congelata, quella notte. Una parte che solo Ryan, con i suoi baci, i suoi sorrisi e le sue carezze avrebbe potuto scaldare.

Il suo cuore.

9

Un giorno alla vigilia di Natale

Tutto era pronto.

Pochi minuti e i giudici sarebbero arrivati per guardarsi intorno e ammirare la città nel suo massimo splendore natalizio.

Nell'aria vi era una fervente attesa fin da quella mattina, dal momento esatto in cui l'ultima decorazione era stata sistemata. E man mano che le ore passavano, l'eccitazione saliva insieme all'ansia, contagiando tutti gli abitanti del posto. Nessuno escluso.

Nonostante non fosse di Snowy Pine, Taylor era nervosa come gli altri. Sapeva quanto tenessero a quella vittoria. La sera prima, durante la cena, Ryan le aveva spiegato cosa intendevano costruire sul terreno degli O'Connell, qualora fossero riusciti a racimolare tutto il denaro necessario per l'acquisto. Volevano ricreare una zona commerciale che aiutasse l'economia del posto, istituire un piccolo archivio cittadino dove conservare qualunque oggetto che avesse un qualche significato per gli abitanti, a partire dai fondatori, e dar vita a un'area giochi per i più piccoli.

Taylor si immaginava già la piazza rimessa a nuovo. Anzi, di più: mentre aspettava nella sala comune del Firefly che arrivassero i giudici, aveva addirittura abbozzato un progetto per quel terreno, basandosi solo sui racconti di Ryan e cercando di rispettare l'armonia del luogo, il gusto degli abitanti e il romanticismo alla base dei loro piani.

Le piaceva molto, pensò, mentre finiva di colorare una splendida giostra dall'aria vintage. Non vedeva l'ora di mostrarlo a Ryan.

"E perché dovresti? Hai già il tuo lavoro a cui pensare, concentrati su quello!" si disse.

Ma la sua mano si fermò nell'atto di colorare uno dei cavalli della struttura e la verità le piovve addosso come una palla di neve in pieno volto.

Voleva condividere quelle idee con lui perché era diventato una figura importante. Perché sapeva che quel semplice foglio di carta gli avrebbe illuminato il volto come un albero di Natale.

Voleva renderlo felice.

Lasciò la matita sul tavolo e si alzò, portando la sua tazza di caffè caldo fino alla finestra.

Il panorama era del tutto cambiato durante la notte. Gli alberi avevano perso anche le ultime foglie colorate ed erano sommersi di neve, e tutto risultava candido, puro e immacolato sullo sfondo di un cielo lattiginoso che stava cedendo il posto al crepuscolo, nonostante fossero appena le quattro del pomeriggio. Gli abitanti andavano in giro come al solito, svolgendo le loro abituali mansioni, ma la neve rendeva ogni suono più morbido, ogni scorcio più fiabesco. Sembrava davvero di osservare un paesino da cartolina, di quelli che si vedono solo nelle commedie natalizie che la TV amava tanto trasmettere in quel periodo.

Dannazione, si stava innamorando anche di quel posto...

"Anche?!".

«Oh, merda, merda, MERDA!», imprecò a bassa voce, dandosi dei colpi sulla fronte.

No, assolutamente no. L'amore era da escludere!

Non era fatta per le relazioni, le viveva in modo sbagliato, le faceva diventare troppo importanti e soffriva quando venivano interrotte. E succedeva *sempre*! Che fosse per colpa sua o meno, tutti la lasciavano, prima o dopo.

Aveva deciso che affezionarsi era pericoloso per lei, che se voleva vivere tranquilla, senza ansie, senza paura di perdere i propri affetti, era più semplice non averne.

Il lavoro, la casa, i libri, la città e le distrazioni che offriva: quelle erano le uniche cose di cui aveva bisogno. La sua era una vita tranquilla, forse noiosa, ma sicura. Senza rischi.

Perché mai avrebbe dovuto decidere, coscientemente, di stravolgerla?

Il trillo proveniente dal suo portatile, rimasto aperto sul tavolo, la fece voltare. Aveva una videochiamata in arrivo.

Tornò a sedersi e, nel vedere il nome lampeggiante sullo schermo, ebbe la forte tentazione di chiudere il laptop con un gesto iroso.

Era tutta colpa sua se si era infilata in quel casino!

Ma non poteva evitare di rispondere. Si trattava di lavoro, un lavoro per cui era pagata e che aveva accantonato per ben quattro giorni. E che era meglio tenersi stretto, dal momento che presto sarebbe tornato a essere la sua unica priorità.

«Francis, buon pomeriggio!», esclamò, con un sorriso fasullo, una volta accettata la chiamata.

Il viso spigoloso del suo capo, sempre truccato e in ordine, riempì il desktop. «Andrews, allora? Come va, lì sui monti? Sei in partenza per rientrare?»

«Qui tutto bene, a parte il freddo. E no, non sono ancora in partenza. Ho deciso di passare qui il Natale».

«Oh... Sul serio? Ti piace la zona?».

Il tono e l'espressione dubbiosa di Francis le strapparono una smorfia.

"Non ti aspettavi che mi piacesse, vero? Anche perché pensavi di avermi fatto un dispetto accettando di mandarmi qui, eh, brutta vipera?", pensò di dirle. Invece congiunse le mani sopra il tavolo con aria serena.

«È un posto grazioso, quasi pittoresco. Perfetto per il periodo».

«Buon per te». Francis abbassò lo sguardo e, attraverso l'angolazione della telecamera, parve scorgere il disegno che aveva sotto le mani. «A che punto sei con il masterplan?».

Taylor sussultò e coprì meglio che poteva i disegni. «Procede tutto a gonfie vele. Per il quattro gennaio sarà tutto pronto, non temere».

«Dovrà essere pronto prima. I proprietari hanno fretta di venderlo e la Pebbleswhite vuole concludere l'affare. Voglio tutti i dati richiesti sulla mia scrivania entro il ventinove dicembre».

«Oh. Ok... Ma tu non rientri dal Colorado il due?»

«Finnighan mi sostituirà per qualche giorno. Confrontati con lui e il trenta, alle dieci, andate insieme nella sede della Pebbleswhite. Cerchiamo di chiudere questo lavoro e poi concentriamoci su qualcosa di più stimolante».

Taylor sospirò. «Ricevuto».

Francis stava per salutarla, quando il suo sguardo cadde sul disegno che Taylor stava affrettandosi a riporre nella valigetta. «Ma quello è un cavallo? Che cosa c'entra con la fabbrica che pensano di costruire lassù?». Sospirò, contrariata. «Cerca di non fare casini, ok?».

«Oh, ma parli di questo? Non è niente, è solo uno schizzo che ho fatto. Qui è pieno di bambini e... be', non c'è molto da fare, da queste parti», mentì Taylor, abbozzando una risatina falsa.

La notizia parve rallegrare la Hoffman, a giudicare dal sorrisetto sadico che le rivolse. «Povera Taylor, in che razza di mortorio ti ho mandata! Mi perdonerai? Scommetto che non vedi l'ora di tornare a New York!».

«Tu sì che mi conosci bene, Francis! Ma tranquilla, non hai nulla da farti perdonare: il lavoro è lavoro, niente di personale», disse tra i denti, sperando di risultare convincente.

«Bene, allora ti lascio. Buon divertimento!», la salutò il suo capo, prima di togliere la comunicazione.

«'Fanculo», bofonchiò Taylor, chiudendo il portatile.

Cinque giorni. Aveva solo cinque giorni di tempo per portare a termine un lavoro che non aveva nemmeno iniziato. E invece di andare nel panico, come avrebbe fatto in una qualunque altra circostanza, l'unica cosa a cui riusciva a pensare era che aveva solo cinque giorni per godersi Snowy Pine, e la compagnia di Ryan, prima di tornare a New York, consegnando ciò che lui aveva di più caro nelle mani di un'azienda che avrebbe spezzato il suo cuore e quello di tutti i cittadini.

Un trambusto di voci e passi in corridoio la riscosse dalla sua tristezza. Le parve di udire la parola "arrivano" gridata da uno dei nipoti di Ryan e le bastò per lasciar andare le preoccupazioni riguardanti il lavoro e concentrarsi sull'immediato.

Era inutile piangere o farsi prendere dal panico. Sapevano tutti il motivo per cui lei era lì. Aveva lasciato che le facessero perdere tempo, li aveva aiutati a prepararsi per quella gara nella speranza che potessero davvero ottenere il denaro necessario per acquistare il terreno e non trasformarlo in una fabbrica a cielo aperto. Ma il suo lavoro chiamava e, se gli abitanti di Snowy Pine in breve tempo non fossero riusciti a fare una controfferta, sarebbe stata costretta a portarlo a termine. Aiutarli, anche a costo di mettere a repentaglio la propria posizione alla D.B. Designers, non sarebbe servito a nulla: un altro architetto sarebbe arrivato, prima o dopo, a fare ciò che lei non aveva completato, soprattutto vista la fretta di vendere che avevano gli O'Connell.

E lei non poteva gettare al vento la sua professione per un bel paesaggio e un bell'uomo. Era l'unica cosa che aveva.

Una presenza alle proprie spalle la fece voltare di scatto.

La nonna di Ryan era ferma sulla porta, sul viso la solita espressione seria e poco cordiale che le riservava ogniqualvolta la incrociava nei corridoi. Anzi, forse in quel momento sembrava ancora più ostile.

Da quanto era lì? L'aveva forse sentita parlare con Francis?

Sentendosi in colpa, tentò un sorriso. «Buonasera, signora Greenwood».

«Dovrei riordinare la stanza, i giudici stanno arrivando», disse la donna, fredda.

«Oh, ma certo. Io... mi tolgo subito dai piedi». Taylor raccolse tutte le sue cose, infilandole alla meglio nella valigetta, poi si avviò verso la porta. Poco prima di varcarla, tuttavia, si fermò, lanciando un'occhiata a Sarah.

«Ha ascoltato la mia conversazione con il mio capo?». Lo sguardo che la donna le rivolse non necessitava di conferme. Taylor abbassò il capo, triste. «Mi dispiace. Credevo di potervi dare più tempo».

«Non si dispiaccia per noi, in fondo Snowy Pine non è affar suo. Ce la caveremo», ribatté la nonna di Ryan, entrando nella sala e iniziando a riordinare, senza più degnarla di attenzione.

Snowy Pine non è affar suo.

Mentre quelle parole dure le risuonavano ancora nelle orecchie, Taylor uscì dalla stanza.

Andò a blindarsi in camera sua, dove telefonò al suo collega geologo per fare il punto e cercare di accelerare i tempi di lavoro. Era improvvisamente ansiosa di portare a termine il suo incarico e tornarsene a casa.

Si aspettava di sentire un uomo dimesso e malaticcio, al telefono, invece udì risate, musica e frastuono.

«Tristin… dove diavolo sei?»

«Oh, chi si sente! Ciao, Taylor. Buon Natale!».

«Che fine hai fatto? Sono qui da quasi una settimana ad aspettarti!».

«Non stavo bene», urlò lui, per farsi udire al di sopra del trambusto che lo circondava.

«Mi sembra che il tuo malessere sia superato, dal momento che sei… a una festa?»

«È Natale, ho diritto anche io a festeggiare, no?».

Taylor si irrigidì. «Ma pensa, credevo di averlo anche io, e invece, guarda un po', sono sperduta tra le montagne ad aspettare i tuoi comodi!». Realizzò che era a causa di Geller se era rimasta a Snowy Pine più a lungo del previsto e che quindi era colpa sua se adesso era in quella stanza, sola, triste, arrabbiata e piena di desideri sbagliati.

La sua irritazione aumentò. «Francis mi ha chiamato poco fa, la Pebbleswhite ha anticipato l'incontro. Quindi vedi di muoverti, non abbiamo più tempo. I rilievi possono essere fatti in fretta, ma la tua relazione…».

«Rilassati, Taylor. Ho pensato a tutto. Ho scovato in

archivio la relazione geologica fatta su un sito poco distante da lì, circa sei mesi fa. Mi basterà sostituire dati e conclusioni e il gioco è fatto. Arriverò il prima possibile e vedrai che riusciremo a fare tutto in men che non si dica, con il minimo sforzo. Ora scusa, ma il mio party natalizio è entrato nel vivo, quindi... divertiti! A presto!».

Taylor fissò il telefono rimasto muto, poi lo gettò sul letto, stizzita.

La faceva facile, lui. La facevano facile tutti.

Arrabbiata col mondo e incapace di restare confinata lì dentro, infilò cappotto, guanti e cappello e uscì, sperando di calmarsi.

Fuori era già buio ma l'aria era limpida e tersa. Si mischiò alla folla che gironzolava in piazza, in attesa che i giudici terminassero il loro sopralluogo. Aveva smesso di nevicare, ma i suoi piedi affondavano dentro la spessa coltre bianca a ogni passo. Le strade principali, tuttavia, erano sgombre e percorribili: i vigili del fuoco e i cittadini stessi si erano premurati di spalare e attivare gli spargisale per evitare di restare isolati o rendere difficoltoso l'arrivo dei turisti, più numerosi di ora in ora.

Taylor aveva notato facce mai viste al Firefly e molti altri nuovi arrivi si erano sparpagliati tra locande e Bed & Breakfast. Sembravano tutti affascinati da ciò che li circondava.

Snowy Pine era a dir poco scintillante! Sorrise quasi con dolcezza e, sì, con un pizzico di orgoglio. Le luci mettevano in risalto le costruzioni e gli alberi; le ghirlande di agrifoglio abbellivano i negozi e le drupe rosse spiccavano come piccole gemme sulla neve bianca. Grazie a un impianto audio ben congegnato, nell'aria risuonavano allegre note natalizie; i bambini correvano e ridevano e gli anziani si godevano lo spettacolo. Un grande albero di Natale colorato era stato allestito all'interno del gazebo, creando uno scorcio davvero romantico.

A ogni angolo della piazza, banchetti allestiti per l'occasione offrivano bevande calde e speziate e ogni genere di leccornia – compresi i suoi biscotti – i cui profumi piacevoli si diffondevano tutt'intorno.

E poi, al centro della scena, c'era la slitta di Ryan, così bella e perfetta da sembrare vera. Color rosso fiammante, era illuminata a dovere e adagiata su un mucchio di neve sistemato ad arte, e sul sedile di legno era seduto Archie Finnighan, il proprietario della taverna, per l'occasione vestito da Babbo Natale. Era così somigliante all'immagine classica a cui era abituata fin da bambina che quasi le venne voglia di andare a sedersi sulle sue ginocchia e provare a fare una richiesta. Anche se immaginava che sarebbe stato complicato far passare dalla cappa del camino l'oggetto dei suoi desideri.

Attirati come da una calamita, i suoi occhi scandagliarono la piazza fino a fermarsi su Ryan.

Lui e il vice sindaco erano gli accompagnatori ufficiali dei quattro giudici venuti a Snowy Pine per osservare le decorazioni, e in quel momento erano fermi davanti alla slitta, a parlare e sorridere.

Chissà se avevano già terminato il giro di valutazione. Quanto avrebbero dovuto aspettare per avere il verdetto?

Qualche istante più tardi, i giudici si allontanarono a bordo di un'auto scura. A quel punto, quasi mezzo paese circondò Ryan e il vice sindaco. Taylor li imitò.

«Allora? Com'è andata?», chiese, non appena riuscì a raggiungerli.

Ryan sospirò. «Bene, credo. Erano molto colpiti. La chiesa, il gazebo e la slitta sono stati apprezzatissimi, così come la cura che è stata messa nel decorare ogni singola costruzione della piazza».

«E quando sapremo cosa hanno deciso?»

«Tra poco».

Taylor vide che quasi tutti stavano uscendo dalle loro case e dai negozi, o si affacciavano alle finestre, in attesa. Ryan colse la sua perplessità e spiegò cosa stava succedendo.

«I giudici stanno andando a Sage's Peak, un'altura a pochi chilometri da qui, che si trova esattamente alla stessa distanza tra Snowy Pine, Acorn e Stoneflower. Una volta lassù, spareranno dei fuochi d'artificio per indicare i vincitori. Se saranno bianchi, avremo vinto noi; rossi per Acorn e verdi per Stoneflower. Dobbiamo solo aspettare».

«Quest'attesa è snervante», mormorò poco dopo Taylor, passeggiando avanti e indietro.

L'euforia che regnava fino a pochi minuti prima aveva lasciato il posto a uno strano silenzio carico di aspettativa e l'ansia dei residenti si stava trasferendo anche a lei. Soprattutto da quando aveva saputo che, se anche Snowy Pine avesse vinto la gara, avrebbe potuto concedere loro solo pochi giorni, prima di consegnare la documentazione alla Pebbleswhite.

Come avrebbe fatto a dirlo a Ryan? Come avrebbe potuto guardare in faccia quelle persone, che sembravano cominciare ad accettare la sua presenza e a fidarsi di lei?

Avrebbe deluso tutti.

Se solo ci fosse stato un modo per non scontentare nessuno...

L'esplosione, udibile anche se in lontananza, la colse di sorpresa. Alzò gli occhi al cielo per vedere di che colore fossero i fuochi d'artificio, anche se non fu necessario: mentre una pioggia di stelle bianche illuminava una parte di cielo a est, la piazza sembrò impazzire.

Urla, risate, fischi, abbracci e salti di gioia. Taylor si ritrovò nel mezzo della follia più totale, frastornata ma felice.

Snowy Pine aveva vinto.

D'improvviso si sentì sollevare per aria, poi crollare come un sacco di patate sulla spalla di Ryan, che la fece vorticare fino a farle girare la testa. Ridendo e urlando allo stesso tempo, gli intimò di metterla giù e, quando fu accontentata, impiegò un istante per mettere a fuoco il suo viso.

«Mio dio, nemmeno sull'ottovolante del luna park sono mai stata sballottata così!», esclamò, dandogli un piccolo pugno sul petto.

Ma vorticare a velocità folle non fu nulla, se paragonato al bacio che le piovve sulle labbra non appena smise di parlare.

Fu breve, ma così intenso e passionale che per un momento pensò che Ryan le avesse appena succhiato via anche l'anima, oltre all'aria dai polmoni.

«Ho voglia di festeggiare», mormorò lui, non appena la lasciò andare.

Taylor ebbe bisogno di un istante per riprendersi, tenendosi in piedi grazie a un lembo del giaccone di Ryan che stringeva tra le mani. Quando qualcuno la urtò, passandole accanto, ritrovò un po' di lucidità.

«Be', mi sembra che lo stiamo già facendo».

«Sì, ma io voglio festeggiare con te. Solo noi due».

“Oh, Signore, aiutami tu!”, pensò Taylor, sentendo il cuore rimbombarle nelle orecchie.

Fissò quegli occhi vividi e pieni di promesse, quelle labbra morbide e sorridenti, la fila perfetta di denti candidi... E pensò che aveva solo cinque giorni per assaporare tutte le belle sensazioni che stava provando insieme a lui.

Se gli avesse detto di no, ora, lo avrebbe rimpianto per il resto dei suoi giorni.

«Che hai in mente?», domandò con voce tremante.

Lui sorrise. «Tante cose. Ma direi di iniziare da una cena in un bel ristorante. Vai a farti bella... Anche se dubito tu possa riuscire a fare meglio di così. Passo a prenderti tra un'ora». E senza darle ulteriori spiegazioni, si dileguò tra la folla.

Con il petto straripante di gioia, eccitazione, felicità e un pizzico di paura, Taylor si avviò verso l'albergo.

Forse non era saggio spingersi oltre il precipizio, come stava per fare: sapeva che avrebbe sofferto da morire, una volta lasciato il New Hampshire. Ma se davvero doveva far ritorno a New York entro cinque giorni, allora avrebbe cercato di portare con sé tutto ciò che poteva di Ryan Greenwood.

Ryan bussò alla sua porta dopo un'ora esatta.

Quando Taylor aprì, stentò quasi a riconoscerlo. Smessi i panni del ragazzo di montagna in jeans, camicia di flanella e giacconi pesanti, aveva un'aria elegante e sexy. Indossava un completo scuro e un cappotto di lana che fasciava alla perfezione le sue spalle, e i capelli meno ribelli del solito. Sembrava quasi un uomo di città.

Era venuto a prenderla con un grosso fuoristrada

nero, al posto del pick-up, e l'unica cosa che le disse, riguardo la destinazione, fu che non era da quelle parti.

E infatti la portò oltre confine, in Maine.

Ci vollero poco meno di tre ore per raggiungere Portland e il suggestivo ristorante realizzato all'interno di un faro, dal quale si godeva di una meravigliosa vista sull'oceano.

Fu una serata splendida, ma diversa. Nonostante un po' di neve fosse caduta anche lì, la città non aveva lo stesso aspetto magico di Snowy Pine; le strade erano pulite e illuminate da lampioni, insegne e luminarie natalizie, e nell'aria risuonava un gran frastuono di auto, clacson, telefonini, allarmi. Un caos familiare, anche se forse meno intenso rispetto a New York.

Ryan l'aveva portata in una grande città, facendole rivivere quelle che erano le sue abitudini: appuntamento in un bel ristorante, cinema e passeggiata sul lungomare.

Ed era proprio lì che si trovavano in quel momento.

Camminavano in silenzio, costeggiando la spiaggia, e Taylor si domandò cosa non andasse.

Di sicuro, il problema non era la compagnia: adorava stare con Ryan. Quell'uomo era stimolante sotto ogni punto di vista.

Era, quindi, il contesto a rendere quella serata meno magica delle ultime due?

Davvero iniziava a preferire Snowy Pine e le tranquille serate davanti al camino, piuttosto che una cena e un cinema con un bell'uomo?

Taylor ebbe un brivido. Le cose si stavano complicando in modo inarrestabile.

«Hai freddo?», chiese Ryan, circondandole le spalle con un braccio e attirandola contro il fianco caldo.

«Sì, ed è strano. Qui non c'è quasi neve».

«Il vento che soffia dal mare acuisce la sensazione di gelo, mentre le montagne tendono a proteggere Snowy Pine, nonostante l'altitudine e la neve». Ryan le diede una lunga occhiata, soffermandosi sulle gambe che spuntavano dal cappotto in cachemire che le arrivava poco sopra il ginocchio. «C'è anche da dire che sei più svestita del solito».

Taylor ammiccò, civettuola, ben sapendo che la scelta del vestito – in morbida lana color giunchiglia – lo aveva favorevolmente colpito. Glielo aveva letto negli occhi, quando era andato a prenderla al Firefly.

«Pensi che avrei dovuto mettere i pantaloni?»

«Per quanto mi dispiaccia che tu abbia freddo, no, non lo penso affatto». Ryan la guardò ancora, dalla punta degli stivali dal tacco alto fino alla cima dei capelli, acconciati in un'elegante coda laterale. «Sei bellissima».

«Anche tu non sei male», ammise lei, chinando il capo, imbarazzata. «Quasi non ti riconoscevo, agghindato come un damerino di città».

«Credevi che io non avessi idea di cosa fosse un completo?»

«Oh no, è solo che... Be', mi sembrava uno stile del tutto inutile, a Snowy Pine. In ogni caso, ti dona».

«Immagino che questo look rientri più nei tuoi gusti. È a questo tipo di persona che sei abituata, in fondo».

Quelle parole vennero pronunciate con voce normale, ma Taylor percepì una certa esitazione in lui, e forse un pizzico di insicurezza. Si voltò a guardarlo, ma Ryan fissava la strada davanti a sé. Allora si fermò e sgusciò dal suo abbraccio per pararglisi di fronte.

«Sì, sono più abituata a questo genere di look. In città, e nell'ambiente che frequento di solito, gli uomini si vestono spesso così. Ma non è detto che io li preferisca».

«Stai dicendo che il fascino del boscaiolo ha colpito nel segno anche stavolta?», ammiccò lui, una ritrovata luce negli occhi.

«Può darsi», divagò lei voltandosi, pronta a riprendere la passeggiata. Ma Ryan la fermò, trattenendola per la mano e riportandola di fronte a sé.

«Che cosa vuoi fare, adesso? Sono le undici passate... Vuoi fermarti a dormire in città?», chiese, cingendole la vita con le mani.

«No. Se tu non sei troppo stanco per guidare, preferirei tornare a casa».

Ryan inarcò un sopracciglio. «Intendi a New York? Be', è un po' distante...».

Taylor rise. «Scemo... Intendevo a Snowy Pine!».

Sulle labbra di Ryan nacque un sorriso dolcissimo e i suoi occhi la guardarono con un'intensità tale da mandarla quasi in ebollizione.

«Ok. Andiamo a casa».

Avevano appena passato il confine con il New Hampshire, a un'ora da Snowy Pine, quando successe.

Mentre percorrevano la statale, cantando e chiacchierando alla luce della luna, che aveva fatto capolino tra le nuvole, sentirono uno stridore di freni e poi un forte colpo. Un'auto era andata a sbattere contro un furgone, pochi metri più avanti, che a sua volta aveva divelto alcuni cavi dell'alta tensione.

Ryan inchiodò, facendo sbandare per un attimo il fuoristrada. Una volta ripreso il controllo, accostò sul ciglio della strada, imprecando.

«Vado a dare un'occhiata», disse slacciando la cintura di sicurezza.

Taylor, che aveva gli occhi sgranati per la paura, gli afferrò un braccio. «No, aspetta...», lo pregò, avvertendo un forte senso di nausea.

Per un attimo aveva dimenticato il suo terrore dei viaggi in auto; era così felice e così ansiosa di tornare a Snowy Pine che non aveva pensato agli incidenti stradali, soprattutto non a quelli pericolosi durante i quali persone innocenti, troppo spesso, perdevano la vita.

Come i suoi genitori.

Tutte le sue antiche paure tornarono a galla.

Dio... Sarebbero potuti esserci loro, davanti a quell'auto...

Non fece in tempo a finire il pensiero. Un rumore assordante rimbombò nel raggio di chilometri.

Il resto accadde come in un film.

Ryan si gettò su di lei, facendole scudo con il proprio corpo. La forza dell'esplosione sputò piccoli rottami contro il fuoristrada e un denso fumo nero li circondò. Altri pneumatici inchiodarono a poca distanza da loro e urla spaventate si levarono nella notte.

Solo dopo quella che le parve un'eternità, anche se in realtà non erano stati che una manciata di secondi, Ryan si sollevò.

«Tutto ok?», le chiese, cercando il suo sguardo.

Taylor non rispose. Livida in volto, fissava a occhi sbarrati la scena di fronte a sé, le labbra strette in una linea dura e le mani serrate a pugno.

Passato e presente si accavallarono nella sua mente, riproponendole immagini di un altro incidente, immagini che all'epoca aveva visto solo in televisione, ma che dovevano somigliare molto a quelle che aveva davanti agli occhi in quel momento.

«Taylor, guardami». La voce di Ryan le arrivò da una grande distanza, decisa. «Devo andare a vedere che succede, ma voglio essere certo che tu stia bene».

Il significato di quelle parole penetrò nel suo cervello ottenebrato. «No! Non andare laggiù, è pericoloso!», lo supplicò, afferrandogli le mani.

Ryan la strinse tra le braccia. «Tesoro, devo farlo, è mio dovere. Tu resta qui, ok?»

«Ryan, ti prego...», tentò ancora lei.

«Quelle persone potrebbero aver bisogno di aiuto immediato, Taylor. È tutto ok, l'esplosione ormai c'è stata. Non può succedere niente di più pericoloso. Resta qui e non uscire. Torno il prima possibile».

Senza perdere un minuto di più, Ryan scese dall'auto, schermandosi il viso con la manica del cappotto per non inalare fumo, e aprì il bagagliaio. Un momento più tardi, Taylor lo vide correre verso l'incendio, estintore alla mano, giacca della divisa indosso, casco di protezione e mascherina.

Rimase immobile, respirando a scatti, gli occhi fissi sulla scena infernale che aveva di fronte.

Altre auto sopraggiunsero, fermandosi tutte a distanza di sicurezza; alcune persone corsero a dare una mano fino a quando non arrivarono i vigili del fuoco, i paramedici e la polizia.

Taylor osservò ciò che succedeva come in trance. I suoni, i lampeggianti, le voci che impartivano ordini: tutto la sfiorava appena. La sua attenzione era focalizzata su un unico pensiero.

Se non avesse chiesto a Ryan di aspettare, lui si sarebbe precipitato verso quelle due auto entrate in collisione. E si sarebbe trovato in mezzo all'esplosione.

Sentì il cuore farle male al solo pensiero.

Era bastato distrarsi un secondo, un solo maledetto secondo, lasciandosi trasportare da una momentanea felicità, ed ecco che la vita reale si era subito premurata di ricordarle ciò che aveva ormai imparato da tempo.

Non poteva mai abbassare la guardia.

10

L'intervento dei soccorritori durò circa due ore. I due conducenti coinvolti vennero trasportati immediatamente in ospedale; i pompieri riuscirono a spegnere il rogo maleodorante e a isolare la zona dai detriti. Dopodiché, tutto rimase in mano alla polizia, per effettuare gli accertamenti del caso e ripristinare la viabilità.

Ryan tornò in auto non appena gli dissero che poteva andare a casa. Avrebbe dato qualsiasi cosa pur di evitare che Taylor assistesse a quell'inferno, invece era stato costretto a saperla a poca distanza, ferma per tutto il tempo, in preda al panico.

Non appena risalì, si voltò subito verso di lei, sentendosi in colpa nel notare la sua espressione tirata e le mani strette tra loro. Nonostante fosse ormai tutto sotto controllo, lei sembrava ancora sotto shock.

«Stai bene?», mormorò, sfiorandole una guancia.

Lei annuì. Poi, senza staccare gli occhi dalla strada, chiese: «Che è successo?»

«L'auto correva troppo e la strada, anche se pulita, recava ancora tracce di neve. Il conducente ha perso il controllo del mezzo e ha tamponato il furgone davanti a lui, che trasportava materiale esplosivo. Non sarebbe successo niente di grave, se il furgone non fosse andato a sbattere contro un palo della luce, tirandolo giù. Le scintille hanno innescato l'esplosione».

Taylor parve rabbrividire. «Sono… morti?»

«No. Hanno riportato ustioni e qualche ferita, ma sono entrambi vivi». Ryan la costrinse a guardarlo. «Rilassati adesso, ok? È tutto finito. Andiamo a casa».

Ma lei non si calmò affatto. Rimase tesa e silenziosa per tutto il viaggio fino a Snowy Pine, senza distrarsi un secondo dal fissare la strada, le mani strette alla cintura di sicurezza. Ryan ricordò che aveva parlato di un incidente stradale, quando gli aveva raccontato dei suoi genitori scomparsi, e dedusse che la scena alla quale aveva assistito doveva aver riportato a galla vecchi traumi, forse mai risolti. Non sapeva come aiutarla, se non restandole vicino.

Non si fermò all'albergo ma andò dritto a casa sua. Parcheggiò la macchina in garage e fece scendere Taylor, accompagnandola verso l'ingresso.

Una volta dentro, lei parve ritrovare un briciolo di razionalità. «È tardi, meglio se vado a dormire».

«Puoi dormire qui, ho una camera libera», tagliò corto lui, facendola sedere sul divano. «Sono le tre del mattino, se ci vedono rientrare adesso al Firefly inizieranno a fare un sacco di domande e sono troppo stanco per mettermi a rispondere». Si avvicinò a un piccolo mobile bar e tirò fuori una bottiglia di Bourbon; ne versò un dito in un bicchiere e glielo porse.

«Bevi questo».

Taylor prese il bicchiere e lo strinse, ma non bevve. Ryan allora si sedette accanto a lei… E capì che l'unico modo per farla reagire era costringerla ad affrontare i suoi fantasmi.

«L'incidente ti ha ricordato i tuoi genitori?», chiese, a voce bassa ma con fermezza.

Taylor si irrigidì. «Non mi va di parlarne».

«Invece dovresti, o resterai sempre trincerata dietro il tuo dolore». Le accarezzò una mano, con dolcezza. «Parla con me. Non può fare più male di così».

«Non è necessario, è… passato tanto tempo».

«Questo non significa nulla, se non lo affronti». Vide i suoi occhi dilatati e si sentì in colpa, ma non si fermò. «Ne hai mai parlato con qualcuno?»

«Ci ho provato. Ma lo psicologo tirava fuori tutto quel dolore e io… Non ce la facevo», mormorò lei, con voce spezzata.

La immaginò in preda alla sofferenza, giovane e sola, in una casa vuota, e provò la voglia irrefrenabile di proteggerla dal mondo intero. «Solo perché non c'era nessuno a dividerlo con te», sussurrò, posandole un bacio sulla tempia. «E non permetterai mai a nessuno di avvicinarsi abbastanza per farlo, se non tirerai fuori quel mostro dal cuore».

Il respiro di Taylor iniziò a farsi rapido, uscendo a scatti. Ryan la vide impallidire e poi portarsi una mano al petto.

«Mi sento male… Non respiro», esclamò lei.

«Respira profondamente, con calma. Non è nulla».

«No, non capisci… ho la nausea e… un peso sul petto!». Si alzò di scatto, in allarme, il corpo scosso dai brividi. «Oddio, se mi sento male qui, adesso… i soccorsi non arriveranno in tempo!».

«Tesoro, è solo un attacco di panico». Ryan le tolse il bicchiere di mano e la portò fuori, sul portico. L'aria fredda investì entrambi come un pugno, ma parve servire allo scopo, proprio come aveva immaginato. Ne aveva visti troppi, di attacchi simili, per non saperli riconoscere e arginare. Anche se per nessuno, prima di quella notte, aveva provato così tanta empatia.

Le accarezzò la schiena lentamente finché il respiro di Taylor tornò regolare. Quando la prese tra le braccia, qualcosa in lei sembrò spezzarsi e cedere.

Iniziò a piangere, il viso nascosto sul suo petto. Singhiozzi dapprima trattenuti, silenziosi, poi sempre più strazianti, sfogando anni di dolore represso.

Ryan la tenne stretta per tutto il tempo, assorbendo il suo dolore e sperando di trasmetterle ogni briciolo di serenità che possedeva.

«Dovevo essere con loro, quella mattina», la sentì mormorare, tra le lacrime. «Avevamo deciso di andare negli Hamptons e di festeggiare lì il Natale. Ma il treno di mia nonna era in ritardo e io decisi di aspettarla, per poi raggiungerli insieme a lei qualche ora dopo». La sua voce si spezzò. «Non avrei mai immaginato che la strada si sarebbe aperta in due, inghiottendoli. Non avevo mai pensato che potessero morire così, senza un perché. Ero in casa, euforica all'idea di andare al mare, di addobbare la nostra casa per le vacanze. E mentre io canticchiavo nella mia stanza, impacchettando i regali e pensando a cose futili, loro...».

Non riuscì a proseguire e Ryan le immerse una mano tra i capelli, cercando di sciogliere con le dita il nodo di tensione sul collo.

«Va tutto bene, piccola. Non sei sola e non hai bisogno di mostrarti forte. Lascia andare tutto il dolore. Vedrai che dopo ti sentirai meglio», mormorò sul suo capo, accarezzandola fino a quando non la sentì calmarsi. A quel punto la riportò in casa e la costrinse a bere il Bourbon, sentendosi più leggero nel veder tornare un po' di colore sul suo volto.

«Questa roba fa schifo», si lamentò lei, restituendogli il bicchiere.

Ryan la guardò male. «Farò finta di non aver sentito».

La convinse a fare una doccia e lui fece lo stesso, ansioso di lavarsi via di dosso la puzza di fumo e la stanchezza di quella lunga giornata.

Quando tornò in salotto, lei era già lì. Sedeva a gambe incrociate sul divano, con indosso un suo maglione e un paio di pantaloni che le aveva prestato. Aveva i capelli ancora umidi sulle punte, teneva il mento sulla spalliera e guardava le fiamme nel camino, il profilo illuminato dalle luci dell'albero di Natale.

Era così bella da far male al cuore.

«Sei molto carina vestita così. Altro che l'abito sexy di ieri sera», le disse, scherzoso, nell'avvicinarsi.

Quelle parole riuscirono a strapparle un sorriso. Gli mostrò le mani, coperte dalle maniche troppo lunghe. «Potrebbero starci due me, qui dentro. Ai pantaloni ho dovuto svoltare l'orlo di almeno venti centimetri! Menomale che hanno l'elastico, o li avrei persi strada facendo».

«Accidenti, che occasione sprecata», ammiccò lui, sedendosi lì accanto.

Rimasero in silenzio a guardare le lingue di fuoco che ondeggiavano, scoppiettando piano, poi lei prese un profondo respiro, attirando la sua attenzione.

«Grazie».

«Per cosa?»

«Per prima. Per non avermi derisa, né avermi guardata come se fossi una stupida, quando ho avuto quella crisi. Era da tanto che non avevo un attacco di panico; le poche volte in cui è successo di fronte ad altre persone, mi sono sempre sentita in difetto, anziché capita. Non piace nemmeno a me essere tanto debole, ma del giudizio degli altri ne farei volentieri a meno».

«Avere un attacco di panico non significa essere stupidi, né deboli. Al contrario, è la conseguenza diretta dell'aver cercato di essere più forti del necessario». Ryan le ravviò i capelli dietro le spalle, soffermandosi ad accarezzarle il collo. «Noi viviamo di emozioni, Taylor, e non possiamo bloccarle fino a eliminarle del tutto. Evitare tutte le situazioni che possono portarci a soffrire non fa altro che innescare problemi più profondi, che sfociano poi in questi attacchi. La paura arriva a essere l'unico modo che il nostro corpo ha per farci capire che non stiamo affrontando le cose come dovremmo, che stiamo soffocando la nostra vera natura. Ma non c'è niente di cui vergognarsi in questo meccanismo di difesa».

Il modo in cui lei lo abbracciò, di slancio, nascondendo il viso sulla sua spalla, lo riempì di tenerezza.

Aveva conosciuto il lato snob di quella ragazza, poi quello timoroso, quello ironico, dolce e collaborativo. E li aveva apprezzati tutti.

Si era infatuato della sua lingua lunga, del suo sorriso, dei suoi occhi, delle labbra morbide e dei suoi lunghissimi capelli color cioccolato.

Era lì da soli cinque giorni e lo aveva già incantato con tutte le sfumature della sua personalità. Ma quella notte gli aveva mostrato la sua parte più intima e fragile, la vulnerabilità che tendeva a nascondere dietro un atteggiamento sfacciato: quel lato di lei ebbe il potere di annientare ogni sua barriera.

Chiuse gli occhi, stringendola, il cuore tremante.

Sapeva cosa significava quel battito impazzito, ma non era ancora pronto ad ammettere la realtà dei fatti.

"Dici a lei che non è giusto evitare le emozioni e poi fai lo stesso?", lo schernì la sua coscienza.

"Un conto è evitarle, un altro gridarle a tutta voce", si giustificò.

Non ricordava di essersi addormentata. La stanchezza della giornata precedente, la paura di quella notte e la crisi avuta una volta rientrati, dovevano averla spossata al punto da farla crollare in modo istantaneo.

Sapeva, però, che avrebbe ricordato per sempre quel risveglio.

Lo aveva sognato negli ultimi giorni e finalmente era reale: Ryan era lì con lei.

Per l'esattezza, Taylor gli dormiva addosso, la guancia premuta sul suo petto, un braccio sotto di lui e una mano posata sul suo cuore.

Nel corso delle ultime ore dovevano essere scivolati lungo il divano fino a sdraiarsi. L'ultima immagine che il suo cervello aveva registrato era di esserglisi buttata addosso per abbracciarlo stretto, dopo che lui l'aveva consolata, e di essere rimasta in quella posizione a lungo. Poi, il buio.

Ryan doveva essere rimasto sveglio un po' di più, a giudicare dalla coperta stesa su entrambi. Ma anziché svegliarla e spedirla nella camera degli ospiti, per poi andare a riposare in un letto vero e prendersi il meritato riposo dopo quella notte turbolenta, era rimasto con lei, su quel divano, tenendosela vicino.

Sollevò il capo per osservarlo. Aveva il volto rilassato, nel sonno, le labbra piegate in un'espressione serena. I lineamenti, di solito scolpiti e mascolini, acquisivano un'aria tenera mentre dormiva e le fecero venire voglia di accarezzarli.

Mandò al diavolo ogni remora e lo fece, sfiorando il suo profilo con un dito. Essere prudente adesso era quasi un controsenso. Avevano condiviso qualcosa di molto più intimo di una semplice carezza, quella notte.

Seguì la curva del naso, degli zigomi e del mento, sentendo quasi una scarica elettrica quando sfiorò con il polpastrello la barba incolta che gli velava la mascella. Poi si fermò sulla bocca, serica e bellissima, rivivendo in un lampo il piacere estremo che aveva provato baciandola e desiderosa di ripetere l'esperienza. Chissà, forse prima di tornare a New York lo avrebbe fatto un'ultima volta.

Risalì con l'indice fino alla fronte, scostando un ricciolo biondo per poi avvolgerlo attorno al dito, e infine aprì la mano per coprirgli interamente la guancia, sentendo il cuore stretto in una morsa nel rendersi conto di quanto fosse perfetto.

Le sarebbe mancato da morire.

Puntellò una mano sul divano, pronta a sgusciare via indisturbata, ma il braccio che le cingeva i fianchi si serrò all'improvviso, fermandola.

Gli occhi verdi di Ryan si spalancarono, fissandosi nei suoi.

«Perché te ne vai?».

Taylor sdrammatizzò. «Sarai scomodo. Siamo strizzati in uno spazio ristretto».

«Mi piace essere strizzato in uno spazio ristretto… con te», ribatté lui, la voce arrochita dal sonno, chiudendo gli occhi in un'espressione soddisfatta. «E mi piaceva ciò che stavi facendo fino a un minuto fa», aggiunse, con un sorriso storto.

Taylor avvampò nel rendersi conto che lui era sveglio e consapevole della sua adorazione silenziosa.

Accidenti!

Intuendo di averla messa in imbarazzo, lui riaprì gli

occhi, poggiando le mani ai lati del suo capo per osservarla. «Come stai? Ti senti meglio?»

«Sì. Sono un po' frastornata, ma sto bene».

«Temevo potessi avere qualche incubo, stanotte, invece hai dormito tranquilla».

Se fosse stata sola, sarebbe successo. Ma lui le era rimasto accanto, l'aveva costretta a tirar fuori le proprie emozioni e, in un certo senso, a neutralizzare le sue paure.

«Sfogarmi è stato un bene e ha ammortizzato gli effetti che quell'incidente poteva avere su di me. Anche se, ripensandoci, mi vengono i brividi». Strinse gli occhi, cercando di non soffermarsi sulle immagini di quella notte. «Se non ti fossi fermato in macchina per assicurarti che stessi bene, forse saresti rimasto coinvolto nell'esplosione... tu e il tuo assurdo istinto di gettarti nella mischia senza pensare!», aggiunse, quasi con rabbia.

Ryan sorrise in modo dolce, afferrandole il mento per costringerla a guardarlo. «Quando lavori in una squadra di soccorso non puoi permetterti di pensare, devi agire e basta. È pericoloso? Certo, ma non posso evitare di svolgere il mio dovere solo per un rischio ipotetico».

Lei distolse lo sguardo. «Nemmeno ci provi».

«Che senso avrebbe? Se mi fermassi a pensare a quanto è pericolosa la vita, non mi muoverei più. Potrei recidermi una vena lavorando nel mio laboratorio, con tutti quei macchinari pericolosi, e morire dissanguato. Potrei cadere da una scala mentre cambio una lampadina e rompermi l'osso del collo. O prendermi un ramo in testa mentre cammino per strada e morire per un'emorragia cerebrale, strozzarmi con un boccone di cibo...».

Taylor cercò di alzarsi, irritata e con il cuore impazzito a causa delle immagini che quelle parole evocarono nella sua mente. «Grazie, ora ho di nuovo l'ansia!».

Ryan le impedì di muoversi. «Quello che voglio dire è che non puoi vivere pensando sempre a cosa può andare storto. Cercando di tenerti al sicuro da qualunque rischio, ti dimenticherai soltanto di goderti la vita e il tempo che ti è stato concesso. E che, per quanto ci provi, non potrai mai quantificare con precisione». Quando lei si rifiutò di parlare e di guardarlo, ridacchiò. «E così ti preoccupi per me, architetto?»

«Come mi preoccuperei per chiunque altro», rispose lei, vaga e sulle sue, guardando dappertutto pur di evitare i suoi occhi.

«Quindi, se morissi in questo momento, non ti mancherei più di tanto?»

«Oh, il tuo ego lascerebbe di certo un vuoto consistente, vista la sua estensione chilometrica».

Divertito, Ryan cercò i suoi occhi. «Ok, ora rispondi guardandomi in faccia».

Rassegnata, Taylor lo guardò. «Mi mancheresti, sì. Ora ti senti più felice?»

«Abbastanza», ammiccò lui, con una faccia da schiaffi tale che per poco Taylor non scoppiò a ridere.

«Che sfrontato», mugugnò, tentando di darsi un tono. «Non te la meriti la mia preoccupazione».

«No, infatti». Con un colpo di gambe, Ryan riuscì a riaverla sdraiata addosso. A quel punto le riservò un sorriso irresistibile. «Comunque, buongiorno», mormorò, prima di baciarla.

Iniziò lento e delicato come un sussurro, ma ben presto si trasformò in lava rovente. Le mani di Ryan si immersero tra i suoi capelli, sulla nuca, stringendoli con forza ma senza farle male, e Taylor si lasciò sfuggire un gemito di resa, spingendo il proprio corpo contro quello di lui, che si stava risvegliando con prepotenza. La sua capacità di raziocinio si azzerò nel sentire l'inguine dell'uomo contro di sé, e le cose peggiorarono quando Ryan insinuò una mano sotto il maglione, stringendole il fianco con decisione per poi risalire lungo il costato, fino a circondarle un seno. Quel tocco, così sicuro e possessivo, ebbe il potere di infiammarla.

Al diavolo, non poteva resistergli. Anzi, forse era meglio lasciare che succedesse: una volta eliminato il "problema" dell'eccitazione sessuale, forse avrebbe smesso di guardarlo attraverso la lente distorta dalla libido e avrebbe ricominciato a ragionare con lucidità.

Chissà, forse si sarebbe accorta che l'immaginazione era meglio della realtà.

"Certo, come no".

Ma a chi voleva darla a bere? Ryan la stava solo baciando, indugiando in semplici preliminari, e lei era già pronta a giurargli amore eterno. Non aveva mai provato sensazioni altrettanto belle e intense. Non aveva mai pensato che lasciarsi andare totalmente tra le braccia di un uomo potesse essere così... *giusto*.

I primi colpi alla porta non li sfiorarono nemmeno, presi com'erano dal lungo bacio appassionato e dalle carezze sempre più audaci. Ma quando questi divennero insistenti, Ryan staccò le labbra dalle sue, pur continuando ad attrarla contro il proprio corpo. Le sue dita erano così affondate nella sua carne, sui fianchi, che Taylor sperò quasi vi lasciassero un calco perenne.

«Ryan? Ci sei?».

La voce femminile proveniente dalla porta d'ingresso gli strappò un sospiro. «È mia sorella».

Taylor ritrovò la ragione in un secondo, imbarazzatissima. Fece leva con le mani sul suo petto e si sollevò, per poi scivolare giù da lui e andare a sedersi nell'angolo più distante, ravviandosi i capelli con mani tremanti di eccitazione repressa.

Ryan si sollevò sui gomiti, guardandola con un'intensità tale da farle venir voglia di mandare al diavolo Maggie e il pudore per tornare a sdraiarsi su di lui.

Margaret bussò ancora, chiamandolo con voce preoccupata e minacciando di entrare.

Ritrovando l'attività cerebrale, Ryan si alzò, infilando al volo una camicia sopra la maglietta bianca, e andò ad aprire. Benedisse il vento gelido che lo investì, intiepidendo il suo corpo e i suoi sensi incendiati.

«Maggie. È successo qualcosa?»

«Dimmelo tu, razza di idiota! Ieri sei sparito, il tuo telefono squilla a vuoto e abbiamo appena saputo che una squadra di soccorso è stata impegnata a un'ora da qui, questa notte, per un'esplosione che ha mandato al pronto soccorso due uomini. Ci siamo preoccupati!», sbottò sua sorella, guardandolo male.

«Scusami. Il telefono deve essere rimasto in macchina. Quando sono tornato, dopo l'intervento sulla statale, ero così stanco che sono crollato».

«Be', ti ho portato la colazione... Su esplicita richiesta della nonna». Senza chiedere il permesso, Margaret lo sorpassò, entrando in casa. E non appena vide Taylor seduta sul divano, si bloccò. «Oh... Ciao».

«Buongiorno, Maggie», disse Taylor alzandosi in piedi, a disagio. Si rese conto di avere indosso gli abiti di Ryan, di essere scalza, scarmigliata e con le labbra gonfie, e si domandò se la donna avesse già intuito ciò che stava succedendo tra lei e il fratello.

«Non volevo disturbare, vado via subito», disse Margaret, facendo dietrofront.

Ma Ryan la fermò, posandole una mano sulla spalla.

«Non disturbi, al contrario. Avevamo proprio bisogno di una colazione sostanziosa, dopo la notte appena trascorsa».

«Serve un carico di energia extra?», chiese la sorella, inarcando un sopracciglio.

Taylor avvampò e fece un passo avanti. «Oh, ma lui non intendeva... Cioè, noi non abbiamo...». Cielo, balbettava!

Lanciò un'occhiataccia a indirizzo di Ryan, che si godeva lo spettacolo con aria divertita, poi prese un respiro profondo e ricominciò. «Parlava dell'incidente. È stato orribile! L'intervento è durato a lungo, siamo arrivati tardissimo... E per finire in bellezza, io mi sono sentita male».

Ryan intervenne. «Sta' tranquilla, mia sorella voleva solo rompermi le scatole con quella battuta. Inoltre, sa bene che, anche se fosse successo qualcosa tra noi, non sarebbero affari suoi». Sorpassò Margaret e si avviò lungo il corridoio. «Vado a fare una doccia per cercare di riattivare il cervello. E per prepararmi ad affrontare la nonna: immagino sia di pessimo umore».

«Puoi dirlo forte», ridacchiò la gemella, andando in cucina. «Cerca di farti perdonare prima di stasera: non voglio passare una vigilia di Natale con attorno due musi lunghi».

Non appena Ryan fu sparito, Taylor si chiese cosa dovesse fare. Era meglio andare a cambiarsi, rimettere i suoi vestiti e filarsela in fretta e furia? O andare in cucina a mettere le cose in chiaro con Maggie?

Optò per l'ultima.

Si avvicinò al tavolo, sul quale Margaret stava sistemando tazze, dolci e altre prelibatezze, e si schiarì la voce.

«Posso darti una mano?»

«No, ma puoi sederti e iniziare a bere il caffè. Hai due occhiaie da far invidia ai panda».

Lei obbedì, con una smorfia ironica. «Oh… be', grazie».

Margaret continuò a lavorare in silenzio, per alcuni minuti, poi si sedette di fronte a lei. «E così eravate insieme, quando c'è stato l'incidente».

«Sì. Ryan era felice per la vittoria di Snowy Pine e voleva andare a festeggiare…».

«Quindi tra voi c'è qualcosa».

Taylor quasi si strozzò con il caffè. Tutto avrebbe voluto, in quel momento, tranne analizzare i propri sentimenti per Ryan assieme alla sua gemella.

«Niente di ciò che credi. Siamo… amici. Non sono tornata in albergo perché erano le tre passate, quando siamo rientrati, e Ryan mi ha vista un po' sconvolta, quindi mi ha detto che potevo restare qui… nella camera degli ospiti». Anche se poi, tecnicamente, avevano dormito insieme, abbracciati, sul divano.

Lo omise, ma Margaret sembrò intuirlo comunque.

«Lui ha ragione, non è affar mio ciò che fa con le donne. È palese che tu gli piaccia e che lui piaccia a te. Non so fino a che punto, ma non mi devi spiegazioni: io non sono come mia nonna, so che Ryan ha la testa sulle spalle e non mi preoccupo per lui», le disse, infatti, con un'alzata di spalle. Taylor stava per rilassarsi quando Margaret aggiunse: «Ovvio, se gli spezzi il cuore diventeranno a tutti gli effetti *anche* affari miei».

Non sembrò una minaccia, quanto una sicura affermazione.

Taylor decise di essere altrettanto chiara.

«Ryan è un uomo meraviglioso e, credimi, l'ultima cosa che desidero è spezzargli il cuore. Preferirei spezzare il mio». E mentre affermava quel concetto si rese conto di quanto fosse vero.

La sua risposta parve soddisfare Margaret. In compenso, mise lei in allarme.

Era arrivata a quel punto? A mettere in primo piano i sentimenti di un uomo piuttosto che i propri? E quali erano, poi, questi sentimenti? Ryan non le aveva certo professato amore. Era attratto da lei, ma quello non avrebbe portato a un cuore spezzato. Una volta che lei fosse tornata a New York, lui avrebbe ricominciato a frequentare le sue concittadine, dimenticandola.

Mentre lei si sarebbe ritrovata con il cuore a brandelli in una grande casa vuota.

Poggiò la tazza di caffè, incapace di ingerire altro. Scusandosi a mezza voce, si alzò, dicendo di avere delle cose da fare, e andò nella camera degli ospiti a vestirsi, sperando di riuscire ad andarsene prima che Ryan tornasse in cucina.

Era quasi sulla porta, quando lui apparve.

«Dove vai?», le chiese, perplesso, fermandosi in mezzo alla stanza.

Taylor si sforzò di sorridere. «Ho delle cose da fare. Ho perso fin troppo tempo in questi giorni, restando con le mani in mano».

Ryan lanciò un'occhiata verso la cucina, poi le si avvicinò. «Mia sorella ti ha detto qualcosa che non...».

«No, al contrario. Maggie è molto simpatica».

«Allora perché non sei rimasta a fare colazione con noi?»

«Te l'ho detto, ho del lavoro da sbrigare. E anche tu, immagino. È la vigilia di Natale, avrai mille cose da fare per prepararti a stasera. Ci vediamo più tardi».

Lui la prese per una mano, cercando il suo sguardo. «Sicura che sia tutto ok?».

"No, non lo è. Perché mi sono appena resa conto che tengo a te più di quanto già non temessi e so che presto dovrò lasciarti", pensò di dirgli.

Invece sorrise e si sollevò sulle punte per posargli un bacio sulla guancia. «Sì, è tutto ok», mormorò.

Ryan tornò in cucina, degnando appena di uno sguardo la tavola imbandita per la colazione.

«Cosa le hai detto?», chiese alla sorella, che sorseggiava del caffè guardando fuori dalla finestra.

Margaret si voltò, l'espressione confusa sul volto tanto simile al suo. «Nulla, perché?»

«Perché ero finalmente riuscito a farla rilassare, poi sei arrivata tu ed è scappata via. E io so bene quanto accidenti siete pettegole, voi donne della famiglia. È un incubo star dietro a tutte voi senza impazzire», sbottò Ryan, irritato, sedendosi al tavolo.

Maggie si avvicinò. «È già troppo tardi, vero?»

«Per cosa?»

«Per evitare che ti faccia soffrire».

Ryan si sfregò il viso con le mani. Era stanco, e non solo per via della giornata precedente o della notte quasi insonne appena trascorsa. Era stufo marcio di ritrovarsi la sua famiglia sempre addosso, con l'intenzione di difenderlo da ogni tipo di pericolo immaginario.

«Chi mi fa soffrire davvero siete voi, con la vostra ansia del tutto ingiustificata. Non sono un cucciolo da accudire, maledizione! Lasciatemi vivere».

Margaret serrò le labbra. «Lei se ne andrà fra quattro giorni, Ryan. Siamo solo preoccupate che tu possa restarci troppo male!».

«Non sono affari vostri! So bene che se ne andrà e potete stare tranquille: non ho nessuna intenzione di uccidermi, per nessuno al mondo né mai, nemmeno al culmine della tristezza! Quindi piantatela», scattò, alzandosi.

Andò a rintanarsi nel suo laboratorio, deciso a sfogare il malumore lavorando.

Eppure, per metà del tempo non fece altro che pensare a ciò che era successo quella notte, al modo in cui si era preso cura di Taylor, a quanto era stato bello sentirla addormentarsi fra le sue braccia e al dolce risveglio di quella mattina... per non parlare della passione che stava per consumarli prima che sua sorella arrivasse a rovinare tutto.

Forse si era innamorato di lei. E allora? Era una cosa così grave? Perché diavolo non lo lasciavano in pace?

Lei se ne andrà fra quattro giorni...

Quella era una novità solo in parte. Aveva sempre saputo che Taylor sarebbe tornata a New York, anche se sperava di avere un po' più di tempo da passare in sua compagnia.

Gli faceva male il pensiero di dirle addio? Sì. Ma questo non significava che avrebbe commesso una follia, santo cielo!

Si conoscevano appena e, anche se i suoi sentimenti erano nati e cresciuti alla velocità della luce, non aveva nessuna aspettativa riguardo a Taylor, se non quella di godersi al meglio quegli ultimi giorni insieme. Una volta che lei fosse tornata a New York, avrebbe ripreso la sua vita di sempre, senza problemi, ricordando quella parentesi natalizia come qualcosa di bello, seppur breve.

E se il suo cuore si fosse spezzato o meno, era unicamente affar suo.

11

Era partita da New York pensando di sfuggire alla felicità natalizia? Be' era finita in un incubo.

Dovunque si voltasse vedeva sorrisi, abbracci, baci. Le persone si fermavano a parlare con chiunque, scambiandosi auguri e doni, i bambini erano più euforici del solito e tutti sembravano di buon umore. Le luci splendevano, la neve cadeva pigramente sopra Snowy Pine e un Babbo Natale solitario stava fisso in un angolo, a beneficio dei turisti, regalando caldarroste e posando per le fotografie.

Ma il vero antro dell'inferno era la grande sala ricevimenti del Firefly, addobbata a festa per l'occasione e piena di gente felice.

Dio, perché si era lasciata convincere a partecipare? Era lì solo da qualche ora e già sentiva la voglia incredibile di scappare.

Da anni era rassegnata alla solitudine, abituata a guardare la felicità altrui attraverso un vetro, ma quella sera stava peggio del solito. Perché sapeva che avrebbe potuto godersi quella vigilia di Natale con Ryan e mezza Snowy Pyne, e invece non riusciva a far altro che restare in disparte, vicino al camino, a fissare le persone o il paesaggio fuori dalla finestra.

Non voleva fingere di essere parte di una grande famiglia solo perché tra lei e Ryan c'era... *qualcosa*. Passare quei giorni in sua compagnia aveva già reso complicato anche il solo pensare di tornare alla sua vita di tutti i giorni. Festeggiare insieme a lui la vigilia di Natale non avrebbe fatto altro che rendere le successive ancora più deprimenti.

Eppure non aveva saputo rifiutare.

Tornata in fretta e furia all'albergo, dopo la chiacchierata con la sorella di Ryan di quella mattina, si era infilata a letto e, dopo aver pianto per una buona mezz'ora, si era addormentata, recuperando tutta la stanchezza della notte precedente. Aveva saltato il pranzo e solo nel tardo pomeriggio era scesa nella sala ristorante per fare uno spuntino, con tutte le intenzioni di tornare subito di sopra e togliersi dai piedi per non intralciare i preparativi della festa.

Purtroppo, aveva incontrato le prozie di Ryan. E Olga l'aveva invitata al cenone di quella sera.

«Sarà divertente, lo facciamo ogni anno e tutti gli ospiti dell'albergo sono invitati a festeggiare con noi», le aveva spiegato. «Sai, qui siamo come una grande famiglia. E dal momento che tu sei lontana da casa...».

Taylor era stata sul punto di rifiutare, quando nella sala era entrata Margaret che, captato l'argomento, l'aveva guardata con una strana espressione.

«Sì, vieni alla cena. A noi farà piacere, più siamo e meglio è. In fondo è Natale... Sono sicura che anche Ryan vorrebbe che tu partecipassi».

Era stato un modo per farsi perdonare l'invadenza di quella mattina? O era stato Ryan a dirle di invitarla?

In ogni caso, si era ritrovata suo malgrado ad accettare e adesso eccola lì, incastrata, a osservare la gioia altrui per l'ennesima volta.

Ryan aveva davvero detto il giusto, affermando che sentirsi soli in mezzo alla gente era mille volte peggio dell'essere isolati. Lo stava sperimentando sulla propria pelle.

Se solo lui si fosse degnato di concederle anche solo cinque minuti del suo prezioso tempo!

Lo cercò con lo sguardo, trovandolo ancora una volta intento a chiacchierare con persone che lei non conosceva.

Era arrivato tardi, a cena già iniziata, e si era seduto vicino a sua nonna... al capo opposto del tavolo rispetto a dove era stata sistemata lei. Le aveva rivolto un cenno di saluto e Taylor lo aveva ricambiato, cercando poi di concentrarsi sulla serata anziché sul modo in cui il maglione rosso fasciava alla perfezione le sue spalle, o su quanto fosse dolce mentre scherzava con i suoi nipoti e le prozie. E aveva fallito.

I suoi occhi lo avevano seguito per tutta la sera, osservando il modo sicuro in cui si muoveva tra la gente, il garbo e l'eleganza con cui si rivolgeva a chiunque chiedesse il suo aiuto e i sorrisi che regalava a tutti, soprattutto alla fauna femminile presente, attaccata ai suoi pantaloni come cani all'osso più succulento! Nonne e mamme facevano a gara per attirare la sua attenzione e lui era sempre così gentile ed educato da non rifiutare un minuto a nessuno.

Tranne a lei, che si struggeva come un'idiota ai margini della sala.

Stufa di spasimare come un'adolescente, tornò a guardare fuori dalla finestra, lasciando spaziare la vista su tutta la piazza illuminata. Il fuoco ardeva sotto l'enorme pentolone in cui cuocevano le castagne, vicino alla slitta di Ryan, e il finto Babbo Natale stava seduto lì accanto, scaldandosi le mani e sgranocchiando caldarroste. Chissà, forse avrebbe potuto raggiungerlo e fare due chiacchiere con lui. Aveva l'aria di essere parecchio solo, laggiù. Magari gli avrebbe portato qualcosa di caldo da bere... o di alcolico! Sì, l'alcol sarebbe stato più appropriato. Mezza bottiglia di vino e la malinconia sarebbe svanita nel nulla. Almeno per un po'.

«Eccoti, finalmente».

Due mani calde e forti le si posarono sui fianchi, voltandola, e Taylor si ritrovò a fissare il volto sorridente di Ryan.

«Finalmente? Sono sempre stata qui», gli disse, con voce tremante. Erano bastate due parole e il tocco delle sue mani per cancellare ogni altro pensiero e ridurre le sue ginocchia a un ammasso gelatinoso.

«Oh, lo so, è da mezz'ora che cerco di raggiungerti».

«Immagino. Del resto non dev'essere facile farsi largo tra la folla adorante», disse, piccata.

«Se eri così ansiosa di parlarmi, potevi venire a salvarmi».

«Con che diritto?».

Non era stata sua intenzione fargli quella domanda, ma si ritrovò ansiosa di udire la sua risposta.

Lo vide esitare, per poi stringersi nelle spalle.

«Be', loro possono avermi in qualsiasi momento, tu solo per pochi giorni ancora. È un motivo sufficiente?».

Non era quello che avrebbe voluto sentirsi dire, ma sì. Era sufficiente.

Distolse gli occhi dai suoi, fissando l'enorme albero di Natale che sfiorava il soffitto e il camino decorato al quale erano state appese diverse calze di Natale piene di regali.

«Sei arrivato in ritardo a cena», disse, cercando di mantenere un tono colloquiale. «Le tue prozie erano molto contrariate».

«E me lo hanno già fatto presente almeno un centinaio di volte». Ryan roteò gli occhi. «Avevo del lavoro da finire. Il laboratorio era pieno di giocattoli da ultimare e consegnare entro stasera».

«Ti hanno commissionato i regali di Natale?»

«Parecchi, sì. Ed ero rimasto un po' indietro negli ultimi giorni».

A causa sua. Lei lo aveva distratto. Ryan non lo disse ma quella realtà era palese nel suo sguardo.

Non sapeva se sentirsi in colpa o lusingata.

«Comunque, ho avuto anche il tempo per occuparmi del tuo regalo», aggiunse lui.

«Un regalo per me?». Il cuore di Taylor fece una capriola. «Ma non dovevi. Io non ho un regalo per te».

Ryan si avvicinò ancora, un sorrisetto malizioso sulle labbra. «Allora dovrai farti perdonare, in qualche modo».

Taylor si sentì braccata in modo meraviglioso. Ryan sorrideva, ma i suoi occhi erano infuocati e decisi come mai prima.

Poggiò le mani dietro di sé, stringendo il davanzale della finestra per evitarsi di toccarlo. «In che modo?», sussurrò, la gola stretta.

«Ci metteremo d'accordo non appena questa dannata festa sarà finita», promise lui.

«Ryan? Caro, puoi venire un momento? Dobbiamo chiederti un parere!», esclamò una donna, a pochi passi da loro, spezzando l'incantesimo.

Taylor sbirciò da sopra la spalla di Ryan, notando l'ennesima madre di famiglia che stringeva il braccio a una ragazza mora, giovane e piuttosto carina.

«L'aspirante moglie numero centoquarantatré attende di esserti presentata», disse, seccata, scostandosi da lui.

Ryan ridacchiò. «Non sarai mica gelosa, vero?».

"Gelosa, io? Non penso proprio... A meno che aver voglia di prendere tutte queste ragazze e gettarle nel camino non significhi esserlo", pensò. Ma piuttosto che dirglielo si sarebbe tagliata la lingua.

Con un'alzata di spalle, finse un totale disinteresse. «Sarebbe alquanto stupido, non ti pare? Ci conosciamo appena e sono solo di passaggio. Tra loro, invece, potrebbe esserci la futura madre dei tuoi figli».

Gli occhi di Ryan si raffreddarono, ma il suo sorriso non vacillò. «Hai ragione, dovrei approfittarne, ma sono un uomo indipendente e spero ancora di scegliere da solo la donna da sposare». Fece un passo indietro, ravviandosi i capelli con una mano. «Tuttavia, la mia reputazione di bravo ragazzo deve essere mantenuta. Ci vediamo dopo», disse, tornando a mischiarsi tra la folla.

Taylor strinse i denti, tornando a voltarsi verso la finestra.

Che diavolo aveva che non andava? Era cotta di lui, ma gli resisteva; si mostrava gelosa e poi lo spingeva tra le braccia di un'altra. Iniziava a capire perché, a quasi trent'anni, era ancora single: non era solo per paura dei legami, ma anche perché era completamente pazza!

Stava tornando a vagliare l'ipotesi di andare a ubriacarsi con Babbo Natale, quando avvertì una nuova presenza alle spalle.

La nonna di Ryan era ferma a pochi passi da lei e la fissava.

Taylor si preparò alla lotta. «Qualcosa non va, signora Greenwood?»

«Vorrei parlarle un momento», disse la donna. Al suo cenno di assenso, le fece segno di seguirla fuori dalla stanza, fino a un piccolo studio.

«Che succede?», chiese Taylor, perplessa.

«Ho una buona notizia per lei», disse Sarah. Aprì il cassetto di una lucida scrivania ed estrasse una grossa cartellina di pelle. «Sistemando l'archivio, un impiegato dell'ufficio comunale ha trovato i documenti che le servono per effettuare i suoi test al terreno degli O'Connell». Glieli porse. «Siamo spiacenti per tutto il tempo che le abbiamo fatto perdere. So che doveva restare solo un paio di giorni e che ha prolungato il suo soggiorno a causa di vari contrattempi, ma spero che questi possano tornarle utili per recuperare il tempo perso. Nelle prossime ore dovrebbe smettere di nevicare; perciò, domani stesso, il marito di Maggie andrà a spalare la neve per facilitarle il lavoro. Niente la obbliga a restare ancora».

Taylor afferrò la cartellina, sentendo il cuore pesante come una pietra.

La stava invitando a togliersi dai piedi.

Piegò le labbra in una smorfia amara, guardando l'anziana signora. «Devo starle davvero antipatica, per arrivare a buttare al vento tutti i sacrifici che gli abitanti stanno facendo per comprare quel terreno. E solo per allontanarmi da Ryan».

Il volto della donna si fece duro. «Voglio essere schietta con lei, Taylor. So che mia nipote le ha parlato, stamattina, ma Maggie non è stata chiara quanto lo sarò io e lei mi sembra una donna intelligente», disse, fredda. «Ho già perso mio figlio, a causa di una donna di città dalle passioni passeggere. Non perderò anche mio nipote».

«Credo che Ryan sia abbastanza grande da capire ciò che va bene per lui, senza che sua nonna interferisca nella sua vita».

«Io non voglio interferire, ma proteggerlo. Con suo padre sono stata troppo morbida, l'ho lasciato fare e ho sbagliato. Non rifarò lo stesso errore, né permetterò che lo faccia Ryan».

«Su quali basi pensa che io lo sia?», chiese Taylor, la gola serrata per le lacrime trattenute.

Sarah Greenwood la fissò con attenzione. «Sarebbe pronta a mollare la sua vita, la sua città e tutte le sue abitudini, per lui?».

"Lo saresti?".

La sua esitazione bastò alla nonna di Ryan. «Ecco perché sarebbe un errore. Se prova un minimo di affetto per lui, eviti di illuderlo. Non se lo merita».

Detto questo, Sarah la sorpassò lasciandola sola.

Con le mani strette alla cartellina, Taylor chiuse gli occhi, sentendo le forze abbandonarla per far spazio alla rassegnazione.

Quella donna aveva ragione. Era del tutto inutile portare avanti quella "cosa" che c'era tra lei e Ryan. Così come era inutile partecipare ai festeggiamenti insieme a quella che non sarebbe mai stata la sua famiglia.

La sua vita era a New York. E adesso che aveva i documenti necessari, poteva sbrigarsi a fare il suo lavoro e ripartire quanto prima.

Lei non c'entrava nulla in quel posto.

Sgusciò fuori dalla sala senza farsi notare, andò a recuperare il cappotto e uscì.

Vagò per le strade per qualche minuto, senza una meta. Il freddo teneva la mente lucida e le impediva di piangere, e le vie semi deserte le concedevano la privacy di cui aveva bisogno. Non aveva più voglia di andare a ubriacarsi con Babbo Natale, voleva tenersi alla larga da tutto e tutti. Chiudersi in camera, purtroppo, non era un'alternativa valida: le risate della festa arrivavano fin lassù, e poi quello era l'albergo dei Greenwood e in quel momento non aveva nessuna voglia di avere a che fare con loro.

Quando si ritrovò davanti al piccolo cinema, trovandolo aperto, decise che era destino.

Sarebbe andata a vedere un film, come da sua triste tradizione natalizia.

Ognuno aveva le proprie, in fondo.

Riprendere le vecchie abitudini l'avrebbe aiutata a sentire meno il distacco, una volta ripartita.

Aveva pensato che niente potesse essere peggio del restare sola in una stanza piena di gente, a fissare ciò che non avrebbe mai potuto avere. Ma non aveva fatto i conti con il film che veniva trasmesso quella sera.

La piccola sala era quasi vuota. C'erano solo tre persone, oltre a lei, di cui due erano ragazzini seduti nell'angolo più buio, interessati a scambiarsi particelle di saliva più che a guardare lo schermo. I loro sussurri e le loro risatine sciocche avevano finito per sovrastare, in più di un'occasione, l'audio già pessimo del film, ma ben presto fu lei, con i suoi singhiozzi e il rumore che emetteva soffiandosi il naso, ad aggiudicarsi il primato di disturbatrice ufficiale.

Il film era circa a metà quando i due ragazzini si dileguarono. A quel punto, l'altra persona presente in sala si alzò, venendo a sedersi accanto a lei.

«Sta bene?».

Taylor si voltò di scatto, trovandosi a fissare il volto di un uomo molto attraente. Aveva due incredibili occhi blu, capelli neri ben pettinati e la mascella rasata, dalla linea un po' dura. Era elegante, nella sua informalità, sembrava alto e in forma.

Asciugandosi il volto, Taylor annuì. «Sì, tutto ok, grazie. E scusi se l'ho disturbata, ma... questo dannato film mi fa piangere ogni volta».

«Non so che problemi abbia chi ha scelto di metterlo in programmazione proprio oggi. Lo spacciano ogni anno come il film natalizio per eccellenza e noi poveri malcapitati pensiamo che venire a vederlo ci risolleverà un po' il morale... Salvo, poi, ritrovarci ad assistere alla disperazione del protagonista, in procinto di uccidersi per sfuggire alle difficoltà e alla sofferenza». L'uomo, dalla bella voce profonda, piegò le labbra in una smorfia ironica. «E dire che lo hanno intitolato *La vita è meravigliosa*. Pensi a cosa poteva venir fuori se avessero usato un titolo leggermente meno ottimista».

Taylor si lasciò sfuggire una risatina. «Oddio, quanto ha ragione!».

L'uomo stirò le labbra in quello che doveva essere un sorriso e le porse la mano. «Nathan Reeves».

«Taylor Andrews», rispose, ricambiando la stretta.

«Lei vive qui?», le chiese, sistemandosi meglio sullo scomodo sedile.

«No. Sono solo di passaggio».

«Dunque è per questo che si trova qui da sola, la vigilia di Natale?»

«Non che a casa vada meglio, di solito, ma sì. È per questo. E lei?»

«Io vivo qui e stanotte sono di turno. Aspetto i primi pazienti in preda ai postumi di cene esagerate, che so arriveranno presto, ma mi seccava trascorrere la vigilia in uno studio medico. Così sono venuto a passare un paio d'ore qui».

«Oh. Non ha amici, una famiglia?».

L'uomo si voltò verso lo schermo, la mascella rigida. «Non più».

Soffriva. Taylor percepì quell'emozione in modo chiaro, forse perché somigliava alla propria. Due anime sole e depresse, sedute in un cinema minuscolo a guardare un vecchio film malinconico.

Nessuno avrebbe dovuto passare così il Natale.

«Ha ancora voglia di vedere il film?», le chiese Nathan, osservandola. «Le offro qualcosa da bere, se le va».

Taylor non fece in tempo a rispondere, perché qualcuno lo fece per lei.

«No, Doc. Non le va».

Ryan era in piedi accanto a loro, lo sguardo tempestoso. Vedendolo, le mani di Taylor iniziarono a sudare.

«Capisco». Nathan Reeves si alzò. «È stato un piacere conoscerla, Taylor».

«Anche per me», balbettò lei, cercando il coraggio di chiedergli di restare e non lasciarla sola con Ryan. Ma l'uomo si era già allontanato, tornando a sedersi da solo all'estremità più lontana della sala.

Ryan prese posto alla sua sinistra, le gambe distese davanti a sé, le mani in tasca e lo sguardo fisso sullo schermo. «Che stai facendo qui, Taylor?»

«Guardo un film. Non è evidente?», sbuffò, torcendo il fazzoletto tra le mani.

«Preferisci passare la vigilia di Natale qui, a guardare un film deprimente e a farti abbordare dal primo che capita... piuttosto che passarlo in mia compagnia?»

«Farmi abbordare?». Taylor si voltò di scatto, fissando il suo profilo perfetto alla fioca luce della sala. Aveva la mascella serrata e sembrava di pessimo umore. Proprio come lei.

«Stavamo solo facendo due chiacchiere», precisò.

«Ti stava invitando a bere qualcosa».

«Sì, be', non implica nulla di scabroso. E non devo certo rendere conto a te di quello che faccio delle mie serate». Taylor fece una smorfia. «Non sarai mica geloso?»

«Perché diavolo te ne sei andata senza dire niente?», sbottò lui, sviando la sua domanda. «Ti ho cercata dappertutto».

«Ho le mie tradizioni natalizie. Passo sempre la vigilia al cinema».

Ryan si voltò a guardarla. «Insomma, che ti prende?». La sua espressione si fece ancora più seria quando vide i suoi occhi gonfi. «E perché diavolo hai pianto?»

«È il film», mentì lei, sfuggendo il suo sguardo.

Ryan la afferrò per un braccio, per portarla fuori e costringerla ad affrontarlo.

«Stamattina ti sei svegliata felice, poi ti ho lasciata dieci minuti da sola con mia sorella e sei scappata. Ti ritrovo alla festa, riesco a strapparti un sorriso, poi ti vedo allontanarti con mia nonna... e all'improvviso sparisci per rintanarti qui dentro a piangere, assieme a un uomo che non sono io». Le dita sul suo braccio si strinsero. «Voglio sapere che cosa succede».

«Non succede niente!».

«Che cosa ti ha detto mia nonna?»

«Lei... Voleva solo chiedermi come mi trovo al Firefly...», improvvisò.

Ryan non le credette nemmeno per un istante.

«Andrò a chiederlo a lei», disse, avviandosi a grandi passi verso la piazza.

«No, Ryan... aspetta!». Taylor lo rincorse, afferrandolo per una mano. «Non voglio che discuti con la tua famiglia a causa mia, tanto meno la vigilia di Natale!».

«Dimmi che cosa ti hanno detto».

«Nulla di che! Tua sorella mi ha chiesto come mai fossimo insieme quando c'è stato l'incidente, e quando mi ha vista in imbarazzo mi ha rassicurata dicendo che non aveva nessuna intenzione di intromettersi. A... a patto che non ti spezzassi il cuore».

«E mia nonna?», chiese lui, mortalmente calmo.

Taylor distolse lo sguardo. «Le stesse cose, più o meno. Magari con un po' più di veemenza». Nel sentirlo imprecare, gli afferrò anche l'altra mano, impedendogli di precipitarsi all'albergo. «Ascolta: non ha importanza quel che mi ha detto. Lei si preoccupa per te, è evidente. Non conosco i motivi per cui la tua famiglia ha così timore di un'ipotetica relazione tra noi, ma di sicuro sono validi».

«Non giustificano comunque il terrorismo psicologico che fanno verso le persone. Non ho bisogno di essere protetto. Sono adulto e faccio quello che voglio!». E a dimostrazione di ciò, la tirò verso di sé, baciandola in modo impetuoso, a lungo e senza sosta, fino a farle girare la testa.

Quando fu abbastanza soddisfatto, staccò le labbra dalle sue, guardandola negli occhi. «E adesso tu vieni a casa con me».

«Non è una buona idea», mormorò lei, senza fiato.

«È ottima, invece». Ritrovata la calma, Ryan le scostò i capelli dal viso. «Sono pronto a spiegarti i motivi che spingono mia nonna a impicciarsi tanto e anche a farti capire che il suo modo di proteggermi è del tutto superfluo. Ma non sono disposto a rinunciare a te prima del previsto». Il suo sguardo si fece serio. «So che abbiamo pochi giorni a disposizione. Quando sarà il momento, ti lascerò andare. Ma fino ad allora, ho intenzione di godermi ogni minuto. E so che lo vuoi anche tu». Fece un passo indietro, allungando una mano. «Vieni con me?».

Taylor fissò la mano tesa e poi il suo viso. Era determinato come mai prima.

Come poteva resistergli? Stava ancora ardendo per il suo bacio, maledizione.

Era una follia. Avrebbe fatto meglio a rifiutare e a chiudersi in camera aspettando la mattina dopo, per poi costringere il marito di Maggie a sgomberare il terreno degli O'Connell dalla neve, effettuare i suoi rilievi e tornarsene di corsa a New York, cercando di dimenticare.

Ma la sua mano si alzò, come dotata di volontà propria, e si lasciò avvolgere da quella di Ryan prima ancora che lei riuscisse a proferire parola.

12

«I miei si sono conosciuti qui, durante le vacanze estive», iniziò Ryan, non appena furono nella sua cucina.

Le aveva offerto un bicchiere di vino, poi si era sistemato davanti alla finestra, lo sguardo perso fuori, verso il bosco che si estendeva dietro la casa.

Erano anni che non riapriva quel vaso di Pandora, né aveva mai sentito il bisogno di farlo. A Snowy Pine tutti conoscevano quella storia, mentre le persone che erano entrate solo per brevi periodi nella sua vita non erano mai state così importanti da fargli provare il desiderio di mettersi a nudo in quel modo.

Con Taylor, invece, era diverso. Voleva farlo. E non soltanto per spiegarle i motivi per cui la sua famiglia era tanto prevenuta nei suoi confronti, o perché lei si era fidata abbastanza di lui da raccontargli dei suoi genitori e della sofferenza provata alla loro morte. Voleva che Taylor lo conoscesse meglio e che lo apprezzasse. Solo così avrebbe potuto scegliere, coscientemente, se dargli una possibilità o meno.

«Mia madre era diretta in Vermont insieme ad alcuni amici, ma la loro auto ha avuto un guasto e si sono dovuti fermare per un paio di giorni. Mio padre l'ha vista e per lui è stato un colpo di fulmine. In quei due giorni hanno flirtato e amoreggiato, ma nulla di più. Si sono salutati e lei se n'è andata. Ma un mese dopo, mio padre andò in Illinois per lavoro e destino volle che l'uomo che lo aveva assunto fosse un cliente di mia madre», disse quindi, immergendosi nei ricordi. «Mio padre era un artigiano davvero in gamba ed era conosciuto in tutto il New England. Mia madre, invece, era un avvocato con una carriera ben avviata. Non c'entravano nulla l'uno con l'altra, avevano visioni della vita opposte; eppure, chissà perché, si innamorarono e decisero di frequentarsi. Tutto sembrava andare a meraviglia e l'idillio durò qualche mese, ossia fino a quando lei non capì che mio padre non aveva intenzione di vivere a Chicago, ma qui». Fissò il vino nel bicchiere, assorto. «Snowy Pine non piace alle donne di città. È una legge non scritta, a quanto pare».

Taylor non replicò, lasciando che proseguisse.

«Comunque sia, all'inizio lei pensò che, con il tempo, avrebbe convinto mio padre a trasferirsi in città. Sulla scia di quella convinzione accettò di sposarlo, forse anche per fare un dispetto a mia nonna, che non l'aveva mai vista di buon occhio. E da lì, le cose iniziarono ad andare in malora. Mio padre amava Snowy Pine: era nato e cresciuto qui e, anche se viaggiava spesso, non aveva mai pensato di trasferirsi altrove in pianta stabile. Mia madre, invece, era una donna di città, amava il caos di Chicago, i suoi ritmi frenetici, e non aveva nessuna intenzione di marcire in un buco di montagna. Iniziarono un braccio di ferro durato nove mesi: lei adottava la scusa del lavoro per costringere mio padre in città; lui diceva di sentirsi in colpa a lasciare mia nonna, vedova da poco, tutta sola a occuparsi del Firefly e sfruttava la cosa per tornare qui tutte le volte che poteva. Ogni volta era una lite. I rapporti tra mia madre e mia nonna divennero sempre più tesi e mio padre non riusciva più a dividersi tra le due. Mia madre tentò il tutto per tutto e minacciò di lasciarlo, e a quel punto lui decise di trasferirsi a Chicago. La nonna andò fuori di testa e papà iniziò a temere per la sua salute. Nel mentre, mia madre scoprì di essere incinta». Ryan finì il vino in un colpo solo e si staccò dalla finestra per versarsi un secondo bicchiere.

Taylor, ferma a pochi passi da lui, allungò una mano per accarezzargli un braccio. «Non sei tenuto a raccontarmi queste cose. Posso immaginare la fine di questa storia».

«In parte sì. Tuttavia, voglio che tu la conosca», rispose lui. Poi riprese il suo racconto.

«Quella scoperta sembrò sortire una tregua. Essendo una gravidanza a rischio, mia madre dovette smettere di lavorare e questo diede a mio padre l'occasione perfetta per portarla qui, dove avrebbe potuto stare tranquilla fino alla nascita mia e di Maggie. Pensava che, restando per mesi a Snowy Pine, la moglie si sarebbe innamorata del posto e che avrebbe imparato ad andare d'accordo con la sua famiglia. Inutile dire che non fu così. Mia madre odiò ogni secondo della sua permanenza e, quando partorì, minacciò di andarsene anche a piedi se mio padre si fosse rifiutato di riportarla a Chicago. Per evitare di complicare le cose, anche per il bene di noi piccoli, lui la accontentò e si trasferì a casa sua, dove vissero tra alti e bassi per cinque anni. Ma le cose peggiorarono comunque. Mia madre era sempre super impegnata con il lavoro e mio padre si prendeva cura di noi per quasi tutto il tempo. La loro vita di coppia era inesistente, lei viveva sempre a mille, lui era un tipo tranquillo; non avevano passioni in comune né sembravano avere la voglia di venirsi incontro. E infine, Maggie si ammalò. Aveva un problema respiratorio e l'aria di città, piena di polveri e smog, rallentava la sua guarigione. Così papà ci portò qui». A quel punto sorrise. «Io mi innamorai di questo posto. Correvo libero, mi arrampicavo sugli alberi, davo la caccia agli scoiattoli e seguivo i miei prozii durante le escursioni guidate. Passammo l'intera estate a Snowy Pine e, quando fu il momento di tornare a Chicago per riprendere la scuola, io non volevo andarmene. Maggie, inoltre, qui stava meglio: l'aria pulita della montagna aveva risolto quasi del tutto i suoi problemi respiratori. Mio padre provò a spiegare alla moglie la situazione, ma lei gli propose una soluzione assurda: gli disse che, se voleva, lui poteva restare a Snowy Pine con Maggie, mentre io sarei rimasto con lei a Chicago».

Taylor trasalì. «Cielo, Ryan. Ma come si può essere più egoisti di così?!».

Lui fece una smorfia. «In realtà si può. Litigarono molto per quella proposta e per la prima volta mio padre decise che era il momento di pensare alla cosa più giusta da fare, piuttosto che a soddisfare la sua viziata mogliettina. Nonna diventava sempre più vecchia e aveva bisogno di aiuto con l'albergo; Maggie aveva bisogno di un posto salutare per star bene e lui non voleva più accontentarsi di vivere aspettando che la moglie tornasse dal lavoro e trovasse cinque minuti del suo prezioso tempo per stare con lui. Le disse che sarebbe tornato a Snowy Pine e che lei era libera di seguirlo o meno. Sperava che un ultimatum la scuotesse un po'. Naturalmente Maggie sarebbe partita con lui, ma lasciò scegliere a me se restare con mia madre o seguirlo. Non ci pensai nemmeno per un momento e decisi di partire».

«E lei come reagì?», chiese Taylor.

«Ricordo ancora la sua faccia quando dissi che volevo partire con papà e Maggie. Mi guardò con rabbia e mi disse che, se davvero quella era la mia scelta, allora non l'avrei rivista mai più».

Rimase per un attimo in silenzio, riassaporando la sensazione che quel ricordo gli suscitò. All'epoca era solo un bambino, non del tutto consapevole di ciò che accadeva, era stato molto più avanti che si era davvero reso conto di quanto sua madre fosse stata egoista, di quanto poco amore avesse provato per lui. E all'inizio gli aveva fatto male. Con il tempo il dolore era diventato rassegnazione, poi compassione per una donna che, in fondo, non reputava nemmeno parte della sua famiglia.

A distrarlo fu il singhiozzo soffocato di Taylor.

Voltandosi, la vide asciugarsi una lacrima all'angolo dell'occhio e le sfiorò la guancia con un dito.

«Ehi, va tutto bene. È passato tanto tempo!», la tranquillizzò, abbracciandola.

«Può darsi, ma mi immagino un piccolo te, messo alle strette in quel modo...». Lo abbracciò, stringendolo forte, e Ryan le passò un braccio attorno alla vita.

«In quel momento non ho sofferto. Ero piccolo, non mi rendevo conto. Credevo fosse solo una vana minaccia, un po' come quella di andare a letto senza cena se non finivo i compiti per tempo. E così, forte del sostegno paterno, me ne andai, convinto che lei sarebbe venuta qui, o che comunque saremmo tornati a Chicago non appena avessero fatto pace. Invece, due settimane dopo la nostra partenza, arrivarono qui tutte le nostre cose, anche le più insignificanti. Aveva cancellato ogni nostra traccia dalla sua vita. Mio padre ci spiegò che si erano separati perché non andavano più d'accordo e che io e Maggie potevamo vivere con lui, ma ci promise che, qualora lo avessimo voluto, saremmo potuti andare a Chicago da mia madre e lui ci avrebbe accompagnati». Fece una pausa e Taylor si staccò da lui, per poterlo guardare in viso. Più andava avanti nel racconto e più i suoi occhi si facevano lucidi. Per un attimo pensò di smettere: non voleva intristirla più del dovuto, ma lei gli sfiorò il petto con una mano, invitandolo ad andare avanti, perciò riprese a parlare.

«Glielo chiesi sei mesi dopo, nel giorno del mio compleanno. Mio padre tenne fede alla promessa e mi portò a Chicago. Quando arrivammo in quella che era stata casa nostra, lei era lì, insieme a un altro uomo. La cosa ferì mio padre, ma a me non sfiorò nemmeno. Mi ferì, invece, sapere che non aveva affatto cambiato idea. "Hai fatto la tua scelta, Ryan. Mi dispiace, ma io non ho bisogno di te", mi disse. Con una calma e una freddezza che non dimenticherò mai».

Taylor riprese a piangere e Ryan tentò di sdrammatizzare.

«Non mi è andata poi tanto male, credimi. Io qui sono sempre stato felice, più felice di quanto avrei mai potuto essere a Chicago, vivendo con due genitori incompatibili. Si sarebbero lasciati comunque, prima o dopo».

«Ma tu non avresti mai dovuto subirne le conseguenze. Una madre non smette di essere tale solo perché divorzia dal marito», singhiozzò lei, accettando il fazzoletto che lui le porse.

Ryan le accarezzò i capelli, aspettando che si calmasse, poi stirò le labbra in un sorrisetto. «Vuoi sentire il resto o ti basta così?».

Taylor sgranò gli occhi. «C'è dell'altro?!»

«L'atto finale della tragedia», rispose lui, sarcastico.

«Solo se tu vuoi parlarne», acconsentì lei.

«La farò breve. Io mi ripresi in fretta, tutto sommato. Forse per indole caratteriale, ma anche grazie all'aiuto di uno psicologo. E poi avevo una famiglia molto presente: mia nonna e le mie prozie mi viziavano più di quanto avesse mai fatto mia madre, mia sorella mi stava appiccicata come un guanto, i miei prozii erano i miei eroi. Dopo un paio d'anni ero come nuovo, pieno di amici, fidanzatine, hobby e passioni. Avevo l'affetto incondizionato dell'intera Snowy Pine. Quello che non si riprese, invece, fu mio padre. Iniziò a sentirsi in colpa per aver lasciato che il suo matrimonio fallisse, che i suoi figli crescessero senza una madre, soffrendo per il suo abbandono. Si spense giorno dopo giorno. Cadde in depressione e ci mise anni a riprendersi. O almeno credevamo si fosse ripreso. Perché dopo tanta tristezza e apatia, di colpo iniziò a voler vivere troppo, in modo pericoloso. Si sentiva vivo solo rischiando, sembrava voler sfidare la morte e lo fece in più di un'occasione. Finché perse. È morto dieci anni fa, lanciandosi tra le rapide di un fiume senza protezione né criterio, per salvare uno stupido giocattolo caduto a un bambino».

«Forse, inconsciamente, non voleva che un altro bambino soffrisse… Come avevi sofferto tu», mormorò Taylor, poggiando il capo sulla sua spalla.

«Avrei preferito che non deludesse l'uomo che stavo diventando, che fosse presente quando Maggie si è sposata e quando è diventata mamma. Che fosse ancora vivo», disse lui, con una punta di amarezza. Poi le sue spalle si rilassarono. «E questo è quanto. Mia nonna cerca di proteggermi da allora. Ha paura che io mi possa invaghire di una donna come mia madre e che me ne vada da qui, o che soffra fino a uccidermi come ha cercato di fare mio padre per anni».

«Adesso la capisco. Mi infastidisce pensare che mi reputi anche solo in minima parte uguale a quella donna, ma comprendo il suo punto di vista. E se temevo di farti del male *prima*, figurati adesso...», sospirò Taylor, asciugandosi le guance.

Ryan le sollevò il mento. «Non sono più un bambino, Taylor. Ho sofferto in passato, ma quella sofferenza mi ha formato. Mi rendo conto che non tutti ci riescono, che molti si lasciano abbattere dalle difficoltà, ma io ho saputo trovare un equilibrio. Ho dovuto crescere più in fretta del previsto e questo ha fatto sì che io oggi sia una persona responsabile, ma nonostante tutto so anche quanto sia importante godersi la vita in modo spensierato. Ho visto soffrire mio padre a causa di scelte sbagliate e questo mi ha fatto capire che devo ponderare bene le cose, prima di buttarmi a capofitto, ma anche che non devo aver paura di rischiare solo perché a lui è andata male. Anche reprimersi può far soffrire. Ho sentito sulla mia pelle il dolore di mia nonna e di mia sorella quando mio padre è morto e non ho nessuna intenzione di permettere che provino un'altra volta qualcosa del genere, tanto meno a causa mia. Sono un amante della vita, non la getterei mai via. Se e quando deciderò di fare una scelta sbagliata, consapevole di correre il rischio di star male o essere deluso, me ne assumerò la piena responsabilità, mi rimboccherò le maniche e mi rimetterò in piedi, perché l'ho già fatto e so che ne sono capace». La sua espressione si rasserenò, mentre una luce divertita si accendeva nei suoi occhi. «Quindi, come vedi, mia nonna si preoccupa per nulla: sono il dannato eroe che Snowy Pine ama e che tutte le mamme vogliono», ammiccò, strappandole una smorfia divertita. «Quando morirò, non sarà per mia scelta, ma perché era destino», proseguì, sullo stesso tono scherzoso. «Se mai dovessi innamorarmi della donna sbagliata, non sceglierò di accanirmi per far funzionare qualcosa di inutile. Accetterei la sconfitta e passerei oltre. Se mai deciderò di lasciare Snowy Pine, lo farò solo se sarò davvero convinto di farlo, e di sicuro non costringerò mai nessuna donna a restare qui se non vuole. Sono sempre stato attento a non mettere incinta nessuna ragazza, ma se mai dovesse capitare con la persona sbagliata, farò in modo e maniera che a rimetterci non sia una creatura innocente».

Taylor sospirò. «Insomma, sprizzi perfezione da ogni poro».

«Pensavo che ormai l'avessi capito».

Lei gli diede un pugno scherzoso sul petto. «E va bene, presuntuoso. Hai la testa sulle spalle, è chiaro. E ti ammiro molto, davvero».

«Ottimo. La tua ammirazione ci porta dritti alla parte del discorso più importante».

«E cioè?».

Ryan la sollevò fino a farla sedere sul tavolo e si insinuò tra le sue gambe. «Quello che c'è tra noi e che preoccupa così tanto la mia famiglia».

Gli occhi di Taylor divennero enormi. «E… cosa pensi che ci sia, tra noi?», chiese, tremante.

«L'unica cosa che so per certo», mormorò Ryan sulle sue labbra, «è che ti voglio da impazzire». Rafforzò la stretta sui suoi fianchi, spingendola contro di sé. «E se tu senti anche solo la metà di quel che provo io in questo momento, ti dimostrerò quanto può essere maledettamente bello godere di ogni attimo senza complicarsi la vita con inutili paranoie». Poggiò le labbra sul suo zigomo e iniziò una lenta discesa, sfiorando la guancia, l'orecchio e il collo, mentre le sue mani si infilavano sotto il maglione, in cerca della pelle liscia.

Taylor si aggrappò a lui, ma era ancora incerta, lo sentiva. Ryan non si fermò.

Sfiorò con la punta della lingua la vena pulsante sul suo collo, strappandole un gemito.

«Non mi rendi le cose semplici», sussurrò lei, mentre le mani sottili risalivano dai bicipiti alle spalle, fino a intrecciarsi sulla nuca.

Ryan sorrise, continuando a baciarla sul mento. «E ho intenzione di complicarle ancora». Proseguì la sua lenta tortura, con le labbra e con le mani, e quando sentì che stava quasi per impazzire dal desiderio, si fermò. Aveva ogni intenzione di farla cedere, ma non voleva rischiare di prenderla su quel maledetto tavolo... Non senza prima essere certo che anche lei lo volesse.

«Ci stai pensando un po' troppo. Inizio a credere di essermi sbagliato. Forse non mi vuoi...».

«Non volerti? Sei pazzo», sospirò lei, posando le labbra sulle sue.

Il bacio che ne seguì ebbe il potere di azzerare la razionalità di entrambi.

O quasi.

Taylor si staccò da lui, ansimante ma con un guizzo di preoccupazione negli occhi ambrati. «Voglio che mi prometti una cosa», mormorò.

«Tutto quello che vuoi», rispose lui, cercando di baciarla ancora.

«Dico sul serio». Taylor gli mise una mano sulla bocca e lo guardò con serietà. «Promettimi che non soffrirai a causa mia».

«Non puoi far soffrire una persona, se questa non te lo lascia fare».

«Allora prometti che non me lo lascerai fare», insistette lei.

Ryan esitò. Non aveva un buon rapporto con le promesse e aveva la sgradevole sensazione di essere in procinto di infrangerne una sul nascere.

Ma lei sembrava intenzionata a non cedere su quel punto, e alla fine la accontentò.

«Lo prometto», le disse. «In fondo non penso di poter soffrire più di così», aggiunse, tornando a catturarle le labbra con urgenza.

E in quelle parole c'era più verità di quanto avesse inteso ammettere.

Lasciarla nel suo letto e sgusciare fuori, alle prime luci dell'alba, fu una prova di forza.

Si costrinse a uscire di casa per sbrigare le solite faccende mattutine, quasi per dimostrare a se stesso che la vita poteva andare avanti anche senza Taylor, nonostante avesse passato un'intera notte a perdersi nel suo calore e a lasciarle la sua impronta addosso, di modo che non potesse scordarsi di lui, una volta tornata a New York.

Era stata più dura di quanto immaginasse. E se guardare quel volto addormentato e sorridente, un attimo prima di scendere dal letto, gli aveva fatto pensare di mandare tutto all'aria e restare in quella camera per il resto della giornata, non osava immaginare a cosa avrebbe provato dovendo dirle addio di lì a qualche giorno.

"Però ci sei riuscito", si disse, mentre scendeva fino al Firefly, respirando a pieni polmoni l'aria gelida del mattino. "E ogni giorno andrà meglio".

Svolse le solite incombenze, solo per metà concentrato sul presente. La sua mente continuava a essere invasa dai ricordi di quella notte: il profumo di Taylor, la dolcezza dei suoi baci, il sapore della sua pelle, l'estasi che aveva negli occhi; ma anche la partecipazione con cui aveva cercato di consolarlo sentendo il racconto della sua infanzia, l'immagine di lei, sola e in lacrime, in quel cinema, convinta che fosse quella la sua tradizione natalizia e, non ultimo, la gelosia che lo aveva colto nel vederla chiacchierare con un altro uomo.

"Pensi che, una volta tornata a casa, nessuno ci proverà con lei?", insinuò la sua coscienza.

Ryan prese a spaccare la legna con più vigore del dovuto.

Una volta a New York, e lontana da lui, Taylor sarebbe stata libera di fare ciò che voleva. Ma fino a quando fosse rimasta lì, nessun altro l'avrebbe sfiorata.

Portò la legna fino al Firefly, ma esitò sulla porta. Non era sicuro di voler entrare e affrontare la sua famiglia. Aveva abbandonato la festa della vigilia per correre dietro a Taylor, la sera prima, ed era certo di aver infastidito diverse persone. Inoltre, ricordare che sua nonna aveva spaventato di proposito Taylor lo faceva ancora arrabbiare.

Ma ripercorrere la sua infanzia gli aveva ricordato quanto le donne della sua famiglia avessero sofferto, in passato, e la sua irritazione svanì quasi del tutto. E poi era Natale: non dovevano esistere musi lunghi, quel giorno.

La cucina del ristorante era semi deserta, a quell'ora, ma sua nonna era già in piedi e al lavoro come ogni mattina, nonostante avesse ottantacinque anni.

Ryan l'aveva sempre ammirata per la sua forza, per il cervello lucido, la sicurezza e la capacità di far fronte a qualsiasi situazione. L'aveva vista spenta e ridotta all'ombra di se stessa solo durante gli anni bui di suo padre e dopo la sua morte, ma anche in quel frangente aveva saputo rimboccarsi le maniche e ricominciare, dedicandosi a ciò che le era rimasto di caro: la sua casa, la sua attività e la sua famiglia.

Eppure, quella mattina Ryan la vide con occhi diversi. Gli sembrò piccola, anziana, triste e indifesa e provò un moto di affetto e dispiacere nell'avvicinarsi a lei, sapendo di esserne la causa.

«Buongiorno», le disse, poggiando a terra la cassa con i ciocchi appena tagliati. Si accorse allora che qualcuno aveva già provveduto a fare rifornimento di legna.

«Credevo non venissi, stamattina», spiegò sua nonna, nel cogliere la sua espressione incuriosita.

«Perché non avrei dovuto?», le chiese.

La donna si strinse nelle spalle, continuando a impastare la sua famosa pasta frolla. «Immaginavo avessi di meglio da fare. Qualcosa che ha di sicuro più importanza della tua famiglia, visto come ci hai piantati in asso ieri sera».

Piccola e indifesa, un accidenti. Sarah Greenwood era un drago sputafuoco.

Ryan si irrigidì a quel velato insulto. «Quindi, siccome ho passato la notte con una ragazza, tu hai dato per scontato che mi dimenticassi dei miei doveri? Be', vedo che comunque non sei rimasta senza legna, qualcuno che ti aiuta lo trovi sempre. Non ti sono così indispensabile, dopotutto».

«Questo ti faciliterà le cose».

«In che modo dovrebbe?»

«Ti farà sentire meno in colpa quando seguirai la tua amichetta a New York».

«Sai, nonna, forse hai ragione. Magari deciderò di seguirla a New York», disse Ryan, guardandola con rabbia e delusione. «Ma la cosa più divertente, è che a spingermi a farlo sei tu, non Taylor!».

Sarah strinse l'impasto fino a farsi diventare le nocche bianche. «Ma certo, dai la colpa a me per la tua debolezza. Sapevo che eri come tuo padre!».

«Inizio a capire certi suoi atteggiamenti, in effetti. Devi averlo esasperato non poco con il tuo bisogno di controllarlo a tutti i costi!», sbottò lui. «Forse, se non lo avessi costretto a scegliere tra te e sua moglie, le cose sarebbero andate in un altro modo».

Si pentì all'istante di quelle parole.

Sua nonna impallidì e Ryan si avvicinò a lei, sospirando e costringendola a sedersi. Poi le si inginocchiò davanti, stringendo le mani sporche di farina tra le proprie e guardandola negli occhi.

«Non avrei dovuto dirlo e mi dispiace».

«Però lo pensi. Lo pensano tutti», disse lei, con voce roca.

«Quel che penso è che non si possa costringere una persona a fare ciò che non vuole. Probabilmente hai sbagliato a soffocarlo, desiderando che restasse qui con te. Se non si fosse sentito in colpa all'idea di averti lasciata qui a soffrire per la sua lontananza, avrebbe potuto prendere il trasferimento in modo diverso. Forse si sarebbe abituato a vivere a Chicago. Oppure no. Chi può dirlo? Io credo che quei due non fossero fatti per stare insieme e che, prima o dopo, si sarebbero lasciati comunque. Resta il fatto che lui ha agito sempre usando la sua testa ed è quello che dovrebbe fare chiunque, senza subire pressioni dall'esterno».

Sarah chiuse gli occhi. «Quindi te ne vuoi andare?»

«Non ho detto niente del genere, né ci sto pensando. Conosco Taylor da meno di una settimana! Mi piace molto, provo qualcosa per lei, ma non so se questo "qualcosa" è abbastanza forte da convincermi a lanciarmi nel vuoto. Le ho promesso che avrei preso questa cosa con leggerezza e che al momento opportuno la lascerò andare, ed è quello che ho intenzione di fare. Se dopo mi accorgerò di non poter stare senza di lei, seguirò l'istinto senza permettere a nessuno di decidere per me: né tu, né Maggie, né Taylor». Cercò il suo sguardo e sorrise, triste. «Lei non è come mia madre. È sola, ha sofferto molto, sta alla larga dalle persone per paura che la abbandonino. Non è soddisfatta della sua città né del suo lavoro, è solo l'unica realtà che conosce e si aggrappa a essa con le unghie e i denti. Sono certo che, se e quando si innamorerà di qualcuno, lo farà con tutta se stessa e non saranno la geografia o la carriera a frenarla. Tra noi c'è qualcosa, ma non so cosa lei provi per me. Le piaccio, mi stima e forse mi è anche affezionata, ma non so altro. Né voglio saperlo. Voglio solo godermi questi giorni senza pensieri, e dopo si vedrà. Se deciderà di tornare a New York e chiudere con me in modo definitivo, accetterò la cosa senza fare drammi, perché ho lasciato che accadesse con la piena consapevolezza che poteva finire e non mi sono fatto nessun tipo di illusione». Le diede un buffetto sotto il mento, sorridendo. «Forse ci resterò male, ma sopravviverò. Ho passato di peggio, giusto? E poi lo sai che sono un supereroe: me lo dicevi sempre, quando ero piccolo».

Sua nonna gli accarezzò una guancia, gli occhi lucidi. «Somigli tanto a lui, fisicamente. Ma forse non hai il suo stesso carattere».

«No, infatti, io credo di essere molto più coriaceo. Come una certa donna di mia conoscenza», ridacchiò

Ryan, alzandosi e tirando in piedi anche lei. «Ora rimettiti a cucinare, perché a cena ho intenzione di mangiare la tua famosa crostata di castagne e quella puoi farla solo tu».

Sarah si asciugò le guance e tornò al banco della cucina. «Non vieni al pranzo di Natale, quindi?»

«Non lo so ancora, dipende».

«Da cosa?»

«Da Taylor... e da quanta voglia avrò di farla uscire dal mio letto», disse, sfacciato. Schivò al volo il panino che sua nonna gli lanciò e, ridendo, si avviò alla porta. Stava per aprirla quando la donna si schiarì la voce.

«Ne ho già fatte due, di crostate. Prendine una e portatela a casa. Immagino ti servirà energia», borbottò, scontrosa ma con un accenno di divertimento.

Ryan tornò indietro e la strinse in un abbraccio. «Grazie, nonnina. Ti voglio bene», mormorò sulle ciocche bianche.

13

«Svegliati, bella addormentata!».

Quella voce penetrò nella sua mente ottenebrata dal sonno e dal languore, ed ebbe il potere di strapparle un sorriso felice.

Con un mugolio soddisfatto, si stiracchiò tra le lenzuola calde, provando un piacere perverso nel sentire il proprio corpo dolere in alcuni punti. Era stata una notte incredibile! Ryan non le aveva dato un attimo di respiro, l'aveva travolta con la sua passione fino a quando il reciproco bisogno di stare insieme non era diventato il loro unico pensiero, consumandoli. Aveva capito fin da subito che quell'uomo poteva essere un amante formidabile, ma la realtà aveva superato la più rosea fantasia.

Allungò una mano per cercare l'artefice del meraviglioso benessere che provava, ma anziché trovare un petto nudo e caldo, come si era aspettata, si scontrò con una guancia quasi fredda che smorzò in parte il suo entusiasmo.

«Sei gelato», mormorò, rabbrividendo, con una smorfia contrariata.

Aprì appena gli occhi e fissò il viso stupendo e spensierato di Ryan. Era sdraiato al suo fianco, ma al di sopra delle coperte, e la guardava con aria divertita.

«Fuori fa freddo», lo sentì giustificarsi.

«E perché diavolo sei uscito, anziché restare qui sotto, al calduccio, con me?», bofonchiò lei, nascondendo il volto sotto le coperte.

Ryan ridacchiò. «Ne avrei fatto volentieri a meno, ma tu dormi davvero tanto e ne ho approfittato per sbrigare un paio di faccende».

Taylor sbadigliò. «Che ore sono?»

«Quasi le nove».

«Be', ma allora è ancora presto. Mi sono svegliata molto più tardi di così, ultimamente».

«Può darsi, ma non ho intenzione di sprecare questi ultimi giorni accontentandomi di guardarti dormire».

Quelle parole, seppur dette in tono leggero, riuscirono a svegliarla del tutto.

"Questi ultimi giorni". Per un attimo aveva dimenticato che il suo soggiorno a Snowy Pine aveva le ore contate e che risvegliarsi nel letto di Ryan, con il corpo illanguidito da un'intera notte d'amore, non sarebbe mai più stata la sua quotidianità.

"A meno che tu non decida di trasferirti qui".

E quel pensiero da dove diavolo saltava fuori? Dov'era finita la sua decisione di non avere relazioni, di non dedicarsi a nulla di più impegnativo del suo lavoro?

Lei non era fatta per vivere lontana da New York. Stare lì insieme a Ryan aveva offuscato momentaneamente il suo giudizio, rendendo tutto magico e possibile, ma sapeva che, presto, la realtà dei fatti sarebbe tornata a bussare alla sua porta.

Non poteva rischiare di complicare le cose, di ferire Ryan dandogli false speranze: lui non se lo meritava, soprattutto ora che sapeva cosa aveva passato durante l'infanzia a causa di un amore vissuto in modo del tutto errato. E lei era la regina degli amori sbagliati.

Detestandosi per aver permesso alla negatività di distruggere il suo buonumore, Taylor si mise seduta tra le coperte sgualcite, tenendone un lembo contro il petto nudo. Si guardò intorno, registrando ciò che la sera precedente aveva solo notato di sfuggita.

La camera di Ryan era bellissima, come il resto della casa. Spaziosa, con le pareti interne in legno, un grande camino di pietra posto di fronte al letto e un'enorme portafinestra scorrevole che si apriva su una terrazza affacciata sulle montagne. Il sole stava sorgendo dietro le cime bianche, inondando la stanza di raggi luminosi. Uno di questi colpiva i capelli di Ryan, facendoli risplendere come oro brunito e dandogli un'aria quasi angelica.

Era come un quadro, una di quelle tele meravigliose davanti alle quali ci si incanta, provando una forte emozione. Difficile anche solo pensare di potersi stancare di guardarlo.

Spinta da un'esigenza incontrollabile, si chinò a baciarlo.

Al diavolo, non aveva nessuna intenzione di rovinarsi la giornata soffermandosi su pensieri tristi o domande complicate. Ryan aveva ragione, era il momento di ottimizzare il tempo che avevano a disposizione.

Staccò le labbra dalle sue e lo guardò, sforzandosi di sorridere. «Allora, che si fa? Hai già qualche programma?»

«Avevo un sacco di idee, fino a un minuto fa», mormorò lui, accarezzandole la schiena nuda. «Poi mi si è svuotata la testa».

Compiaciuta, Taylor sgusciò dal suo abbraccio. Stava per scendere dal letto, quando si accorse di non avere vestiti, né altro. «Credo di aver bisogno di alcune cose che sono rimaste nella mia camera, al Firefly».

Ryan si alzò. «Ci ho pensato io», disse, indicandole la sua valigia, in piedi vicino alla porta. «Ero all'albergo e ho pensato che potesse servirti. Ma non è un modo per obbligarti a restare qui».

Taylor inarcò un sopracciglio. «Mi stai cacciando in modo carino?»

«Proprio il contrario. Puoi restare quanto vuoi», rispose lui, fissandola.

La luce che Taylor vide nel suo sguardo le procurò un fremito.

Che tipo di invito era? Quello di un ospite cortese, o aveva un significato più profondo?

"Non puoi pensare che sia pazzo di te al punto da chiederti di trasferirti qui per l'eternità!", si ammonì.

Doveva guardare in faccia la realtà: Ryan era attratto da lei e aveva intenzione di godere fino in fondo della passione che scaturiva tra loro al minimo contatto, ma non appena lei fosse partita l'avrebbe dimenticata. Non poteva che essere così: si conoscevano da sei giorni! E in fondo quasi ci sperava, perché il pensiero di lasciarlo lì, magari triste per la sua partenza, le dilaniava il cuore.

«Preparo qualcosa per colazione, poi usciamo. È una bellissima giornata e voglio portarti in un posto», disse Ryan, per dissipare il silenzio teso che si era venuto a creare.

Taylor annuì e lo guardò uscire dalla stanza, lasciandosi sfuggire un sospiro frustrato.

Nonostante la complicità raggiunta in quei giorni e l'intimità condivisa quella notte, tra loro c'era ancora un certo imbarazzo, dovuto sicuramente alla breve conoscenza ma anche, e soprattutto, alle cose non dette. Era come se nessuno dei due volesse davvero esternare ciò che pensava, per paura di lasciarsi andare, di aver preso un abbaglio o di infrangere la promessa che si erano fatti la sera precedente.

Aveva accettato di restare con lui, quella notte, a patto che prendessero quella parentesi passionale in modo leggero e divertente, non come una favola romantica. Perché le favole erano basate sul nulla e finivano sempre. Il piacevole ricordo di una breve vacanza fatta di risate, confidenze e buon sesso, invece, l'avrebbe scaldata negli anni a venire, ma senza suscitare sofferenza né sensi di colpa.

Eppure, non era del tutto convinta di aver fatto la scelta più giusta. Aveva la sgradevole sensazione che uno di loro, se non entrambi, sarebbe uscito da quella storia con il cuore a pezzi.

Tuttavia, ormai era tardi per rimediare. Si erano lasciati coinvolgere e tirare il freno a mano in corsa sarebbe stato ancora più rischioso.

"Quindi smetti di farti tutte queste paranoie e goditi questi ultimi tre giorni", intimò a se stessa, andando a fare una doccia veloce e sperando che l'acqua bollente fosse in grado di far evaporare i pensieri negativi.

Vederlo ai fornelli fu un altro piccolo colpo ben assestato alla sua già vacillante sicurezza.

Era così bello, così a proprio agio nel suo ambiente, che le venne voglia di raggiungerlo, abbracciarlo e convincerlo a portarla di nuovo a letto. La fame di cibo non era niente paragonata a quella che aveva di lui, e l'intenso desiderio che provava tra le sue braccia le avrebbe evitato di pensare.

Invece rimase sulla porta a osservarlo finché Ryan non la scorse.

«Non spaventarti, ho delle alternative commestibili», scherzò, indicando i tegami sui fornelli.

«A giudicare dal profumino, sono certa lo saranno anche le tue uova. Non hai detto che sono il tuo cavallo di battaglia?»

«Per il mio palato, sicuro, ma non so per il tuo. È la prima volta che cucino per una donna, sii magnanima», disse lui, portando i piatti in tavola.

Si sedettero vicini e Taylor assaggiò le uova strapazzate con esagerata concentrazione, per poi annuire, ammirata.

«Sono buone, davvero! Nuotano in un litro di grasso di bacon, ma il colesterolo non mi ucciderà all'istante, giusto?»

«Esagerata. È che sei abituata a quelle colazioni da femminuccia tipo "muffin ai mirtilli al sentore di smog" e "caffè di Starbucks in tazza di cartone riciclato". Qui in montagna facciamo sul serio, quando si tratta di cibo», ribatté lui, pulendo il piatto con appetito. «In ogni caso, avrai bruciato tutte le calorie in eccesso entro sera, te lo assicuro».

Ridacchiando, Taylor trascinò verso di sé un piattino contenente una fetta di torta che profumava in modo stuzzicante. «Sono castagne, quelle? Le adoro!».

«Quella è la mia torta preferita: assaggiala e dimmi se non è meravigliosa».

Lo era. Taylor la mangiò di gusto, leccandosi le dita. «Perfetta! Esigo la ricetta, proverò a rifarla a casa».

Ryan fece spallucce. «Puoi provare a chiederla a mia nonna, anche se è molto gelosa dei suoi segreti in cucina».

«Oh. Be', non credo di essere in cima alle sue simpatie, quindi penso che dovrò rassegnarmi all'idea di non poterla mangiare fuori da Snowy Pine. Sono sicura che, se le dicessi che amo questa torta, smetterebbe di farla solo per farmi dispetto». Taylor piegò le labbra in una smorfia sarcastica, afferrando la tazza di caffè.

«Non esagerare. In fondo è stata lei a dirmi di portarla qui, stamattina. Sapeva che avremmo avuto bisogno di energie extra», la blandì lui.

Il caffè le andò per traverso, facendolo ridere. Ryan afferrò la sua sedia, trascinandola ancora più vicino, e le fece stendere le gambe sopra le sue ginocchia, dandole poi dei piccoli colpetti sulla schiena.

Taylor smise di tossire e lo guardò a occhi sgranati. «Hai detto a tua nonna cosa abbiamo fatto… o lo ha capito da sola?»

«Entrambe le cose».

«*Coosa?!*».

«Tesoro, rilassati. Mia nonna non ha cinque anni, sa come va il mondo. E non è la prima volta che porto a letto una ragazza. Non le ho certo raccontato i particolari, lei ha capito cos'era successo e io ho solo confermato che succederà di nuovo».

«Che presunzione. Io potrei essere già a posto così», disse lei, altezzosa. Per tutta risposta, Ryan infilò una mano sotto il suo maglione, indugiando in una lenta e sensuale carezza. Nell'avvertire la sua pelle fremere sotto il suo tocco, inarcò le sopracciglia con aria soddisfatta.

«Dicevi?».

Sviando l'argomento, Taylor tornò a sorseggiare piano il caffè. «Trovo incredibile pensare che tua nonna abbia voluto donarti una torta per colazione, sapendo con chi l'avresti condivisa. Mi vuole fuori dai piedi, Ryan».

«All'inizio era arrabbiata e abbiamo discusso un po'. Poi ha capito il mio punto di vista e si è rilassata».

«Che cosa ha capito, di preciso?»

«Che non sei una mangiauomini pronta a separarmi da lei per portarmi con te a New York e rinchiudermi nella tua camera da letto come uno schiavo del tuo piacere».

«Pensa davvero che ti chiederei di mollare tutto per venire a New York con me?»

«Teme questa possibilità, o che io decida di farlo di mia spontanea volontà».

Il solo pensiero le accelerò il battito cardiaco. Rise, in modo nervoso, per mascherare quanto fosse forte il desiderio di vederlo partire con lei di lì a tre giorni.

«Ma... è una follia!», disse, agitata. «Ci conosciamo appena, sarebbe assurdo stravolgere le nostre vite per...».

«Per cosa, Taylor?», chiese lui piano, senza guardarla.

Lei esitò. Cosa c'era tra loro? Solo attrazione fisica? Non ne era così sicura. Amore? Le sembrava incredibile, in così poco tempo. Affetto? Stima?

«Appunto... Per cosa?», disse infine, facendo eco alla sua domanda. «Non sappiamo definirlo neanche noi».

Ryan spostò le sue gambe e si alzò, iniziando a sparecchiare. «Sei mai andata su uno slittino?».

Spiazzata da quel repentino cambio di argomento, Taylor si alzò a sua volta. «No, mai. Perché?»

«Sto per aggiungere un ricordo divertente a quelli che ti porterai via da Snowy Pine. Ma prima, devo fare un'altra cosa», le disse, prendendola per mano e portandola in soggiorno.

Lì, si chinò a prendere un pacchetto colorato che riposava sotto l'albero e glielo porse. «Buon Natale!».

Sorpresa e felice come una bambina, Taylor scartò il regalo con trepidazione. All'interno di una scatola trovò la giostra di legno che aveva ammirato due giorni prima nel laboratorio di Ryan, ma conclusa, rifinita alla perfezione e del tutto simile alla Jane's Carousel di Brooklyn.

«Ho parlato di questa giostra per due secondi, giorni fa, e te ne sei ricordato al punto da ricrearla per me?», mormorò, sfiorando con le dita uno dei cavalli bianchi in miniatura.

«Non è così che si fanno i regali?», sorrise Ryan. «Sono andato a cercare le immagini della giostra di cui parlavi, per riprodurla nel modo più fedele possibile, visto che si tratta di un tuo caro ricordo. Ma ci ho aggiunto qualcos'altro». Ryan si avvicinò, mise una mano sotto la base di legno e attivò una piccola leva. La giostra prese vita: mentre girava su se stessa, al suono di *Bella notte*, una ballade tratta da *Lilli e il Vagabondo*, dalla cima partì un fascio di luce che, rimbalzando sul soffitto, sembrò ricreare una piccola aurora boreale. «Un altro ricordo che spero ti resterà caro».

Commossa, Taylor lo abbracciò forte. «Grazie, Ryan. La custodirò gelosamente». Poi, mentre continuava a guardare la piccola giostra, un pensiero la colse. «Pensandoci, ho anche io una cosa per te». Corse in camera da letto e rovistò nella valigia fino a quando non trovò ciò che stava cercando. Tornata in soggiorno, porse a Ryan una cartellina.

«Non è incartato perché non è un vero e proprio regalo. Ma l'ho fatto pensando a te e a Snowy Pine, e... Be', spero ti piaccia».

Ryan aprì il fascicolo e il suo viso si addolcì nel vedere il terreno degli O'Connell riprogettato fin nei minimi dettagli. «È proprio come lo volevamo. Anzi, molto meglio».

«Ho immaginato come doveva essere prima, basandomi sui resti che ho visto con i miei occhi, e ho mantenuto lo stesso stile. Ma ho aggiunto l'archivio e anche una giostra dedicata a Milla e Jamie. Mi sembrava rappresentativa per la città, adatta ai romantici e utile ai bambini». Nel notare la sua espressione nostalgica, Taylor si torse le mani. «Non so come andranno le cose con quel terreno, Ryan. Io devo presentare la mia relazione tra pochi giorni e non so se voi riuscirete a fare una proposta prima del ventotto. Perciò, quel disegno potrebbe non valere nulla...».

«Per me ha valore, invece. Mi fa capire che sei entrata in sintonia con questo posto, che ne hai capito l'essenza e hai impiegato parte del tuo tempo a realizzare qualcosa per noi. Lo apprezzo molto».

In difficoltà, sotto il suo sguardo pieno di calore, Taylor minimizzò. «Avevo molto tempo a disposizione».

«A tal proposito, vediamo di occupare il resto della mattinata», sussurrò lui, posandole un breve bacio sulle labbra. «Prima che mi venga voglia di trascinarti di nuovo a letto».

Non ricordava di aver mai urlato e riso così tanto.

Dopo aver riposto i regali, Ryan l'aveva portata con sé in garage e aveva tirato fuori uno slittino bellissimo, abbastanza grande da portare due persone. E dopo aver raggiunto a piedi i margini di un boschetto, dal quale iniziava una dolce ma lunghissima discesa fino a valle, l'aveva invitata a prendere posto, si era sistemato dietro di lei e le aveva detto di tenersi forte.

Era stato come volare! L'aria fredda le aveva schiaffeggiato la faccia per metri e metri, la punta del naso era così congelata da essere diventata quasi insensibile e gli occhi le bruciavano nonostante gli occhiali da sole che Ryan le aveva fatto indossare per precauzione. Aveva temuto, a ogni piccola curva, di ritrovarsi a gambe all'aria sulla neve o spiaccicata contro un albero, e invece Ryan aveva saputo gestire lo slittino con sapiente abilità, regalandole minuti di assoluta euforia.

Quando giunsero in un'ampia radura pianeggiante, lo slittino si fermò contro un cumulo di neve, spingendoli di lato. Ryan le circondò la vita con un braccio per evitarle l'impatto, poi entrambi si lasciarono andare a una lunga risata, sdraiati sul terreno innevato.

«È stato bellissimo!», esclamò Taylor, gli occhi al cielo e le braccia spalancate. Il sole era alto sull'orizzonte e illuminava tutto, facendo brillare la neve come sabbia magica.

Accanto a lei, Ryan aveva sul viso un'espressione soddisfatta. «Avevo dimenticato quanto fosse bello lanciarsi giù dal pendio. Non lo facevo da quando avevo quindici o sedici anni».

«Io rimpiango di non averlo fatto prima. E adesso farò qualcos'altro che ho sempre e solo immaginato», ridacchiò lei, iniziando a fare l'angelo sulla neve.

Nei minuti successivi giocarono come due bambini, tra battaglie a palle di neve, corse e dispetti. Taylor immortalò quasi tutto con il telefonino, ansiosa di fermare nel tempo quei momenti felici. Poco dopo, un grosso faggio innevato, al quale era attaccata un'altalena in buone condizioni, catturò il suo interesse e, illuminandosi, corse in quella direzione. Liberò il sedile e si sedette, iniziando a dondolare. E mentre Ryan la raggiungeva, si guardò intorno.

La neve ricopriva quasi ogni cosa, ma il sole stava iniziando a sciogliere lo strato più sottile, liberando i rami degli alberi; un piccolo lago in parte ghiacciato luccicava poco distante, circondato da una macchia di viole, e rifletteva la sagoma di un grazioso capanno di legno.

«Questo posto è così suggestivo! Scommetto che in primavera è pieno di colori».

«Una macchia unica di bianchi, viola, verdi e rosa. Il lago è piccolo ma profondo e spesso i ragazzi vengono qui a fare il bagno, soprattutto d'estate. È un punto di ritrovo durante la bella stagione, ma io lo preferisco d'inverno: con il freddo è sempre silenzioso e deserto. Vengo spesso qui, quando voglio stare un po' per conto mio. È il primo posto di cui mi sono innamorato, da bambino».

Taylor gli fece cenno di sedersi insieme a lei e, scavalcando il sedile con una gamba, lasciò che prendesse posto.

«Mi ha portato qui mio nonno, proprio come ho fatto io con te. Aveva uno slittino enorme e siamo venuti giù a tutta velocità. Era quasi primavera, c'era ancora la neve ma iniziava a sciogliersi, e quando siamo arrivati qui ci siamo impantanati. Lui era preoccupato al pensiero di cosa gli avrebbe fatto mia nonna vedendolo tornare tutto sporco di fango; io, invece, ero folle di felicità! Ho sguazzato in ogni pozzanghera possibile e immaginabile, per la prima volta libero di giocare all'aria aperta come volevo. A Chicago, il massimo a cui potevo aspirare era il piccolo parco vicino a casa di mia madre. Una noia terrificante».

Taylor provò a immaginare un piccolo Ryan che correva felice, rotolandosi nel fango, e sorrise, seppur con un velo di tristezza. Sentì di amare un po' di più Snowy Pine per aver regalato, al bambino meraviglioso che doveva esser stato, la felicità che meritava e che i suoi genitori non erano stati in grado di dargli.

«New York, come Chicago, offre attrazioni per bambini e parchi cittadini, ma posti come questo sono un'altra cosa, te ne do atto. Ora che ci penso, i miei mi portavano al mare, d'estate. Lì mi divertivo molto di più».

«I bambini dovrebbero respirare aria pulita e stare a contatto con la natura. Per questo, se anche un giorno impazzissi e decidessi di trasferirmi in una grande città, farei in modo e maniera di portare i miei figli in vacanza in posti come questo, ogni volta possibile».

Il pensiero di Ryan sposato e padre di famiglia, una famiglia di cui lei non faceva parte, la ferì più di quanto volesse ammettere.

«Come ti vedi tra dieci anni?», chiese Ryan all'improvviso.

L'immagine di un bambino dai riccioli dorati e gli occhi verdi, intento a correre sulla neve verso di lei, la colse alla sprovvista, dandole il batticuore.

No, non poteva permettersi di pensare a un'eventualità del genere. La sua mente era già abbastanza incasinata senza che il pensiero di formare una famiglia insieme a Ryan rendesse tutto ancora più complicato!

Si voltò a guardare il lago, brillante sotto i raggi del sole, e si strinse nelle spalle. «Non ne ho idea. Non mi sono mai soffermata a pensare al futuro. È così imprevedibile che preferisco vivere alla giornata, senza fare progetti».

«Provaci adesso. Avrai una vaga idea di che direzione dare alla tua vita».

Taylor cercò di razionalizzare. «Penso che non sarà poi così diversa da quella che conduco adesso. Forse farò come mio padre e mi metterò a lavorare per conto mio, per non dipendere più da nessuno. Vivrò nella stessa casa in cui sto adesso, magari con un gatto a farmi compagnia; avrò a che fare con clienti eccentrici ogni santo giorno e passerò le feste comandate da sola al cinema…».

Un groppo le chiuse la gola, impedendole di continuare.

Era il progetto di vita più deprimente che si fosse mai sentito. La cosa grave era che, purtroppo, pensava davvero che sarebbe potuta andare così.

Ryan la osservò in silenzio. I suoi occhi erano increduli, scettici e tristi.

Gli faceva pena? E come biasimarlo? Se ne faceva anche da sola.

«E tu? Come ti vedi tra dieci anni?», gli chiese, cercando di sviare l'attenzione da se stessa.

«Mi vedo felice», rispose lui, con aria sicura. «Sarò ormai vecchio per fare ancora il volontario e questo mi spingerà ad aprire quel negozio di cui abbiamo parlato giorni fa. Ne avrò uno qui, uno in una grande città e forse uno anche online, perché il mondo andrà avanti e dovrò stare al passo con i tempi. Vivrò nella stessa casa in cui vivo adesso, con una moglie bellissima e pazza d'amore per me, che vizierò come una principessa ogni giorno. La troverò a casa quando tornerò, la sera, con una mia camicia addosso, intenta a preparare la cena. Oppure andrò a prenderla al lavoro, per portarla al ristorante. Quel che faremo non importa, perché ci basterà stare insieme. Litigheremo, rideremo, ci divertiremo da matti e passeremo ore in camera da letto. E avremo dei figli. Due sarebbero perfetti, ma potrebbero anche essere tre, di cui due gemelli, visto che capita spesso nella mia famiglia. Due maschi e una femmina che verranno a svegliarci la domenica mattina, saltando sul letto e parlando ad alta voce. La piccola vorrà vedere i cartoni animati più sdolcinati, per la gioia della sua mamma e un po' meno quella del papà e dei fratelli: sbufferemo come matti, ma non potremo resistere a quel sorriso. Sono sicuro che i due maschietti vorranno un cane, o un gatto, o magari entrambi. E penso che li accontenterò: mi piacciono gli animali, potrei perfino prendere un cavallo per farli contenti. Li vedrò crescere sereni, li lascerò liberi di fare le loro scelte, pur vigilando in ogni istante... soprattutto sulla piccola, che prima di sposarsi dovrà passare sul mio cadavere. Sento già di odiare il suo primo fidanzato».

Mentre l'altalena oscillava piano, la voce di Ryan le penetrò nel cuore, dipingendo uno scenario di vita idilliaca, quasi da film. Ma la cosa più sorprendente, per lei, fu credergli, in tutto e per tutto. Era sicura che Ryan avrebbe realizzato quel suo proposito, perché era portato per quel tipo di esistenza: un uomo meraviglioso come lui, che aveva vissuto sulla propria pelle il dolore di una famiglia solo di nome, avrebbe scelto con coscienza qualcosa di diverso per se stesso. E una volta che la fortunata donna in questione avesse posato lo sguardo su di lui, guardato attraverso quelle iridi verdissime e piene di passione, maturità e saggezza, non sarebbe stata così stupida da lasciarselo scappare. Il resto sarebbe venuto spontaneo: lei lo avrebbe amato alla follia, avrebbe aspettato con ansia il suo ritorno ogni sera, lo avrebbe tenuto stretto a sé ogni notte. E gli avrebbe dato i figli che tanto desiderava, completando quel quadro già perfetto.

Gli occhi di Taylor si riempirono di lacrime e sentì il corpo tremare di emozioni trattenute.

Per la prima volta nella sua vita, desiderò avere quelle stesse cose. *Quell'uomo* e *quella felicità*.

Ryan le accarezzò la guancia, asciugando una lacrima solitaria. «Perché piangi?».

Taylor cercò di riscuotersi, tirando su con il naso e chinando lo sguardo. «Mi commuovo, come quando leggo un bel libro o guardo una commedia romantica. A te le favole non fanno questo effetto?»

«Credi seriamente che il mio progetto di vita sia una favola?».

"Devo farlo", pensò Taylor. Per non illudere né lui, né se stessa.

Il trillo del cellulare le evitò di rispondere e le diede la giusta scusa per accantonare l'argomento. Ma non appena guardò sul display e lesse il nome di chi le aveva inviato un messaggio, si pentì di aver estratto il telefono dalla tasca. Era Francis.

La Pebbleswhite ha anticipato ancora.
Devi essere nella loro sede il ventotto dicembre, alle quindici.
Non perdere altro tempo e torna a New York!
Tristin arriverà domani.
FH

Il suo cuore si strinse in una morsa.

Se doveva presentare la relazione di lì a tre giorni, significava che ne aveva solo due a disposizione per stare con Ryan. Meno, se considerava che avrebbe dovuto passare parte di quel tempo a lavorare al terreno degli O'Connell.

«Brutte notizie?», chiese Ryan, scrutando il suo volto.

Taylor mise via il telefono. «Seccature», glissò. In quel momento più che mai, voleva solo perdersi nel calore della sua vicinanza e non pensare a nient'altro.

Gli passò le braccia attorno al collo, spingendosi contro di lui, e gli stampò un bacio sulle labbra, un chiaro invito negli occhi. Ryan non se lo fece ripetere due volte e approfondì il bacio fino a farla mugolare di piacere.

Quando si separarono in cerca d'aria, Taylor lanciò un'occhiata oltre le spalle di Ryan. «Quel capanno è di qualcuno?», chiese, con voce strozzata e lo sguardo annebbiato dal desiderio.

Ryan si alzò così rapidamente, portandola con sé, da strapparle un gridolino divertito. Un attimo dopo veniva caricata sulla sua spalla come un sacco di iuta.

Archiviando l'ondata di tristezza, si lasciò trascinare fino al capanno, dove Ryan riuscì a farle dimenticare perfino il proprio nome.

14

«Colore preferito?»
«Il verde. E il tuo?»
«Il viola, in ogni sua gradazione. Cibo preferito?»
«La carne».
«Io non so scegliere. Un giorno è la pizza, il giorno dopo il gelato, poi la pasta, le patatine fritte, la cioccolata…».
«Tutta roba leggera!».
«Diventerò una mongolfiera prima dei quarant'anni, lo so».
«Non penso. Hai la struttura ossea di una ballerina, ti basterà tenerti in forma con un po' di movimento. Posso farti perdere ancora qualche caloria, se sei tanto preoccupata…».

La risatina di Taylor echeggiò nella stanza, mentre la testa di Ryan spariva sotto le coperte per posare languidi baci sul suo addome.

Immerse le dita tra i riccioli biondi, chiudendo gli occhi e assaporando il lieve tocco di quelle labbra.

Erano chiusi in quella stanza da… be', aveva perso il conto delle ore, ormai. Dopo la gita in slittino della mattina precedente, e dopo un focoso intermezzo nel capanno degli attrezzi, Ryan era riuscito a convincerla a pranzare al Firefly con la sua famiglia e alcuni amici. Nonostante l'imbarazzo dovuto alla presenza di Sarah Greenwood, tutto era filato liscio e, una volta usciti, Taylor aveva tirato un sospiro di sollievo, sentendosi molto più leggera. Ryan l'aveva poi portata a fare un giro dei dintorni in auto, ma al calar del sole avevano fatto ritorno a casa di lui, ordinato due pizze e scelto un film, salvo poi ritrovarsi avvinghiati sul tappeto, davanti al camino.

Da allora non era esistito altro che il reciproco desiderio, nei loro pensieri, e non si erano quasi più mossi dal letto. Non che lei volesse lamentarsene. Al contrario, si era ritrovata più e più volte a guardare l'orologio, sperando che le lancette girassero il più lentamente possibile.

Ebbe lo stesso pensiero anche in quel momento e questo la portò a riaprire gli occhi, fissando lo sguardo fuori dalla finestra. Il sole stava spuntando dietro le montagne, dovevano essere all'incirca le otto. Questo significava solo una cosa: avrebbe dovuto alzarsi e scendere al campo degli O'Connell per fare ciò per cui era stata mandata lì.

La frustrazione che provò nel comprendere di non avere più tempo dovette trasferirsi al suo corpo. Ryan, sempre molto attento a ogni più piccolo particolare che la riguardava, riemerse dalle coperte per guardarla, accarezzandole il fianco nudo con una mano.

«Che succede?»

«Nulla», mentì Taylor. Non voleva rovinare quel momento, la loro intimità, i loro discorsi sconclusionati volti a conoscere tutto l'uno dell'altra nel più breve tempo possibile. Da quando aveva ricevuto l'ultimo messaggio del suo capo sembrava che, di comune accordo, entrambi avessero voluto accelerare i tempi, apprendendo in poche ore quante più informazioni possibili sulle loro vite per riempire quello che, a partire dal giorno dopo, sarebbe diventato un vuoto incolmabile.

Taylor non credeva esistesse qualcuno al mondo che la conoscesse quanto Ryan, il che rendeva ancora più spaventoso il pensiero di lasciarlo.

«Non è vero», disse Ryan, riportandola al presente. «Ti ho sotto gli occhi da una settimana e addosso da ore. Ho iniziato a capire tante cose su di te e mi accorgo quando menti».

Lei inarcò un sopracciglio. «Tu dici? Fammi un esempio».

«Innanzitutto, quando non sei tranquilla i tuoi muscoli diventano di legno, qui e qui», disse lui, sfiorandole il collo e le spalle. «Quando sei contrariata, ti si forma una piccola ruga sopra il naso; quando sei arrabbiata i tuoi occhi diventano più scuri… e quando menti non mi guardi».

«Sei uno psicologo mancato».

«Sono un buon osservatore. Soprattutto se una cosa mi interessa».

"Come te".

Non lo disse, ma fu come se l'avesse fatto.

Taylor avvertì l'ormai familiare fitta al petto, come succedeva ogni volta che lui si sbottonava abbastanza da farle capire quanto tenesse a lei. Aveva paura di chiedergli di aprirsi completamente, perché sapeva che lo avrebbe fatto e ciò che le avrebbe detto avrebbe potuto distruggerla.

"Ci sono donne che pagherebbero per avere una simile fortuna", le ricordò per la milionesima volta la sua coscienza. E non poteva che essere d'accordo con lei. Ma come faceva a mandare all'aria la sua vita per seguire quello che poteva rivelarsi solo un fuoco di paglia?

In quel momento era troppo coinvolta. Sulla scia di

quelle sensazioni avrebbe anche potuto commettere una follia, come rinunciare a ciò che era stata fino a quel momento e iniziare una nuova esistenza a Snowy Pine, con lui. Ma non sarebbe stato giusto, né per se stessa né, soprattutto, per Ryan. Non voleva rischiare di commettere lo stesso errore che aveva distrutto la sua famiglia.

Doveva allontanarsi da lui, riprendere le sue abitudini e ritrovare i propri ritmi, per capire se era ancora la sua solita vita quella che voleva vivere, o se le sue priorità erano davvero cambiate in quella settimana.

Quasi a voler avallare la sua decisione, il suo telefono emise l'ormai familiare trillo fastidioso.

Sia lei che Ryan si voltarono verso il comodino, dove lo smartphone riposava dalla sera precedente.

Fu lui il primo a reagire.

«Non farlo», propose, voltandola verso di sé e stampandole un bacio sul collo.

Con un tremulo sospiro, Taylor gli accarezzò la schiena. «Devo. Potrebbe essere importante».

«Quando suona quell'aggeggio è sempre per lavoro e il tuo umore va a farsi friggere, insieme al mio», cercò di blandirla lui, continuando a posare lievi baci ovunque.

«Ma il mio lavoro è importante, visto che mi dà da mangiare. Non posso rischiare il licenziamento», scherzò lei, con molta meno convinzione ora che il suo corpo iniziava a risvegliarsi sotto il tocco di Ryan.

«Perché no? Sono sicuro che puoi trovare lavoro anche altrove. Ora che ci penso, nei paraggi non c'è nessun architetto, bisogna andare fino a Bloomburidge per avere una consulenza... Problema risolto: hai già un nuovo impiego!».

Lo disse con leggerezza, ma il significato di quelle parole sembrò pietrificare l'aria.

Lui sollevò il capo a guardarla e Taylor sentì una stretta al cuore.

«Ryan...», mormorò, con un tono quasi disperato.

Lui si lasciò sfuggire un sospiro e si mise seduto, passandosi una mano tra i capelli. «Mi dispiace».

«Non devi dispiacerti di nulla. Ma avevamo concordato di prendere questa cosa alla leggera...».

«Be', mi dispiace di non esserci riuscito, allora».

Si fissarono. Taylor lo pregò silenziosamente di non dire altro, ma il messaggio non venne colto.

«Sei davvero sicura di voler tornare a New York?», chiese lui.

«Per favore, non chiedermelo».

«Se una semplice domanda ti mette tanto in difficoltà, significa che nemmeno tu hai preso questa "cosa" tanto alla leggera». Ryan allungò una mano a sfiorarle la guancia. «Possiamo trovare tutte le obiezioni del mondo, ma la verità è che una settimana è stata sufficiente a cambiare tutte le nostre certezze. Non ti dirò cosa provo per te, se preferisci. Ma non cambierà la realtà dei fatti e lo sai bene anche tu».

Il cuore le batteva come impazzito nel petto. Spaventata dalle sue stesse emozioni, Taylor si allontanò da lui, chinandosi ad afferrare una maglietta dal pavimento e indossandola in fretta, quasi potesse farle da scudo.

«Tutta la mia vita è a New York, Ryan», disse, non appena le parve di essere tornata padrona di se stessa.

«Quale vita?», ribatté lui, con una punta di ironia.

Quelle due parole e la sua espressione derisoria la fecero irrigidire. «Forse non sarà piena di avventure né costellata di affetti e amicizie, ma è la *mia* e tu non sei nessuno per giudicarla».

Ryan parve pentirsi. «Non era mia intenzione...», iniziò, ma Taylor alzò una mano.

«Sì che lo era. Ti ho raccontato quasi ogni cosa della mia insulsa esistenza cittadina, ed è vero, forse non è un granché. Ma è l'unica realtà che conosco e non ho intenzione di abbandonare la mia casa, il mio lavoro e tutto ciò che mi è familiare per...».

Ryan si alzò dal letto di scatto, infilando al volo i pantaloni. «Hai ragione, non dire altro. Non ho la presunzione di pensare che tu possa aver bisogno di me nella tua vita. Sono abituato, del resto».

Se le avesse dato un pugno le avrebbe fatto meno male.

Con le lacrime agli occhi, si mise in ginocchio sul letto. «Non puoi farlo, Ryan. Non puoi far pesare su di me la decisione di tua madre!».

«Lei non c'entra, rilassati. Io sono fatto così, quando decido di fare una cosa mi butto a capofitto, e mi affeziono in fretta alle persone. È sicuramente dovuto a quello che ho passato da bambino, ma credimi: se ho superato la mia infanzia, supererò senza alcun problema questa settimana».

Aveva la mascella contratta e gli occhi freddi, mentre finiva di vestirsi, e quando Taylor lo vide afferrare la maniglia della porta, ricadde a sedere sui talloni, stanca come dopo una lunga corsa.

«Dove vai?»

«Vado a recuperare la tua macchina e a sgomberare il terreno dalla neve, così potrai riprendere in mano le tue abitudini nel minor tempo possibile». E senza attendere oltre, aprì la porta e uscì, lasciandola sola e in lacrime.

Come un automa, si alzò dal letto, raccolse le sue cose e tornò al Firefly, lieta che le avessero tenuto la camera nonostante non la usasse da due giorni. Non desiderava altro che buttarsi sul letto e piangere disperata, magari abbracciata a Thunderstorm, fino a quando non fosse arrivato il suo collega.

Purtroppo, però, dovette rivedere i propri piani.

Non appena aprì la porta, vide Tristin allungato sul materasso, le mani intrecciate dietro la testa, rilassato come se non avesse un solo pensiero al mondo.

E lo odiò.

Lo odiò per essersi finto malato e averla lasciata lì da sola, spingendola inconsapevolmente tra le braccia di Ryan. E poi per essere arrivato a Snowy Pine, a rovinare tutto.

«Mettiti pure comodo», sbottò, acida, mentre posava la sua valigia sul pavimento.

«Sono arrivato un'ora fa, non lo hai letto il messaggio? Mi hanno detto che non c'eri, che altro dovevo fare nell'attesa?», ribatté lui, sollevandosi sui gomiti.

«Prenderti una camera, invece di usurpare la mia, ad esempio».

«Che senso aveva? Ho intenzione di lavorare e tornarmene a New York in giornata. Non ho nessuna voglia di passare la notte in questo buco». Tristin si alzò, guardandosi intorno con aria quasi disgustata. «Avrei paura a dormire in un posto del genere. Chissà quante tarme ci sono in questo legno!».

«Al massimo ci sono i tarli, non le tarme. E comunque ti sbagli, qui è tutto bello e pieno di pace, e i mobili sono splendidi e perfettamente curati!», lo incenerì lei, furiosa all'idea che stesse giudicando male l'attività di Ryan.

Tristin alzò le mani. «Scusa! Non pensavo che questo posto ti stesse così a cuore».

Non lo pensava neanche lei. Ma in quei giorni era cambiato tutto.

«Allora, ci mettiamo al lavoro? Prima iniziamo e prima finiamo», riprese il collega, ansioso di cominciare.

«Credo stiano ancora sgomberando il terreno dalla neve», esitò Taylor. Piombare alla vecchia piazza, mettendo fretta a Ryan, avrebbe solo peggiorato le cose. E poi non era ancora pronta per affrontarlo.

«Allora vado a fare una seconda colazione. L'aria di montagna mi mette fame. Chiamami quando sei pronta», cedette Tristin, uscendo dalla stanza.

Rimasta sola, Taylor si guardò intorno, senza sapere che fare.

La magia era sparita e anche il senso di appartenenza a quel posto, a quella camera. L'arrivo di Tristin aveva riportato la realtà nella sua vita. Faceva male, più male di quanto avesse immaginato, sapere che il suo tempo a Snowy Pine era scaduto, ma soprattutto di essere in procinto di lasciare Ryan. Tuttavia, era sicura di comportarsi nella maniera più saggia.

Avrebbe solo voluto che anche lui lo capisse, per poterlo salutare in modo civile prima di partire.

Un'ora dopo, stava percorrendo i tre chilometri che portavano alla vecchia piazza sul furgone preso a nolo da Tristin per trasportare l'attrezzatura per le prove geotecniche.

Mentre il collega guidava, concentrato e terrorizzato all'idea di slittare sulla strada ghiacciata, Taylor osservò tutto quello che sfrecciava fuori dal finestrino, per imprimere nella memoria ogni dettaglio.

Parte del clima natalizio era svanito e anche la neve iniziava a sciogliersi, liberando i sentieri e facendo gocciolare gli alberi. Gli abitanti erano tornati alle loro abituali mansioni, l'intera cittadina stava rientrando nella routine di sempre e gli unici che ancora potevano godersi le vacanze erano i turisti e i bambini, che in quel momento correvano da una parte all'altra lanciandosi manciate di neve e ridendo.

La bellezza di quel paesaggio incontaminato fu come un balsamo per la sua anima inquieta. Dove fino a pochi giorni prima aveva visto solo desolazione e natura morente, ora vedeva pace e magia.

Non avrebbe mai pensato di dirlo, ma non voleva andarsene.

Giunti in prossimità del campo, Tristin fermò il furgone con una frenata brusca che lo fece sbandare. Taylor lo sentì imprecare ma non vi badò, tutto il suo essere era concentrato sulla figura di Ryan ferma a pochi metri di distanza.

Doveva aver spalato con una veemenza rabbiosa, perché il lavoro era già concluso. La neve era stata ammonticchiata tutt'intorno con estrema precisione, segno che Ryan conosceva a memoria gli effettivi confini del terreno, e la Ford rossa che aveva preso a noleggio era parcheggiata un metro indietro rispetto al cartello che dava il benvenuto a Snowy Pine.

Era un chiaro messaggio.

Aveva messo la macchina fuori dai confini cittadini, così come era pronto a mettere lei fuori dalla sua vita.

"Ha fatto in fretta", pensò, con un velo di cinismo. Poi sospirò, dandosi della stupida.

Ryan aveva ogni diritto di essere arrabbiato. Le aveva aperto il suo cuore e lei lo aveva respinto… Anche se non come lui immaginava.

Scese dal furgone insieme a Tristin, avviandosi verso Ryan. Lo vide raddrizzarsi e stringere più forte il manico della pala, e provò l'impulso irrefrenabile di abbracciarlo. Invece rimase immobile, non volendo dare spettacolo davanti al collega.

«Salve!», disse Tristin, ignaro degli sguardi pieni di mille significati che intercorrevano tra loro. «Possiamo iniziare a lavorare o le serve altro tempo?».

Ryan non staccò gli occhi da lei. «Ho finito. Dovrebbe essere abbastanza pulito da permettervi di fare ciò che dovete», disse, lo splendido viso privo di qualunque espressione.

Taylor si affrettò ad annuire. «Va benissimo, grazie».

«Ho sistemato la neve a un palmo esatto dalle linee di confine. Come potrete vedere dalle planimetrie, i punti di riferimento sono quattro querce poste agli angoli del terreno. Le riconoscerete dal nastro di segnalazione attorno al tronco. Tuttavia, una è caduta durante un incendio, perciò al suo posto abbiamo sistemato una croce alta circa un metro e mezzo. Non avrete problemi a notarla», spiegò. Dopodiché, raccolse il suo giaccone, frugò nelle tasche e le consegnò le chiavi della macchina. «Carter ti ha fatto il pieno. Le strade sono tutte sgombre, non dovresti avere problemi a tornare a casa oggi stesso. Ti sconsiglio, però, di farlo dopo il tramonto, perché tendono a gelare».

La fredda aria sbrigativa con cui le si rivolse annullò la sua voglia di abbracciarlo e alimentò quella di cavargli un occhio.

Mentre Tristin si avviava al furgone per scaricare l'attrezzatura, ne approfittò per fermare Ryan. Cercò di contenere l'irritazione, ma la sua voce uscì comunque amara quando parlò.

«Quanta fretta! Vuoi addirittura che me ne vada non appena avrò finito?»

«Sei libera di scegliere, Taylor. Io mi sono limitato a darti un consiglio».

Nel vederlo avviarsi verso il sentiero, fece un passo nella sua direzione. «Oh, ma insomma! Non possiamo parlare come due persone mature?»

«Non credo ci sia molto di cui parlare».

«Ma certo, o le cose vanno come vuoi tu o non vanno affatto, giusto?». Vide Tristin guardarli con curiosità, da lontano, e abbassò la voce. «Quando eri ansioso di portarmi a letto, ti sei impegnato per mostrarti forte e saggio, una specie di eroe per cui nessuno doveva preoccuparsi, perfettamente consapevole delle proprie scelte. E adesso ti comporti come un bambino a cui hanno appena tolto il giocattolo preferito!».

«Taylor, mettiti al lavoro. Il tuo collega aspetta, gli O'Connell fremono per avere i loro soldi e il tuo cliente non vede l'ora di impiantare la sua fabbrica quassù», sbottò lui, con aria quasi annoiata.

«Quindi è per questo che sei così arrabbiato! Avete provato in tutti i modi a rallentarmi, con le buone e con le cattive; e visto che non ci siete riusciti, tanto vale rispedirmi a casa con un calcio nel sedere!». Un terribile pensiero la sfiorò. «Sedurmi e farmi credere di tenere a me faceva parte del piano? Cosa speravi? Che affezionarmi a te e a questo posto mi avrebbe fatto mandare all'aria il mio lavoro, o che vi avrei concesso più tempo?».

Ryan si voltò a guardarla con un'espressione così scioccata e delusa che per poco non si scusò di aver dato voce a quel sospetto.

«Sta' tranquilla, il pensiero che tu potessi preferire me, tanto meno questo posto, alla tua amata New York e al tuo lavoro non mi ha mai sfiorato», disse lui, tra i denti. Poi, con aria stanca, si avviò lungo il sentiero, lasciandola impalata e con la gola contratta per le lacrime trattenute.

Tristin si avvicinò, perplesso. «Qualcosa non va?», chiese.

«Mettiamoci al lavoro. Voglio finire il prima possibile», rispose lei secca, dandogli le spalle.

«Guai in paradiso?».

Ryan non sollevò nemmeno lo sguardo a quella voce. «Se sei venuta a controllare che fossi vivo, ora puoi anche andartene e tranquillizzare tutti», disse tetro, continuando a fissare la punta delle proprie scarpe alla fioca luce del tramonto.

Sua sorella salì i gradini del portico e si fermò accanto alla porta. «In realtà sono venuta a portarti la cena. Immagino non passerai in albergo, stasera». Non ottenendo alcuna risposta, Margaret poggiò il cestino che aveva portato con sé sul tavolo di legno e si sedette ai piedi della sua sdraio. «Perché stai seduto qui fuori al freddo?»

«Ho bisogno di schiarirmi le idee», mentì Ryan. In realtà, casa sua era diventata un'enorme distesa di ricordi scomodi. Ogni stanza gli riportava alla memoria un momento vissuto insieme a Taylor: avevano passato ore in soggiorno, decorando insieme l'albero di Natale, dormendo abbracciati sul divano e facendo l'amore sul tappeto, di fronte al camino. Ma del resto avevano fatto l'amore anche sul tavolo della cucina, sotto la doccia e, naturalmente, in camera da letto. Perfino il suo laboratorio era off-limits, dal momento che lei era stata anche lì dentro.

Aveva fatto entrare quella donna nel suo mondo in modo così prepotente che era difficile, ora, estirparla del tutto.

Avrebbe avuto bisogno di tempo per riprendersi.

Se pensava che fino a poche ore prima era tra le sue braccia mentre in quel momento poteva già essere in viaggio per New York, furiosa con lui…

«Partirà domattina», disse piano sua sorella, quasi gli avesse letto nel pensiero. «Lei e il suo collega hanno lavorato tutto il giorno, completando i loro test».

«Buon per loro», mugugnò, fingendo un'indifferenza che mal si accordava con il battito accelerato del suo cuore.

Margaret si lasciò sfuggire un sospiro esasperato. «Ora capisco a chi somiglia Colin. Quando è arrabbiato mette su il muso e finge indifferenza, anche se gli esce il fumo dalle orecchie. Orgoglioso come lo zio. Certo, lui ha cinque anni…».

Ryan fece una smorfia. «È già la seconda volta che mi danno del bambino, oggi. Me ne farò una ragione».

«Che è successo fra te e Taylor? Ieri sembravate una coppietta felice e adesso lei se ne sta chiusa in camera, mentre tu stai a gelarti le chiappe fuori di casa, con quella faccia da funerale. Non può essere solo perché se ne va».

«Perché no?!».

«Perché lo sapevi fin dall'inizio, Ryan! Hai detto a me e alla nonna che sapevi a cosa andavi incontro, che al momento opportuno l'avresti lasciata andare. E adesso che è arrivato il momento fai l'offeso?».

Aveva ragione. Avevano ragione tutti. Aveva creduto di poter razionalizzare i suoi sentimenti ma si era sbagliato. Non aveva voluto ammetterlo nemmeno con se stesso, ma aveva sperato fino alla fine che Taylor cambiasse idea, che decidesse di restare a Snowy Pine con lui.

In quella settimana l'aveva vista cambiare opinione sulla cittadina, i suoi abitanti, il loro stile di vita. Si era aperta ai sentimenti, si era lasciata andare, aveva affrontato le sue paure e i suoi ricordi, ed era rifiorita. Immaginarla di nuovo a New York, sola, chiusa in se stessa e impegnata in un lavoro che non le dava alcuno stimolo reale, gli aggrovigliava lo stomaco.

Sapere di non poterle stare accanto era un tormento.

Perciò sì, era arrabbiato. Con se stesso, per essersi illuso, e poi con lei, per non aver avuto il coraggio di provarci.

Era certo, dannatamente certo, che sarebbe stata felice lì. Perché diavolo lei non se ne rendeva conto?

«Taylor *deve* partire, Ryan», disse Margaret. «Non fosse altro che per capire se prova davvero qualcosa per te o meno. O vuoi fare come la nonna e costringerla a scegliere tra la sua vita e un uomo che conosce appena?».

Sua sorella gli accarezzò una gamba e se ne andò, lasciandolo solo a rimuginare su quello che gli aveva appena detto.

Era stato davvero così egoista?

Si era arrabbiato perché Taylor aveva mantenuto i patti, così l'aveva trattata malissimo. Cosa aveva creduto di ottenere, con il suo comportamento infantile? Aveva davvero sperato che lei cedesse e scegliesse di restare, solo per non farlo arrabbiare?

Si era comportato come sua nonna aveva fatto con suo padre, puntando i piedi e facendo leva sul senso di colpa. E anche un po' come sua madre, mettendola di fronte a una scelta obbligata: o con lui, o lontana da lui.

Disgustato da se stesso, si alzò, pensando di andare subito al Firefly a parlare con lei. Tuttavia, non riuscì a muovere un passo. Una sensazione a metà tra delusione e orgoglio ferito lo trattenne sul posto.

Aveva già subito l'abbandono di qualcuno che amava e sentirsi, per la seconda volta, non abbastanza importante lo feriva più di quanto desiderasse. Ma non voleva che lei lo sapesse, si era già esposto a sufficienza. E purtroppo era certo che, se fosse andato da lei in quel momento, con quello stato d'animo, avrebbe finito per esporsi ancora di più... magari fino al punto di pregarla di restare.

No, non lo avrebbe fatto. Preferiva mostrarsi forte e indifferente. Aveva promesso di non soffrire per lei, di lasciarla andare, e così avrebbe fatto. Anche a costo di forzarsi.

Chiudere il bagagliaio, dopo aver sistemato la valigia, fu come sentire un rintocco funesto.

Aveva il cuore pesante, la gola stretta in una morsa e un mal di testa feroce. Ma, se non altro, non aveva più lacrime: aveva versato tutte quelle a disposizione quella notte.

Si voltò verso l'albergo e vide le prozie di Ryan affacciate alla finestra. Le aveva incontrate poco prima nella hall e si era sentita davvero triste all'idea di dire addio a quelle tre pettegole. Olga l'aveva stretta in un abbraccio sincero, invitandola a tornare a Snowy Pine per le vacanze estive; Rosemary le aveva regalato una sciarpa fatta a mano da lei e Mathilda le aveva ricordato di riferire al suo capo quanto il terreno degli O'Connell fosse un cattivo investimento. Margaret era sopraggiunta con un involto pieno di cibo "per il viaggio", mentre Sarah Greenwood si era limitata a un commiato cortese. E infine Thunderstorm si era strofinato sui suoi stivali, quasi come a volerle lasciare addosso il suo odore, come ricordo.

Percorrendo il breve tragitto fino all'auto, Taylor aveva salutato tutte le persone conosciute in quella settimana: alcuni erano parsi dispiaciuti nel vederla andare via, mentre altri erano tornati a guardarla male, consapevoli che la sua partenza significava solo una cosa: avrebbero perso il terreno a loro tanto caro.

Abbracciò la piazza con lo sguardo per l'ultima volta, salutando mentalmente ogni cosa, dagli alberi alle costruzioni, poi i suoi occhi corsero per l'ennesima volta in alto, verso la casa di Ryan, sperando con tutta se stessa di vederlo discendere il sentiero.

Ma di lui non c'era nessuna traccia. Non si era fatto vivo, né quella mattina né la sera prima. E nonostante la voglia di vederlo fosse così tanta da farle male, era troppo arrabbiata per assecondarla.

La stava lasciando andare via senza nemmeno un saluto! Non se lo era aspettato. Si era fatta un'altra idea di Ryan e le costava ammettere che forse non era poi quel campione di eleganza, saggezza e maturità che aveva creduto. Era come tutti gli altri.

Stringendo i denti, salì in macchina e chiuse forte la portiera.

«Vai al diavolo, Ryan Greenwood», sbottò, avviando il motore.

Si allontanò dal centro abitato, costringendosi a non guardarsi indietro.

Il suo soggiorno a Snowy Pine era giunto al termine e non aveva nessun motivo di restare. L'arrivo di Tristin, il giorno prima, aveva velocizzato il lavoro e tutti i rilievi erano stati completati in breve tempo, così come avrebbe dovuto essere fin dall'inizio.

Il collega era ripartito come stabilito, un minuto dopo aver concluso il suo lavoro, ma Taylor aveva preferito aspettare la mattina seguente, adducendo la scusa che odiava guidare di notte.

In realtà, aveva sperato di poter vedere Ryan un'ultima volta.

Che illusa.

Accese la radio per evitare il silenzio e lasciò che l'aria fredda entrasse dal finestrino spalancato, sferzandole il viso e raffreddando i suoi pensieri in subbuglio.

La attendevano tre ore di automobile, ma per la prima volta non era in tensione. Tutto sommato Ryan qualcosa di giusto lo aveva fatto, in quei sette giorni: le aveva fatto capire che, se era destino, le cose sarebbero accadute, che lei si preoccupasse o meno. E non aveva più intenzione di farlo.

Sarebbe arrivata a Portland alle nove e il volo per New York era prenotato per le dieci. All'ora di pranzo sarebbe stata a casa, tra le strade trafficate e rumorose, in mezzo al solito viavai. Di nuovo nei suoi panni.

Alzò gli occhi a guardare la sua immagine riflessa nello specchietto retrovisore e fece una smorfia.

«Non essere così felice, Andrews».

Arrivata nei pressi della vecchia piazza rallentò, sperando ancora, stupidamente, che *lui* sbucasse da un albero.

Quando se lo trovò di fronte, proprio davanti all'insegna di Snowy Pine, temette per un istante che si trattasse solo di un'allucinazione dovuta all'eccessiva voglia di vederlo.

E invece lui era davvero lì, seduto sul cofano del suo pick-up, i gomiti sulle ginocchia e gli occhi fissi su di lei.

Con il cuore in tumulto, Taylor frenò e spense il motore. Per un attimo nessuno dei due sembrò muoversi, salvo poi farlo quasi in contemporanea.

Ryan si alzò dal cofano e fece un passo avanti, le mani in tasca, mentre Taylor scendeva dall'auto e si avvicinava a lui. L'imbarazzo tra loro era così palpabile da poter essere quasi toccato con mano.

«Stavo per coniare nuovi e fantasiosi insulti per apostrofarti», disse lei, incrociando le braccia al petto.

Ryan stirò le labbra in un sorrisetto storto. «Me li sarei meritati».

Fu sufficiente.

Taylor gli volò tra le braccia, che si chiusero su di lei con forza.

«Mi dispiace per come mi sono comportato», mormorò lui, sui suoi capelli.

«E a me dispiace per le cose che ho detto».

«Ti ci ho costretta io, con il mio atteggiamento da principino oltraggiato. I patti erano chiari e tu li hai mantenuti. È giusto che io faccia lo stesso».

«Non pensare che per me sia semplice», lo pregò Taylor, scostandosi da lui per guardarlo negli occhi.

«So che non lo è. E so anche che devi tornare a casa». Ryan le prese il viso tra le mani, guardandola con dolcezza e tristezza allo stesso tempo. «Mi mancherai, architetto», mormorò. E anche se non aggiunse altro, i suoi occhi dissero molto di più. Chinò il viso, come per baciarla, ma le sue labbra deviarono all'ultimo momento, posandosi sulla sua guancia.

Taylor si sentì defraudata di qualcosa, quando Ryan fece un passo indietro, lasciandola andare. Fece lo stesso, solo per evitare di attaccarsi a lui come un koala al suo bambù.

«Grazie di tutto, Ryan. È stata la settimana più bella della mia vita».

Lui la guardò intensamente. «È stato un piacere».

Le augurò buon viaggio con aria impacciata, poi tornò alla sua auto. A Taylor non rimase che fare lo stesso.

Salì sulla Ford, mise la cintura di sicurezza e avviò il motore sotto lo sguardo di Ryan, appoggiato alla portiera del pick-up. Nel passargli accanto lo salutò con la mano, guardando per l'ultima volta quel viso d'angelo, poi lo sorpassò e uscì da Snowy Pine, sentendosi vuota e dolorosamente consapevole di lasciare dietro di sé qualcosa di raro.

15

New York, due settimane dopo.

Era ufficiale: la sua vita faceva schifo.

Era inutile sforzarsi di sorridere, pensare positivo, vivere alla giornata tentando di trarne il meglio. Erano tutte fottutissime frasi fatte, dette da chi stava vivendo una realtà piena e soddisfacente.

Lei non aveva nessuna voglia di sorridere e la sua esistenza non era mai stata positiva, anche se aveva finto il più possibile che lo fosse. Ma da quando era tornata da Snowy Pine, tutto era peggiorato.

D'improvviso aveva iniziato a vedere la sua vita per ciò che era: un guscio vuoto, pieno di comodità ma privo di stimoli e affetti. Era sola, senza una famiglia, con pochissimi amici, poca autostima, nessun fidanzato e, da qualche giorno, anche senza un lavoro. E l'unica cosa che riusciva a fare, in quel momento, era abbuffarsi di cibo spazzatura, guardare la televisione restando sdraiata su un divano che ormai aveva preso la forma del suo sedere e guardare, con un misto di senso di colpa e disgusto, gli avanzi di cibo da asporto, ormai freddo e puzzolente, disseminati intorno a lei. Dalla pizza era passata al cibo cinese, passando poi per tutta la cioccolata esistente in commercio, continuando con interi sacchi di patatine, merendine e finendo per cibarsi di gelato direttamente dal barattolo, come nelle peggiori sit-com anni Novanta.

Non usciva di casa da cinque giorni. L'ultima cosa che aveva visto, passeggiando per la città, era stato l'albero di Natale del Rockefeller Center che veniva spento, dissolvendo anche l'ultimo residuo di magia. Da quel momento si era chiusa in casa e non aveva più interagito con nessuno, se non con il fattorino che le portava la cena.

Una donna sola, triste, brutta e incattivita. Ecco cos'era diventata Taylor Andrews. Ma la cosa che più la faceva stare male era la consapevolezza che in quella situazione ci si era messa da sola.

Non aveva avuto il coraggio di fare un salto nel buio, preferendo continuare a vivere nella mediocrità per paura di prendere un abbaglio, e quello era ciò che si meritava.

La vibrazione del telefonino la spinse a gettare un'occhiata al display, con un fremito di speranza. Ma no, nemmeno questa volta il messaggio appena arrivato era di chi desiderava.

"E come potrebbe essere altrimenti? Non vi siete nemmeno scambiati i numeri di telefono!".

Già. In un mondo che ormai viaggiava quasi esclusivamente attraverso la rete, in cui le coppie passavano più tempo a chattare su WhatsApp o Facebook che a parlarsi di persona, lei e Ryan avevano preferito viversi. In modo totale, intimo, appassionato, e il telefonino era stato il loro ultimo pensiero.

Ma lei lo aveva usato, durante il suo soggiorno a Snowy Pine. Aveva scattato fotografie e girato alcuni brevi video, e in quegli ultimi, lunghissimi quindici giorni non aveva fatto altro che riguardarli, in un loop senza fine, riuscendo a provare un'emozione positiva solo durante quei brevi minuti.

"Che diavolo hai fatto?", pensò, nascondendo il volto tra le mani. "Te ne sei andata, lo hai lasciato lì da solo... e magari a quest'ora qualcuna più furba di te si sarà fatta avanti".

Immaginarlo insieme a un'altra donna era come una pugnalata al petto.

Uno scampanellio allegro interruppe le sue tristi elucubrazioni, strappandole un gemito. Lo ignorò, nascondendosi dietro il muro di cuscini colorati che aveva raccolto attorno a sé, una specie di fortino morbido capace di nasconderla al mondo esterno.

Non voleva vedere nessuno, almeno per un mese. Anzi no, un anno! Forse, dopo quel periodo, sarebbe finalmente riuscita a metabolizzare la sofferenza che l'attanagliava e a tornare un essere umano decente.

Il campanello suonò una seconda volta, insistente. E poi una terza e una quarta, per poi smettere di colpo. Ma quando Taylor credette che il visitatore fastidioso avesse desistito dal suo intento, lasciandola al suo tetro destino, lo scatto di una serratura irruppe nel silenzio della stanza e il suono di passi sicuri, muniti di tacchi alti, rimbombò nell'atrio, in rapido avvicinamento.

Chi diavolo era?!

«Taylor, ci sei?», chiese una voce femminile, familiare ma del tutto fuori contesto in quel posto.

Felicity? Che diavolo ci faceva lì?

Percepì l'arrivo dell'amica in salotto non solo dal rumore dei passi, ma anche dal familiare profumo di verbena che si portava addosso.

«Sei viva?», la sentì chiedere.

«No», ribatté Taylor, senza muoversi.

«Posso nominarmi tua erede e venire a vivere in questa casa? Sai quanto mi piace. A volte vorrei dirti che sto ritinteggiando solo per poter stare un'altra settimana qui», proseguì Felicity, con il solito tono ammirato. Aveva vissuto lì per un po', l'anno precedente, mentre aspettava che finissero di ristrutturare il suo appartamentino a SoHo. Ecco perché aveva le chiavi e si era presa la libertà di entrare senza essere invitata.

«Che ci fai qui, Felix?»

«Innanzitutto, capire che diavolo sta succedendo», sospirò l'amica, sedendosi in una poltrona di fronte a lei. «È vero che non lavorerai più alla D.B. Designers? È stata Malefica a cacciarti?»

«Non mi ha cacciata, me ne sono andata da sola». Taylor scostò un cuscino per poterla guardare. «Non starà dicendo il contrario, vero?»

«Lei non parla mai di te, sono gli altri a fare un sacco di congetture», spiegò Felicity, con aria perplessa. «In effetti, è stata una cosa così improvvisa da risultare strana».

La motivazione era soltanto una: aveva tradito il suo lavoro. Per la prima volta nella sua carriera aveva avuto l'opportunità di farsi valere come architetto e invece aveva gettato tutto al vento.

Ricordava ancora quel momento. Francis non era ancora rientrata dalla sua vacanza in Colorado e il suo vice era stato trattenuto da un impegno precedente. Questo l'aveva costretta a recarsi da sola all'appuntamento con la Pebbleswhite. Ma l'euforia per quella grande responsabilità inattesa era durata il tempo del tragitto in taxi. Una volta negli uffici dell'azienda, sentendo i dirigenti parlare della fabbrica che avevano intenzione di costruire a Snowy Pine, aveva capito di non essere adatta al ruolo. Il sentimentalismo aveva vinto sulla professionalità.

Aveva avvertito una fitta al cuore al pensiero che un complesso industriale andasse a distruggere il panorama incantato di Snowy Pine, sradicato i suoi giganteschi pini, ammorbato l'aria con i suoi fumi chimici, senza contare l'inquinamento acustico dovuto ai macchinari.

E così, senza esserne del tutto consapevole, aveva iniziato la sua relazione facendo a pezzi le speranze della Pebbleswhite. Li aveva convinti che l'investimento fosse pessimo, dispendioso, che il terreno non fosse a norma, che il rischio esondazione avrebbe potuto compromettere la loro fabbrica, così come le frequenti frane.

Era una bugiarda, nonché penalmente perseguibile! Aveva mandato in fumo la vendita degli O'Connell e i progetti di quell'azienda, ma la cosa peggiore, era stata tornare a casa con un assurdo senso di trionfo davvero fuori luogo. E quando la reale portata del suo gesto l'aveva investita, non aveva potuto far altro che scrivere una lettera di dimissioni e spedirla a Francis.

Ma non era necessario che Felicity sapesse proprio *tutto*.

Tornò a nascondersi sotto i cuscini, chiudendo gli occhi. «Non mi trovavo più bene, questo è quanto. Detesto Malefica, lavorare per lei non è stato entusiasmante come pensavo», mentì.

«E adesso che farai?», si limitò a chiederle l'amica.

«Non lo so ancora. Penso di prendermi un periodo di vacanza e poi forse inizierò a lavorare da sola, come faceva mio padre. Conosco alcuni dei suoi vecchi colleghi, chiederò loro di spargere la voce».

Quella era l'unica soluzione a cui aveva pensato. Era arrivato il momento di sfruttare il suo cognome e decidere in prima persona che impronta dare alla sua vita e alla sua carriera. Che senso aveva lasciarsi soffocare dai pregiudizi altrui? Era la figlia di Rob Andrews e ne andava fiera! Non era un difetto, ma un valore aggiunto e forse una garanzia. E se la gente avesse deciso di affidarsi a lei solo in ricordo del padre, be', era un loro problema. Lei avrebbe solo dovuto dimostrarsi all'altezza delle aspettative.

«Che dire? Sono sorpresa e dispiaciuta, ma se è questo che vuoi, sono contenta per te. Anzi, tienimi presente, quando diventerai più famosa di Francis: un giorno potrei mandarla al diavolo anch'io!», ridacchiò Felicity. Poi si fece di nuovo seria. «C'è solo una cosa che non capisco: se hai deciso tu di andartene e hai già pronto un piano B... Perché accidenti stai qui come un fossile, circondata da sporcizia e disordine, senza uscire né rispondere al telefono? Sembri più una donna disperata che una futura imprenditrice di te stessa».

«Sono... influenzata, ecco tutto».

«Oh!». Felicity sembrò ritrarsi di mezzo metro. «Spero tu non sia contagiosa!», scherzò.

Taylor sorrise, amara. «No, niente di contagioso». Un cuore spezzato non lo era, giusto?

«Comunque sia, ho svuotato la tua scrivania e ti ho portato tutto, è nell'ingresso. Anche il pacco che è arrivato per te due giorni fa», disse Felicity, alzandosi.

Taylor aggrottò la fronte. «Un pacco per me? Perché è arrivato in ufficio?»

«Arriva dal New Hampshire. Hai forse dimenticato qualcosa a Snowy Pine?».

Spinta da una scarica di energia che non sentiva da

giorni, Taylor scalciò via cuscini e coperta e schizzò in piedi, correndo fuori dalla stanza. Si fermò davanti alla porta di casa, fissando la scatola colorata che conteneva gli effetti personali rimasti alla D.B. Designers. Ma fu il pacco più grande, legato con del semplice spago, ad attirare la sua attenzione.

Dietro di lei, Felicity sembrava confusa. «Che ti prende? È qualcosa che aspettavi?»

«Assolutamente no». Non aveva la più pallida idea di cosa contenesse, ma il solo sapere la provenienza di quella scatola era sufficiente a farle battere il cuore all'impazzata.

«Be', aprilo, allora. Ora hai incuriosito anche me!».

Taylor si avvicinò al pacco e sbirciò il nome del mittente. Veniva dal Firefly!

Con mani tremanti, lo aprì. Il contenuto le strappò un gemito e le sue gambe sembrarono cedere, spingendola a sedersi a terra, le guance bagnate di lacrime.

Sempre più stranita, Felicity fece un passo avanti e sbirciò all'interno della scatola. «Che diavolo è? Pezzi di legno?»

«È una libreria a forma di albero», pianse Taylor, fissando le foglie intagliate e dipinte di verde. Le stesse che aveva ammirato nella cucina di Ryan e che aveva sperato di poter acquistare per il suo soggiorno.

Arrivava da *lui*.

Ma qual era il significato di quel regalo? Un semplice gesto di cortesia? Un modo come un altro per sbarazzarsi di tutto ciò che gli ricordava lei? O un modo per farle sapere che ci pensava ancora e non l'aveva dimenticata?

«Carina... Magari non al punto di piangere di gioia, ma graziosa, sì», stava dicendo Felicity. Poi, voltandosi a guardarla, sembrò capire che qualcosa non andava in lei. «È successo qualcosa che non so, durante il tuo soggiorno in New England? Perché da quando sei tornata ti comporti davvero in modo bizzarro».

Taylor si asciugò il viso con la manica del pigiama. «Credo di essermi innamorata, Felix. E ho bisogno di un consiglio da chi ne sa molto più di me sull'argomento».

L'amica si illuminò. «Prendo i pop corn, poi dovrai iniziare dal principio senza omettere nemmeno un dettaglio!».

Tre ore più tardi, Taylor si sentiva molto più leggera, dopo aver vuotato il sacco, mentre Felicity era sorpresa e commossa.

«E adesso non so cosa fare», concluse Taylor, con un sospiro stanco.

«Come diavolo sarebbe a dire? Non mi pare tu abbia molto su cui riflettere», sbottò l'amica.

«Che intendi?»

«Voglio dire che, al tuo posto, io sarei già su un aereo diretto a Snowy Pine!».

«Non esiste una linea diretta con Snowy Pine. Il tragitto più breve e comodo passa prima dal Maine. Scendi dall'aereo a Portland, noleggi l'auto e in circa tre ore...».

«Ma chi se ne frega! Prendi un aereo, una macchina, un monopattino, vai a piedi... ma vai a riprenderti Ryan!».

Oddio, non desiderava altro!

«E se avesse cambiato idea e non mi volesse più? In fondo, quando è venuto a salutarmi, non mi ha certo fatto promesse. Non ha mai detto di essere innamorato di me».

«Nemmeno tu, ma lo sei. Giusto? E, scusami se te lo dico, ma lui ti ha dimostrato molto più di quanto non abbia fatto tu nei suoi confronti. Che hai da perdere? Niente ti trattiene qui, Taylor». Felicity era quasi più emozionata di lei. «Analizziamo le cose: hai appena lasciato il lavoro e sei pronta a metterti in proprio, il che significa che puoi svolgerlo ovunque ti aggrada. Ryan ti ha detto che in zona non ci sono architetti e questo ti garantirà dei clienti sicuri, ma niente ti vieterà di fartene altri nei paraggi. Con il tempo potresti allargare il tuo giro di contatti, mantenerne perfino qui in città, e io potrei darti una mano. Non credo che Ryan ti vieterà di allontanarti da Snowy Pine per lavoro, al contrario: mi sembra intenzionato ad aprire lui stesso un negozio in una grande città. Potrebbe aprirlo qui e di tanto in tanto potreste soggiornare a New York, così la tua nostalgia di casa svanirebbe. E questo ci porta al secondo punto: New York. Sei certa che ti mancherebbe davvero così tanto? Più di Ryan? Perché a me non sembra che tu te la stia spassando, da quando sei tornata».

«In questo momento mi sembra che nulla potrebbe mai mancarmi più di lui. Però… potrebbe essere solo una fase. E se dopo un mese o due passati a Snowy Pine cambiassi idea?»

«Dopo aver visto le foto sul tuo telefonino, dubito seriamente che la nostalgia di New York possa avere speranza di soppiantare un figo stratosferico di quella caratura», bofonchiò Felicity. «Ma mettiamo il caso che un giorno tu impazzisca e decida che Ryan Greenwood non è all'altezza di grattacieli e smog: potrai sempre tornare qui. Hai una casa di proprietà che nessuno ti obbliga a vendere».

Taylor sentì la speranza fiorire nel suo cuore.

Poteva farlo davvero?

«Taylor, è così difficile trovare l'amore… e così raro scovare un uomo come quello! Io non mi farei scappare l'occasione. Non dovete sposarvi domani, non credo che lui voglia questo, ma piuttosto un'occasione per provarci. Vai laggiù, vivitelo. Se andrà bene, con un po' di fortuna ti ritroverai tra dieci anni a vivere la favola di cui lui ti ha parlato. Se andrà male, potrai sempre tornare qui, rimboccarti le maniche, prenderti un gatto e ricominciare a vivere la tua solita vita. Ma se non altro lo farai senza rimpianti».

Sentendosi come rinata, Taylor abbracciò l'amica. «Grazie!».

«Oh, non c'è di che. Per dimostrarmi il bene che mi vuoi, puoi sempre invitarmi al tuo matrimonio. E chissà, magari incontrerò anch'io un sexy boscaiolo o un bel pompiere! Ha amici interessanti, il tuo Ryan?».

Taylor rise. «Non lo so, può darsi! Glielo chiederò e ti manderò le loro foto, così potrai scegliere!».

«Affare fatto!».

«Prima, però, ho bisogno di chiederti un favore». Taylor prese un profondo respiro, la mente concentrata su un unico pensiero. «Domani, al lavoro, cerca il fascicolo sugli O'Connell e mandamelo».

Aveva impedito la vendita del terreno, con la sua scorretta vigliaccheria, ma aveva un'idea per rimediare. Un'idea che avrebbe reso felici tutti quanti.

Tre settimane dopo

Il brusio nella sala riunioni del Firefly era ai massimi livelli, quando Taylor raggiunse la porta.

Era agitata come non mai e per un attimo pensò di fare dietrofront e tornarsene a casa.

E se lui non l'avesse più voluta? Se durante quelle settimane di lontananza avesse capito che i suoi sentimenti non erano reali ma solo l'esagerazione di un capriccio momentaneo?

Se avesse trovato un'altra donna?

Fece inconsapevolmente un passo indietro e andò a sbattere contro qualcuno.

Voltandosi, vide Sarah Greenwood fissarla a occhi sgranati.

«Che ci fa qui?», le chiese, con i soliti modi sbrigativi e diretti.

Taylor prese un grosso respiro e l'affrontò. «Mi aspettano», disse.

Sarah parve confusa. «Credo lei abbia sbagliato stanza. Lì dentro è in atto una riunione per discutere del terreno degli O'Connell. È stato venduto, come ben saprà».

«Lo so benissimo: l'ho comprato io». Quasi rise dell'espressione scioccata che si dipinse sul volto rugoso della donna.

«Per farci cosa?», la sentì chiedere, sospettosa.

«È il motivo per cui sono qui: discuterne con voi». Taylor rassettò il maglione e i capelli, pronta ad affrontare la folla, ma si immobilizzò ancora, prima di varcare la soglia. «Lui è dentro?», chiese, senza voltarsi.

«Sì».

Il cuore di Taylor impennò e lei vi poggiò sopra una mano, come a volerlo calmare.

«Se non è qui per restare, non entri», la pregò Sarah. «Non lo illuda».

Sentendo riaccendersi la speranza, Taylor guardò la

donna con un sorriso triste. «Spero non sia lui a illudere me». Senza aggiungere altro, afferrò la maniglia e aprì la porta.

Il caos all'interno era peggio di quanto avesse intuito.

La grande sala era gremita. Un lungo tavolo fungeva da banco per il sindaco Mills, che cercava con poco successo di calmare gli animi dei presenti, seduti di fronte a lui.

«Dobbiamo fare qualcosa! Dobbiamo impedirgli di costruire una fabbrica. Sono pronto a sabotare ogni tipo di lavoro che inizierà questo misterioso proprietario!», stava urlando un uomo, visibilmente irritato. «I miei affari andranno in malora, se piazzerà un mostro di cemento così vicino alla mia locanda!».

«Ti aiuterò!», fece eco una seconda voce.

«Minacciamolo!».

«Lo convinceremo ad andarsene!».

«Quel posto ci appartiene!».

«Il vecchio James si starà rivoltando nella tomba nel vedere cosa hanno fatto i suoi figli!».

Il sindaco picchiettò il suo martelletto sulla superficie levigata del tavolo. «Vi prego, signori, un po' di contegno!».

«Io vado ad aspettarlo in strada! Voglio vedere che faccia ha questo usurpatore!».

Taylor fece un passo avanti, attirando l'attenzione di tutti. «L'*usurpatore* ha la mia faccia. È di suo gradimento?».

Nella stanza calò il gelo, poi il brusio ricominciò, ma Taylor quasi non se ne accorse.

I suoi occhi avevano scandagliato le facce dei presenti fino a posarsi sull'unica persona di cui le importava.

Ryan era in fondo alla sala, appoggiato alla parete accanto alla finestra. Quando lei era entrata non l'aveva vista, troppo occupato a guardare il panorama con espressione assente, ma la sua voce doveva averlo riscosso dall'apatia.

Lo vide voltarsi di scatto, un'espressione incredula negli splendidi occhi che tanto le erano mancati. Ma il suo viso non mostrò altre emozioni.

Mentre Jacob Mills tentava di spiegare ai presenti che era stata la "signorina Andrews" ad acquistare il terreno e che era lì per proporre loro la sua idea per riqualificare la zona, Taylor alzò la mano per salutare Ryan, esitante. Per tutta risposta, lui incrociò le braccia al petto, fissandola con un'espressione che lei non riuscì a decifrare.

Be', non era l'accoglienza che si era aspettata. Ok, non pretendeva di vederlo fendere la folla per abbracciarla, sollevarla, farla roteare e poi baciarla davanti a tutti... ma nemmeno quell'immobilismo!

Era ancora arrabbiato con lei? Non poteva essere... Le aveva perfino mandato un regalo!

"Al quale non hai risposto nemmeno con un biglietto di ringraziamento!", insinuò la sua coscienza.

Be', aveva fatto molto di più. Aveva venduto la casa al mare dei genitori a un vecchio amico di famiglia, solo per comprare il suo adorato terreno e farlo felice! Poi aveva preso un aereo e speso una fortuna in taxi per arrivare fin da lui e dirgli in faccia che lo amava alla follia.

E lui nemmeno si degnava di rispondere al suo saluto!

«Signorina Andrews, vuole dire due parole e spiegare cosa ha in mente?», chiese il sindaco, distogliendola dalle sue silenziose considerazioni.

Annuendo, Taylor si avvicinò a lui e si rivolse alla platea. «Sono felice di essere di nuovo qui. Spero di esservi un po' più simpatica, stavolta, dal momento che non ho intenzione di costruire fabbriche o mostri di cemento sul terreno degli... be', sul *mio* terreno». Lanciò un'occhiata a Ryan e, nel vederlo ancora impassibile, maledisse fra sé e sé gli uomini orgogliosi e testardi.

Estrasse dalla valigetta il progetto che aveva ideato in quei giorni, appendendolo a una lavagna sistemata alle sue spalle. «Questo è ciò che potrebbe diventare la vecchia piazza nei prossimi mesi. La mia idea è basata su quel che ho appreso durante il mio soggiorno qui, su ciò che trovo più adatto al paesaggio e al tipo di terreno, e su quelle che credo siano le vostre esigenze. Forse penserete che non posso sapere cosa sia meglio per voi, dal momento che sono stata qui solo per una settimana, ma vi assicuro che quei sette giorni sono stati fondamentali». Pronunciò quelle parole fissando Ryan, poi aggiunse: «Ho anche tenuto conto, inoltre, delle informazioni avute grazie ai racconti di chi, fino a cinque settimane fa, era sempre molto disponibile a parlare con me».

Un sopracciglio appena sollevato fu l'unica reazione che suscitò la sua frecciatina.

Era tutto lì ciò che le riservava?!

«Come potete vedere, ho intenzione di ripristinare la vecchia zona commerciale, ma anche di aggiungere infrastrutture, sia pubbliche che private, pensate per ricoprire un ruolo turistico e legato alla salvaguardia del luogo e alla valorizzazione delle sue materie prime. Ci sarà l'archivio cittadino che tanto volevate e uno spazio adatto ai più piccoli», spiegò agli astanti, pur continuando a guardar male Ryan per quasi tutto il tempo. «Insomma, questa è solo una bozza, ma possiamo decidere insieme come riconvertire l'area. Perciò, se avete considerazioni o dubbi...».

La sala si scatenò e, per l'ora successiva, Taylor rispose con pazienza a ogni perplessità.

Ryan non intervenne mai. Rimase tutto il tempo accanto alla finestra, piantato sulle lunghe gambe, le braccia incrociate al petto, immobile come una guardia svizzera ed egualmente inespressivo. Nonostante tutto, i suoi occhi non smisero un attimo di fissarla, facendole tremare le mani per le emozioni tenute a freno.

Quando la curiosità della gente fu placata, Jacob Mills decise di chiudere la riunione.

«Ottimo, gente! Direi di aggiornarci di qui a un mese per stabilire insieme un piano più dettagliato, nonché decidere la data per l'inizio dei lavori. Perciò, se non ci sono altre domande…».

Alcune persone iniziarono ad avviarsi verso la porta. Taylor vide anche Ryan staccarsi dalla finestra e l'idea che stesse per andarsene la fece infuriare.

«Avrei io una domanda», sbottò.

I presenti si fermarono ma lei non se ne accorse, concentrata com'era su un'unica persona.

«Non sei felice di rivedermi, Ryan?».

Tutte le teste si voltarono verso di lui, che stirò le labbra in un sorrisetto. «A dire il vero, non lo so ancora».

«Pensi ti servirà molto tempo per decidere?»

«Non saprei. Quanto tempo ho?»

«Abbastanza. Ho tutte le intenzioni di fermarmi qui», rispose lei, scontrosa. Raccolse le sue cose, infilandole alla rinfusa nella sua valigetta, pronta ad andarsene.

Se sperava che lo pregasse…

«Ti fermerai qui per seguire i lavori?», chiese Ryan.

«Tra le altre cose», rispose lei, vaga.

«E quali sarebbero queste altre cose?».

Taylor sollevò lo sguardo per puntarlo su di lui. La stava sfidando, era evidente.

Voleva che ammettesse davanti a tutti perché era tornata? La sua presenza lì e l'acquisto di quel dannato terreno non erano indizi abbastanza eloquenti?

"Non essere stupida. Lui ti ha aperto il suo cuore pur sapendo che te ne saresti andata. Chi è l'orgogliosa, quindi?", la redarguì l'inconscio.

Ok. Voleva più chiarezza? L'avrebbe avuta!

Raddrizzò la schiena e lo guardò dritto negli occhi. «Ricordi quando mi hai detto come ti vedi tra dieci anni?».

Gli occhi verdi si addolcirono. «Lo ricordo, sì».

«Bene. Ti basti sapere che ho già scelto i nomi per i nostri tre figli».

La sorpresa dei presenti fu palpabile. Alcune donne sbuffarono, altre scossero la testa, rassegnate al pensiero di averla di nuovo tra i piedi. Gli uomini ridacchiarono e dal mucchio si levò persino qualche becero fischio.

Una signora anziana si chinò verso Ryan. «Lasciala stare, quella. È tutta pelle e ossa, mia nipote ti darà dei figli più sani e robusti!».

Ryan la ignorò, mentre la sua espressione si faceva divertita. «E posso sapere che nomi hai scelto?».

Oh! Quanto la faceva lunga!

«Berthold, Hugh e... Gertrude!», improvvisò, solo per zittirlo.

Il sorriso di Ryan si allargò. «Io non ho voce in capitolo?»

«Puoi provare a dissuadermi», ribatté lei, incrociando le braccia al petto.

Lo sguardo che le rivolse la incendiò da capo a piedi.

«Ok, andatevene», lo sentì dire a indirizzo della gente, mentre le si avvicinava.

L'emozione che provò all'idea di restare sola con lui la spinse a prendere tempo: aveva paura di svenire di felicità.

«Possono anche restare. Mi hai costretto a parlare davanti a loro, puoi farlo anche tu», balbettò.

Ma Ryan non parlò. La raggiunse e, afferrandola per i fianchi, la baciò con ardore, azzerando qualunque altro pensiero, timore o titubanza.

Quel bacio racchiuse tutto: la gioia di essere di nuovo insieme, la meraviglia per un amore nato quasi per magia, la voglia di tuffarsi in un futuro da favola e la speranza di non perdersi mai più.

Quando la lasciò andare, Taylor si sentì rinata, felice, a casa… e ansiosa di perdersi nuovamente tra le braccia di Ryan. Si sollevò sulla punta dei piedi, pronta a ricominciare, quando si accorse che tutti stavano assistendo alla scena, con le più disparate espressioni sul viso.

«Stiamo dando spettacolo», sussurrò.

Lo sguardo di Ryan, malizioso e sexy da morire, le fece tremare lo stomaco per il desiderio. «Sei stata tu a volerli rendere partecipi».

«Ma io non pensavo che tu…».

«Faresti bene a pensarci, *adesso*, perché sto per rifarlo e non me ne frega un accidente di quello che potrebbero vedere», mormorò lui, sfiorandole il naso con il proprio, le mani che la stringevano con forza, spingendola contro di sé.

Schiarendosi la voce, Taylor guardò oltre la sua spalla. «Ok, ora potete andarvene davvero», disse, decisa.

Ryan rise e la baciò di nuovo.

Epilogo

Due anni dopo

Il rintocco dell'orologio a cucù le fece alzare di scatto la testa dal computer, su cui era intenta a lavorare.

Taylor diresse il suo sguardo proprio verso quel punto, sorridendo nel vedere la foto di un Ryan impaziente uscire dalla scatola di legno che raffigurava la loro casa in miniatura.

Erano le sette ed era ora di tornare da lui.

Senza pensarci un secondo di più, spense il portatile e si alzò, pronta ad andarsene. Ma prima si prese un attimo per guardarsi intorno, soddisfatta.

Aveva comprato quel piccolo edificio da appena sei mesi e lo aveva finito di sistemare da poche settimane. A una mezz'ora da casa, immerso nel verde e con una splendida vista sulle montagne, il vecchio capanno rimesso a nuovo era composto da quattro stanze: quella in cui lavorava, quella in cui accoglieva i clienti, una cucina di modeste dimensioni e una camera d'emergenza al piano di sopra. Come aveva imparato nel corso di quegli anni, in montagna era semplice ritrovarsi bloccati da un momento all'altro da bufere di neve, frane o altri imprevisti, e avere un posto in cui passare la notte in caso di bisogno era una scelta quasi obbligata.

L'arredamento, tutto nei toni del crema e caffè, era

composto quasi unicamente da pezzi creati su misura per lei da Ryan, in un perfetto connubio tra stile shabby chic e moderno; alle pareti facevano bella mostra fotografie di Snowy Pine, di New York, progetti realizzati e momenti di vita di coppia, e spesse tende colorate ravvivavano le finestre.

Era il posto ideale per lavorare e la rappresentava in pieno. Avrebbe potuto farlo anche da casa, ma l'idea di avere uno studio tutto suo le era sempre piaciuta e realizzare quel desiderio l'aveva resa felice.

Gli affari andavano bene, con sua enorme sorpresa. Quando aveva deciso di avviare la sua attività a Snowy Pine, aveva creduto che avrebbe avuto pochi clienti, se paragonati a quelli di suo padre o di un qualunque studio di New York, eppure si era dovuta ricredere. Essendo l'unico architetto nel raggio di chilometri, per di più sponsorizzato da tutta la città, il suo nome aveva fatto il giro dei dintorni in fretta e, dopo un anno, si era ritrovata ad avere clienti, anche piuttosto importanti, in tutto il New England. La pila di cartelle sulla sua scrivania ne era una testimonianza e le ricordò ancora una volta che forse era il caso di valutare l'ipotesi di assumere un assistente.

"Ma puoi pensarci anche domani", si disse, con un sorriso. Il bello di vivere in un posto come quello erano i ritmi tranquilli, che si ripercuotevano anche sul lavoro: niente più stress da competizione, niente scadenze imminenti, solo il piacere di dedicarsi alla sua attività.

E poi quella sera aveva qualcosa di molto più importante a cui pensare: era San Valentino e doveva ancora passare a ritirare il regalo per Ryan.

Indossò il cappotto e spense la luce, uscendo dallo studio. Aveva la macchina parcheggiata fuori – sì, ne aveva acquistata una e non aveva più paura di guidarla – ma non appena aprì la porta capì che non l'avrebbe usata.

Il pick-up di Ryan era di fronte a lei.

Felice, Taylor si incamminò sulla neve fino a raggiungerlo.

«Da quanto sei qui fuori?», disse, rabbrividendo, non appena fu dentro.

«Cinque minuti», rispose Ryan, chinandosi a baciarla.

«Potevi entrare, si gela».

«Volevo testare il mio nuovo orologio a cucù: se avesse fallito, sarei venuto a trascinarti fuori!».

Taylor ridacchiò. «Funziona alla perfezione!».

«Ottimo, lo metterò in evidenza sullo store online», ammiccò lui. «Sono sicuro che in giro per il mondo ci sono un sacco di persone stufe di attendere il proprio partner stacanovista».

«Esagerato, per qualche mezz'ora di ritardo ogni tanto!». Taylor si sfregò le mani per scaldarle e lo guardò. «Ok, andiamo a casa. Ho una fame da lupo! Ma prima devo passare a ritirare una cosa…».

«Io avrei un'altra idea, se non ti dispiace mangiare fuori».

«No, affatto. Dove mi porti, di bello?».

Ryan le strizzò l'occhio. «Lo vedrai».

Il posto si rivelò essere il lago al confine della città in cui, due anni prima, si erano scambiati il loro primo bacio. Ryan aveva allestito un tavolo, nel punto esatto in cui quella sera lontana si era fermato con l'auto, e acceso dei piccoli fuochi tutt'intorno.

«Non è un ristorante di lusso, ma…», iniziò Ryan.

Taylor lo zittì con un bacio. «È il posto più bello del mondo». Poi, intenerita ed entusiasta per la serata romantica che l'aspettava, aprì la portiera. «L'importante è che ci sia del cibo!».

«Sei davvero così affamata? Credevo vivessi solo del mio amore!», scherzò lui.

«Non più, accidenti. E continuando con questo appetito, temo diventerò un pallone molto presto!».

Ridendo, Ryan la scortò al tavolo, apparecchiato con eleganza e con una rosa come centrotavola, poi estrasse dal bagagliaio tutti i suoi piatti preferiti.

«Da dove salta fuori tutto questo ben di dio?», esclamò lei, l'acquolina in bocca.

«Ci ha pensato la nonna. Se avessi fatto da solo, sarei arrivato con due pizze!».

«Dovrò portarle dei fiori. Lei sì che sa come prendermi», sospirò Taylor, afferrando un panino fragrante e ancora tiepido, e annusandolo con un sospiro di beatitudine.

«Sai che riempirti la pancia e cucinare i tuoi piatti preferiti è il suo modo per dimostrarti affetto. Lei non è tipo da smancerie: "fatti, non parole" è sempre stato il suo motto», disse Ryan, strizzandole un occhio e sedendosi accanto a lei.

Taylor sorrise. «Approvo totalmente le sue dimostrazioni d'affetto!». E non scherzava. Dopotutto, una volta intuito che non aveva nessuna intenzione di spezzare il cuore al suo adorato nipote, Sarah aveva abbassato la guardia, permettendole di entrare a far parte della sua famiglia. E per Taylor non era stato difficile affezionarsi a quella piccola donna di ferro dal cuore tenero.

Cenarono parlando, ridendo, facendo progetti e godendo della reciproca compagnia, come sempre. Se la loro affinità e complicità era nata e cresciuta in una sola settimana, all'epoca del loro primo incontro, in quei due anni era aumentata a dismisura, rendendoli una delle coppie più invidiate di Snowy Pine. Erano riusciti a far funzionare le cose, malgrado la sfiducia iniziale della gente, a incastrare i loro stili di vita, le diverse esperienze, i differenti punti di vista, non cambiando per accontentare l'altro ma imparando a convivere con le rispettive abitudini.

Non se n'erano mai pentiti.

Ryan era il compagno perfetto per lei. Intelligente, sicuro di sé, responsabile e disponibile, ma anche incredibilmente romantico, dolce, paziente, pieno di passione e di creatività. Ogni notte, addormentandosi accanto a lui, e ogni mattina, svegliandosi tra le sue braccia, Taylor si riscopriva ancora meravigliata della propria fortuna.

Si era innamorata di lui, ogni giorno di più, così come delle montagne e di tutto ciò che offrivano. La sua paura era stata quella di rimpiangere New York ma così non era stato, anche se trovava sempre piacevole tornarvi, di tanto in tanto. Ryan aveva aperto un negozio a TriBeCa – negozio che andava alla grande, come aveva immaginato –, proprio per darle modo di non troncare del tutto con il passato e per far parte a sua volta del suo mondo, come lei aveva fatto con quello di lui. Capitava spesso di andare in città e, durante quei giorni, vivevano nella casa dei suoi a Gramercy, facendo vita metropolitana. Ma Taylor si riscopriva sempre più ansiosa di tornare a Snowy Pine.

Era lì il suo cuore, adesso. Quella piccola cittadina le aveva regalato tutte le cose belle che possedeva, le aveva ridato felicità, coraggio, ottimismo e speranza nel futuro. Non avrebbe mai smesso di essere grata per quei doni inaspettati.

Finita la cena, Ryan sparecchiò la tavola e iniziò a spegnere i fuochi. Stava occupandosi dell'ultimo, quando Taylor vide brillare qualcosa sotto uno dei calderoni, in una pozza di erba bagnata di neve sciolta. Incuriosita, si alzò, andando a dare uno sguardo più da vicino.

Si trattava di un anello, un piccolo cerchietto d'acciaio dorato con una pietra di plastica rossa al centro.

«Guarda qui», disse, avvicinandosi a Ryan. «Deve averlo perso qualche ragazzina. Dici che è una di noi?»

Ryan si strinse nelle spalle, continuando a darsi da fare, chino a terra. «Può darsi. So di almeno due focosi amori scoppiati nella classe della signorina Becker. Sono venuti in gita qui da poco, per studiare il fogliame: potrebbe averlo perso una delle ragazzine».

«Domani lo darò a Bree, dell'ufficio oggetti scomparsi. Magari qualcuna lo sta cercando», disse Taylor, infilandolo al mignolo per poi rimirarsi la mano. «È carino, tutto sommato. E poi è così dolce il pensiero che due bambini di dodici anni si siano scambiati un simile pegno d'amore».

«Questo mi rasserena molto».

Taylor inarcò un sopracciglio, perplessa. «Perché?»

«Perché se trovi bello e dolce quell'oggettino di plastica, ho buone probabilità che questo ti piaccia alla follia», rispose Ryan, estraendo un piccolo astuccio rosso dalla tasca e porgendoglielo.

Il cuore di Taylor si fermò, per poi ripartire alla velocità della luce. «Oh, Ryan... Tu... non starai...», balbettò.

Ryan si diede un'occhiata e sorrise, titubante e divertito. «Be'... In fondo sono già in ginocchio, no?».

Aprì la scatola e Taylor vide brillare un bellissimo anello in oro bianco, con tre piccoli diamanti incastonati al centro: un fiocco di neve circondato da due cuori.

«Amore, è stupendo!», esclamò, tra le lacrime. Ryan si alzò per metterglielo al dito e lei lo osservò alla luce della luna piena, che spiccava nel cielo limpido. «Ma avevi organizzato tutto? Anche il ritrovamento dell'anello finto?»

«La serata era organizzata per questo, ma l'anello finto non era nei piani. Mi ha solo dato l'aggancio perfetto», spiegò lui, circondandole la vita con le mani. «È stato come un segno del destino». Si chinò a posarle un bacio leggero sulle labbra. «La mia intenzione di sposarti sembra avere un'approvazione dall'alto».

Emozionata oltre ogni dire ma incapace di esprimerlo a parole, Taylor gli gettò le braccia al collo e lo baciò con tutto l'amore che sentiva per lui.

Non avrebbe mai immaginato di poter essere tanto felice. Per anni aveva pensato di non essere fatta per le relazioni, di non poter trovare un uomo degno di essere chiamato tale, con cui dividere tutto, le cose importanti e le sciocchezze, gioie e dolori. E invece lo aveva trovato. Il terrore di perderlo era sempre in agguato, perfino in quel momento, ma non la frenava più. Al contrario, le dava la giusta spinta per aggrapparsi con più forza a quel sentimento, per vivere ogni sensazione al massimo.

«Non hai risposto», disse Ryan, scostandole i capelli dalle spalle. «Se è un no dimmelo subito, finché siamo solo noi due… O la città inizierà a preoccuparsi della mia salute mentale. E non so se posso sopportarlo un'altra volta!».

«In realtà, forse non siamo proprio soli», disse Taylor in un soffio. Di fronte all'espressione confusa di Ryan, sorrise con estrema dolcezza. «Berthold potrebbe essere tra noi, in questo momento. O magari Gertrude…».

Gli occhi di Ryan si illuminarono. Le sue mani corsero ad accarezzarle il ventre ancora piatto, quasi con reverenza, e fu il suo turno di restare senza parole. La strinse a sé, con forza, e Taylor sentì di poter toccare il cielo con un dito.

«Sei contento?»

«Da morire. E la mia felicità sarà totale quando mi dirai di sì... e soprattutto quando mi prometterai di non chiamare mio figlio Berthold, né Gertrude!».

Taylor rise di gusto, poi lo baciò. «Ma certo che ti dico sì! E non soltanto perché sei la cosa più bella che mi sia mai capitata. Ma anche perché non penso che potrei sopportare di nuovo il disprezzo degli abitanti di Snowy Pine e ormai non posso più rinunciare ai manicaretti della nonna!», scherzò.

Una luce improvvisa balenò sopra di loro e una bellissima aurora boreale verde e lilla iniziò a vibrare nel cielo stellato, quasi a coronamento di quella serata.

«Adesso è davvero tutto perfetto», mormorò Taylor, stretta fra le braccia di Ryan.

Perché l'amore, in fondo, è esattamente così: una luce improvvisa e quasi magica, difficile da vedere... ma possibile, trovandosi nel posto giusto, al momento giusto.

Ringraziamenti

Dopo due anni di frustranti tentativi falliti, mesi di ansie, paura di non farcela e terrore di deludere le aspettative, qualcosa dentro di me si è lasciato andare, dando vita a questo romanzo.

All'interno di queste pagine non c'è soltanto il concetto di amore "secondo me", ma proprio la mia visione della vita *perfetta*! E spero tanto che possa donare, a chi sceglierà di leggere questa storia, lo stesso senso di benessere che ha dato a me scriverla.

Ringrazio i soliti noti:

mia sorella Stefania, mia zia Maria e Luca, per aver creduto in me quando nemmeno io ci riuscivo;

la Newton Compton Editori, per avermi concesso nuovamente la loro fiducia, in particolare Gabriele, Martina, Clelia e Francesca... che mi sopportano più di altri!

Un ringraziamento speciale va a Felicia Kingsley, stimata collega e amica di scleri via WhatsApp, per aver messo a mia disposizione le sue competenze con estrema disponibilità, per la pazienza e gli ottimi consigli: spero di aver reso la mia Taylor un architetto credibile. (Naturalmente, eventuali inesattezze sono da imputare solo a me e alla mia licenza poetica!).

E infine, grazie di cuore ai miei lettori, che mi sostengono sempre e comunque, mi seguono nei miei deliri quotidiani sui social e hanno creduto nell'arrivo di questo libro quando io ancora brancolavo nel buio, aspettandolo con pazienza e gioendo con me quando ho scritto la parola fine.

Spero di non deludervi mai.

Cassandra.

Indice

CASSANDRA ROCCA

TUTTA COLPA DI QUEL BACIO

Volume rilegato di 288 pagine,
euro 9,90

Fuggita da Londra con il cuore infranto, Emily si è trasferita a New York, dove ha deciso di buttarsi a capofitto nel lavoro, unico settore nel quale sembra avere successo. Con gli uomini ha chiuso, ma purtroppo San Valentino è alle porte e l'agenzia di event planner per cui lavora è sommersa di richieste a cui lei deve rispondere. A complicare le cose arriva Matthew Cohen, proprietario di una linea di navi da crociera, nonché sua vecchia conoscenza: è stato il primo due di picche della storia sentimentale di Emily. A causa di Matt, ora si ritrova invischiata nell'organizzazione di quello che è diventato l'evento più romantico del momento: "La Crociera degli innamorati". Come se non fosse abbastanza deprimente ritrovarsi a bordo, single, in mezzo a tutte quelle coppie felici, Emily dovrà fare i conti anche con la presenza scomoda di Matt, così magnetico e sicuro di sé. L'attrazione tra loro è innegabile e la tentazione è forte, ma Emily non vuole soffrire di nuovo: quel viaggio sta risvegliando in lei desideri ai quali credeva di aver rinunciato per sempre, rendendola vulnerabile. Innamorarsi di un uomo che non crede nell'amore sarebbe davvero un terribile errore. Oppure no?

NEWTON COMPTON EDITORI

CASSANDRA ROCCA

TUTTA COLPA DI NEW YORK.

LA SERIE COMPLETA

Volume rilegato di 672 pagine,
euro 12,90

Non esiste al mondo una città più romantica della Grande Mela. Qui il futuro può apparire roseo e pieno di speranze, l'atmosfera ha un profumo speciale, sembra che ogni desiderio possa realizzarsi e che il tuo prossimo incontro possa cambiarti davvero la vita. Specialmente a Natale. Lo sanno bene Clover O'Brian, una giovane personal shopper, e Cade Harrison, famoso attore di Hollywood: lei è innamorata della città e della frenetica vita tra shopping e feste; lui è in cerca di se stesso e di una tranquillità che solo una metropoli immensa come New York può consentire. Quando il destino ci mette lo zampino, però, le loro due vite così apparentemente distanti si incroceranno e quel che succederà… Be', per scoprirlo vi invitiamo a leggere i romanzi di Cassandra Rocca: cinque storie in cui l'amore vi solleverà in alto, come sulla cima dell'Empire State Building, anche quando le difficoltà vi faranno sentire nella più buia delle catapecchie del Bronx. Perché New York è questo, più di ogni altra cosa: un posto da favola.

NEWTON COMPTON EDITORI

CASSANDRA ROCCA

HO VOGLIA DI INNAMORARMI

Volume rilegato di 320 pagine,
euro 5,90

Da quando ha lasciato casa e famiglia per trasferirsi a Los Angeles, Heaven Taylor ha un solo desiderio: trovare la propria strada e sentirsi una donna e soprattutto una giornalista realizzata. Ma la concorrenza è agguerrita e non è facile tenersi il posto neppure in un giornale di gossip. Per riuscirci dovrà ottenere lo scoop del momento: la top model più paparazzata insieme al suo amante misterioso. Decisa a farcela, Heaven si mette sulle tracce dei due a bordo di uno yacht, incurante delle nefaste previsioni del tempo che annunciano una terribile tempesta in arrivo proprio da quelle parti. Dopo varie peripezie, e proprio mentre sembra aver ottenuto le foto tanto agognate, il fortunale si abbatte sulla costa e la povera Heaven cade nell'oceano, vanificando i suoi sogni di gloria e trovandosi a rischio di vita. A salvarla da annegamento certo è David Cooper, che sopraggiunge su una barca bianca come un principe sul suo baldo destriero. Peccato che, nonostante la bellezza statuaria, David non sia propriamente un principe, e forse l'unica persona al mondo che Heaven sperava di non incontrare mai più...

NEWTON COMPTON EDITORI